U0074317

芳華路上

MILES *of* BLESSINGS

龔則韞——著

序一　婉然芳樹

韓秀

猶記得，在臺北詩人羅門先生與蓉子大姊的燈屋裡，我們談到創作之種種，也談到修改之種種，尤其是談到字斟句酌之種種。我們都覺得，在重新布局架構、修訂每一個字、每一個標點符號的同時，我們也更加深入自己的內心，更加誠摯地面對了自己，那是一個不斷試煉的過程，一個艱辛的過程。當達到比較滿意的程度時，也就會有一種格外動人的喜悅誕生，而完全地忘記了抵達此岸之前所經過的疾風險浪。

疫情艱難的二〇二〇年四月十八日，這一天是一位俊朗的年輕人的生日。他先到了父母家，吃到了母親為他準備的佳餚，然後開著車子來到我家門口，送來了用塑膠口袋嚴嚴封住的書稿，未發一言，中規中矩隔著六英尺遠的距離留下一個溫暖的微笑，便緩緩開車離去了。我接過了書稿，望著遠去的車子，心想，在這本修改了三年的書稿裡，我必定能夠再次看到這可愛的年輕人的身影。因為，年輕人的母親龔則韞是書稿的作者。而且，這位作者絕不吝惜筆墨傾訴她對家人、對親情的珍惜與熱愛。

認識龔則韞很多年了。她是科學家，研究的是普通人完全陌生的毒理學。她又是一位勤奮的筆耕者，忙碌的工作之餘，照顧家庭的同時，她伏案爬格子、敲鍵，傾訴她內心之波瀾。她的生活節奏緊湊到何種程度，她自己從不提起。看到她的時候，總是整整齊齊、漂漂亮亮，說起話來條理分明，從未見她露出疲態。只有一次，她的夫婿江明健淡淡地談到她在實驗室不分日夜做實驗的情形。短短幾句話而已，我卻感覺到那份緊張、勞累，感受到則韞自嘲「優柔寡斷」的表象之下，異於常人的嚴格自律、堅定、堅守、不屈不撓。無論獻身科學還是文學，這些都是重要的、不可或缺的素質。

從則韞那裡，我們聽不到任何的怨言，跟她的信仰有關係，也跟她的善良有關係。在她這本散文集裡，同樣地，我們也看不到一絲怨尤。因為怨尤在她心中不占地方，但這並不等於她的日子一帆風順，也不等於她從未遭到不公平的對待，只不過她就是能夠看到人生的光明、看到人性的美麗。我比她年長，人性的醜惡見得太多，路見不平，忍不住拔刀相助，但刀劍尚未出鞘，就被則韞毫無心機、坦然、開朗的笑顏化解了，只好搖搖頭，長嘆一口氣，偃旗收兵了。

則韞的專業是醫學，是藥理學，她重視醫德，醫學界面對的各種問題常在她心裡縈繞，她則從各個方面去尋求答案。在〈你一定會好〉

這篇文章中，她探討的就是「醫生或家人是否應該將病情真相告訴病人？」這樣一個被長久爭論的問題。

一位罹患面部神經瘤的患者在手術後不但人變得鼻歪眼斜、流口水，連話也講不清楚。醫生明示患者的妻子，患者的情況不會改變，以後就是這個樣子了。換句話說，手術撿回一條命而已，至於患者所必須經受的心理傷害，醫生顧不到了。

智慧的妻子卻假傳聖旨，每天用「醫生說的，你一定會好」來鼓勵丈夫，想方設法打消丈夫的沮喪與疑慮。五年的「白謊」與適當的健康食品產生了明顯的效果，患者重啟人生新篇章的事實推翻了醫學經典有關神經不會復生的理論，仰仗的是親人無私的奉獻以及堅不吐實的作為。

這樣的例證對則韞的震撼無法計量，她越來越覺得，人類對於許多事情仍然無知。因之，她做出她自己的結論：患者有知的權利，也有不知的權利，應以特定的時、地、人而採取更為靈活的舉措，一切以救人為原則。

人生的無常，對於醫學家來講是更加觸目驚心的。

相信，這也是讓則韞特別珍惜親情的一個重要原因。從這本散文集中可以清楚看到則韞對家人的呵護。在一篇〈筆墨情趣〉裡，則韞透過學習書法這一件事極其親切動人地談到父親、子女與丈夫。父親不但啟動了則韞研習書法的興致，而且讓則韞瞭解「字如其人」的道理。則韞告訴我們，她的字體圓柔，有乃父之風；個性優柔寡斷，從書法裡隱約可見。女兒字體剛瘦，顯出倔強與強勢。兒子字體厚敦敦，彰顯低調、儒雅敦厚、為他人著想的性格。丈夫從小研習英文，中文字細小，足見其謹慎處世的大政方針。

則韞的父親對女兒寄予厚望，以東晉大書法家衛鑠「婉然芳樹，穆若清風」的書法風格勉勵之。其實，則韞的人、她的字、她的文都稱得上「婉然芳樹」這四個字。

祝福她在芳華路上健步前行。

二〇二〇年四月二十一日寫於北維吉尼亞州維也納小鎮

序二　龔則韞搭橋走芳華

吳鈞堯

有心的作者會在扉頁或書序，寫幾句感謝。那些文字絕非無心，而是低迴，與人生斟酌再三，才寫下的，則韞在後記文末尾寫下「謹以此書獻給我的父母兄弟姊妹、我的婆婆、大姑夫婦、小叔夫婦、我的先生和兒女」，答謝的人面面俱到，慎重兼鄭重，因為他們都是本書的主角。〈父親帶我看魔術〉、〈柚子黃了〉寫父親；〈致敬親愛的姆媽〉寫婆婆；〈用愛收驚〉寫手足；先生「明健」綽號「大眼睛」，更常出沒字句間，為人妻、為人媳、當了媽媽、阿嬤、大嫂、姑姑等，「芳華路上」不只作者行路，從輯一到輯七，則韞搭起了長長的鵲橋。誰說鵲橋只為牛郎、織女？在則韞看來，舉凡有情都能搭橋，把遠的拉近跟前，都為了再回味一遍。

情感依附在文字上，當然就能無盡回味，可樂刺激、氣泡水解膩，則韞明瞭素雅、留白才是真味，唯有明澈如水，才能每次喝都甘甜。這樣的美學修養該有家學淵源。則韞出身書香門第，唐詩宋詞不是上學以後的事，多篇文章記父親，也把家庭容貌與文化寫進來，曾在美國華盛頓、洛杉磯以及臺北，與則韞多次逢面，深感她的國學底子厚，詩詞不僅見於文章，談吐、穿搭也是，內文提及的作畫、書法、賞壺、花道等，是她的生活日常。作為長居美國的華人，則韞的表裡非常東方與古典，所謂「文如其人」則韞是代表。

從她的散文，更體會到事含蓄、安靜。寫散文當然自我出發，「我思」、「我願」甚至是「我怨」都能入文，則韞多數散文當然也以「我」為中心，但不是為了彰顯自己，而在把人、我的交際、交織寫進來，對姆媽的懷念情長思遠。姆媽是誰？臺灣慣稱的婆婆，而且關係多數緊張，但在〈致敬親愛的姆媽〉，我們看到媳婦記敘婆婆一生，情感真誠篤實，柴米油鹽都自在，媳婦必須融入婆婆生命，方能舉重若輕，姆媽活在佛號與生活細節，人是遠離了，微笑與精神依然住一塊。

必須是這樣的融入，才好把人生的路條條都踏穩。輯二以後，則韞書寫的面向更寬敞，溯及圍繞她的生活周遭，為朋友烤蘋果派、國標舞上認識朋友咪咪，漸次擴及美國生活、東方與西方的異同。〈藕香〉一文藉先生談彼岸大陸，連買捕鼠夾都可以入文。於是可知，輯一到輯七，則韞搭的橋越來越多樣。誰說橋一定只有一米或兩米寬，難道不能寬敞如飛機跑道？當然可以，只要情在、牽掛在，搭家族的橋，蓋國與國的、文化與文化的橋，都可以。

《芳華路上》是作者對人生的總攬，只是我們的導遊，一貫的優雅美麗、輕聲細語，悲傷處與濃情時，都是人生局部，把它們放遠了看，都是必須嘗過的滋味。這屬於則韞的修為，也是她的為文章法，安靜中為我們捕捉壯闊與美麗，但必須含蓄，讓讀者自己揣摩留白處，是作者的匠心獨運，更合於天地間，正好長得如此。

二〇二〇年四月十七日寫於臺北淡水

目次

輯三 美食

輯四 千里路

輯五 慢讀

輯一

親人

父親帶我看魔術

塗著髮蠟梳得光溜溜的頭髮，白色的襯衫，黑色的領結，外罩一身黑色斗篷，左手拿著一根魔棒，右手一握，在大拇指和食指圈成的一個圈中，湧出一條又一條打結的五色絲巾。然後又「轟」的一聲，出其不意地冒出一束羽毛捧花。接著兩手掌一握，一隻小白鴿探出頭來無辜地看著四方，啪啪一下，溫柔優雅地飛走了！我又驚叫又鼓掌，兩隻小手心拍得紅通通。

那是一個冬天的晚上，我五歲，爸爸帶著我和三歲的明照妹妹去看魔術表演。散場後，一肩馱著一進場就睡覺的妹妹，一手拉著我回家。我仍然興致高昂，對這種無中生有、有中變無、變中再變，有著越來越多的驚嘆，不禁極度好奇其中的奇妙、微妙、玄妙。那晚，我帶著燦爛的微笑，甜甜地進入夢鄉，夢見手心長出一個金蘋果。夢裡，夢外，魔術持續發酵。

從此我極度喜歡魔術，特別享受觀看時的驚奇帶來的無窮樂趣和夢幻及魔術的戲劇性。此後，我看了一場又一場的魔術表演，樂此不疲。人生和魔術有許多交集，就在溝溝坎坎裡，亮出火花，點出解、結。

爸爸斷斷續續地告訴我魔術的歷史，我聽得津津有味。他說，當有人類時，魔術就應運而生了。起初的理由很簡單，就是利用人們的無知製造神蹟來強化宗教信仰，鎖住人群。歷史上最早的紀錄是一份出土的手稿，記載著一個叫得迪的魔術家，他能讓無頭鵝走路，然後又能給無頭鵝接上鵝頭，恢復原狀。

爸爸說，最古老的戲法是「杯與球」，在西元一世紀時很受歡迎，被魔術師們大量地表演！到了中世紀末期，魔術進入了黑暗期，魔術家被指控、審判與迫害，說他們是邪妖惡魔！儘管如此，魔術師用鳥和動物（譬如兔子）變戲法還是大受歡迎，那時候還沒有發明撲克牌。

在英王亨利八世（Henry VIII，一四九一－一五四七）時，因為認為魔術和巫術如出一轍，欺騙百姓，魔術師被捕後都被判死刑。為了解除這個致命的危機，逼得雷吉諾・史考特（Reginald Scott，一五三八－一五九九）寫第一部英文魔術書籍《巫術探索》（*A Discovery of Witchcraft*），闡述魔術與巫術之不同，為魔術的技巧辨解，搭救魔術師的生命。

十八世紀的名魔術師是艾塞克・福克斯，他的拿手好戲是「蛋袋」，他可以從空無一物的袋中不斷地掏出雞蛋，非常地神奇，贏得無數的讚嘆。

十九世紀的魔術更上一層樓，名魔術師約翰・亨利・安德森（John Henry Anderson，一八一四－一八七四），將手勢和燈光及舞臺結合一體，並將魔術搬進戲院表演，從此不必流落街頭做野臺戲。彼時進戲院是光彩體面的社交活動，表演者和觀眾都打扮得整齊光鮮，優雅入場，故從此開啟魔術師穿燕尾服表演的傳統！

二十世紀初的名魔術師哈利・胡迪尼（Harry Houdini，一八七四－一九二六）則擅長脫逃表演，能從各種困境裡逃命成功，同時以他的特技揭發了以魔術冒充特異功能的騙子。

爸爸說，到了二十世紀中葉，美國的魔術大王，大衛・考柏菲（David Copperfield，一九五六－），十八歲就已經是芝加哥舞臺上的一顆明星。他的魔術秀在一九八一年於眾目睽睽之下讓一架七噸重的飛機消失；一九八三年在電視上公開地讓自由女神像銷聲匿跡，然後又把它變了回來，轟動全美；一九九一年使一輛火車瞬間消失；一九九二年創造經典飛翔；一九九五年他在好萊塢大道上獲得一顆星。據說他擁有十一個金氏世界紀錄，而且他的電視節目曾經獲得二十一次艾美獎。

爸爸愛變魔術，但技術含量很低。幼時，他出差深夜回來，我、澄宇哥哥、照妹妹、雄妹妹、安弟弟翌日醒來，總是看見桌上放著一盒爸爸說的「狗囉巴」（臺語發音；亦即風乾的番薯或者木瓜，外面裹著厚厚的蜜糖，亮晶晶的，大名就叫「番薯糖」或者「木瓜糖」）。我們雀躍地等爸爸雙手一揮變成黃燦燦的寶貝分給我們一人一小塊，那是又甜又糯的點心，格外好吃。一般分著吃上幾天才會吃畢整盒，我們的小心靈好滿足，好幸福！爸爸的拿手好戲演了好多年，逐漸長大的我們早就洞悉其中的「祕密」，卻還是配合演出，為的是讓爸爸高興，為了愛，為了暖，為了團圓的家。尤其歷經顛沛流離，我們的圓在一起，當真如一場魔術了。

不過，爸爸無意中帶我走進魔幻世界，還告訴我歷史，使我更加著迷魔術，它給我的生命帶來許多驚奇與夢想。但是，爸爸在我的成長過程中，從來沒有點破這把戲祕密，是故我一直深信魔術師們的確擁有若干特異功能。

成長中的我，看見世界因為戰爭、疾病、貧窮帶給人類許多災難，癡盼大魔術師能點石成金，解除普羅大眾的窮困潦倒。我把願望說給爸爸聽，像不斷播放的唱盤，一遍又一遍地說。多年過去了，他都是眼神含笑，帶點玄機地，默默地聽。直到二〇一五年，我這點夢想卻在現實中剎那間被磨碎軋平。

二〇一五年十月十一日，我們和一群好友在義大利羅馬搭地中海遊輪遊覽希臘與土耳其各島，每天晚上有夜總會表演。一天晚上演出魔術，我被何克特爾（Hecter）魔術師選中做嘉賓，當「臨時助理」——直白地說就叫「樁腳」，幫他吆喝助陣。我坐在他的身邊，在聚光燈下，近距離地看他玩撲克牌。我聚精會神地盯住他，渴望能看出其中的祕密。他要我從一疊撲克牌中抽出一張，只翻開給觀眾看，那是一張黑色桃花九，魔術師要我在牌背簽名時，突然問我：「Are you a doctor?」

我說：「是的。」我的回答，讓他嚇了一跳，脫口而出：「Really?」太出乎他的意外了，我猜想。

我說：「真的，一點都不假。」

然後，他讓我將這一張牌塞回他手中的牌陣中。

經過這一番交流，他腦中可能有些警惕，戰戰兢兢地重新洗牌，嚴肅地抽出一張問我：「是這張牌嗎？」

我微笑搖頭，斬釘截鐵地回答：「不是。」

他又重新洗牌，又嚴肅地抽出另一張問我：「是這張牌嗎？」

我再度微笑地搖頭，手指著他，大聲回答：「當然不是。」

然後，他很篤定地拿出一張牌，說：「一定是這張了，黑色桃花九，背後有妳的簽名。」

我驚訝地瞪大眼睛細看，……再細看，一臉茫然地點頭。這時觀眾席上突然爆出一片掌聲，把舞臺的氣氛推到了高峰，口哨聲此起彼落，大家都很興奮。

他的表演開始勾起了我的興趣。我睜大雙眼看他下一步打算做什麼。他突然在我眼前一晃，那張黑色桃花九無影無蹤！我大叫：「What have you done to it?（怎麼回事？）」

何克特爾魔術師不作聲，一嘔一吐，從他的嘴裡吐出帶著口水的碎片，說：「全在這裡！你願意帶回去做紀念嗎？」我心裡突然透明得……像明鏡似的……。那個答案呼之欲出……啊……！我看穿了戲法。

此時，魔術師彬彬有禮地與我握手道謝，歡送我下臺走回我的座位。回到先生大眼睛（就是我先生明健，小名「大眼睛」）的旁邊，大眼睛忙不迭地問我：「看出端倪嗎？」

我鎮定地回答：「看懂了。」

得意的表情布滿他的臉上。

第二天吃早餐時有數位觀眾，還有我的好友怡芳、黛蘭、堯天師哥師嫂、元元都紛紛來問我：「看出破綻嗎？」似乎胸有成竹地等著一個肯定的答案。

我仍然鎮定地、大聲地說：「沒有。」

這些人一下子洩了氣，都面露失望，我看了真是於心不忍。

魔術師參加「魔術師協會」時都要宣誓不可對外界透露祕密。行業各有規範，這是魔術師的結界，畫一道線，線內、線外都是大千世界，魔術師要決定在哪一處落址、繽紛。我非魔術中人，卻相信一個價值流傳千古，必有千古之理，我未必懂，但敬其規範，在線的這端，給予掌聲。

今年清明節，我給已長眠青山的爸爸上香稟告：「爸爸，我終於斷了魔術師解救世界人民大災大難的癡心妄想了。」

我的眼前浮起爸爸眼底濃濃的笑意，似乎很滿意這個戲劇性的自我解套。

「黑色桃花九」只是撲克牌中的一張，還有剩下的五十一張，沒有我的簽名。就算有，也被魔術師咬得粉碎了。人生只有現實，沒有魔術，方成就了魔術師站上他們發光的舞臺。我們的世界，也是這般。

柚子黃了

在華人超市看見又大又黃的柚子，花了約五元美金買了一顆回來，放在廚房的島檯上，進出廚房，都會既目睹芳容，又聞得芳香。至隔日，終於忍不住剖開去皮，挖出瓢囊吃，甜中有苦，苦中有甜，雖不及廣西沙田文旦的肉細味甜，但仍是回味無窮，因為勾起了很多回憶。滋味的真正難忘，是甜裡苦澀、苦中回甘，是與人的滋味一起深釀了。

從小每到吃柚子的季節，父親就說福建老家有一個「柚園」，當夏天開滿花時，滿園飄散芸香，令人腦醒記憶力佳，他就攀折了幾根白花細枝插在瓶裡陪他讀書，然後整個夏天都翹首盼望柚子長大變黃成熟。好不容易到了深秋初冬，滿樹纍纍的柚子可以吃了，晚上，他就搬一張椅子坐在樹下，摘下一個大柚子，在微風中，獨享柚肉的美味。這個「柚園」中，還有龍眼樹的陪伴，兩種相異種類的水果織就了他的童年。父親的話鋒剖開時，常見東柚子、西龍眼，大小差異多，都滾得一樣圓。

承襲了父親的愛好，我們兄弟姊妹都特別喜歡吃柚子，年年邊吃邊聽父親摘柚子的故事，他的童年走進我的童年。伴著柚香，父親督促我讀書練書法，不得偷懶，造就了我日後愛好繁華錦簇的文學。可以說我的文字中，有一粒一粒的柚子籽，偏愛在月圓時結果。

我來美留學，那時的異鄉異地買不到柚子。愛女心切的母親年年從臺灣給我郵寄十顆文旦柚子，除了送一顆給我的指導教授之外，其他的九顆，我留著慢慢吃，滿腔的思鄉思親化入腸胃的滿足。我成了一個被寵壞的孩子，無視昂貴的空運郵費，年年盼著母親寄柚子來。她前後寄了十年，直到她驟逝。從此我沒再嘗到柚子的甜美，從此我更記得母親寄來柚子的好年冬。

當好友念舒獲悉我嗜吃柚子，竟從舊金山郵寄一箱給住在美東的我。可惜南橘北枳，皮色綠，味澀苦，肉粗乾，有待農業科技改良品種。雖然如此，好友情誼重，我也甘之如飴，永銘在心，藏一粒柚子籽在心頭。一九九九年五月，三十多歲就守寡的婆婆住在加州，最後在安寧病房時，陪侍在旁的兒子（就是我先生明健）特別買了一顆柚子放在案頭，給媽媽聞柚香提神，驅除隨時來訪的死神。童年的難忘香氣，成為一款提神。

奇怪的是，在我母親驟逝之後，沒了臺灣空郵的柚子吃，我常常做一個夢，夢見一個大園子裡，有很多樹，在綠油油晶亮的葉叢中，掛著無數的大果實，樹很高，沒有梯子，只能望著它們興嘆。醒來後，一直在想，那是什麼水果，因為從來沒見過柚子樹，故沒有聯想到柚子。

父親於二〇〇一年移居聖荷西，我年年從美東去看他。父親愛提我們的童年，沉醉在往事中。但是，他不再提他的柚子童年，我們也好像忘了柚子。奇怪的是，我繼續做著同樣的夢，還是高高的樹上垂著纍纍的大果實，我總是摸不到吃不著。

直到十年後，父親病逝，美東的華人超市開始賣柚子，我們又可以嘗到柚子時，猛然想起我的夢。難道父親這十年來都沒有想念柚子嗎？還是他已瀟灑淡然，不再惦記柚子？他們四個兄弟都已先後邁入歷史，只剩兩個妹妹固守家園，不知「柚園」安然否？我不敢問福建來的姪女有關「柚園」的種種，害怕那是一片脆弱的夢土。

父親說過：「柚子黃了，有香味了，就可以吃了。」以後我在夢中要找那個已經黃了的摘。若給超市的柚子純粹打分數，僅僅及格而已；可是若加入想念父母親的情思，那麼它們是集滿相思的載體，我會情不自禁給它們的色香味打滿分。謹以此文紀念父親逝世九週年。

柚子籽發進我的夢裡了，父親也在這裡，在屬於我的「柚園」中，盯著幾顆發黃的柚子。

牽父親的手

有一個牛角尖存在心裡幾年了，每年到了感恩節，我就心虛內疚後悔，百味翻攪，甚至萌生自殺的惡念。——但是父親曾經說過的要心存「普世關懷」又把我拉了回來。

多年前讀了方圓女士的大作〈牽手盡孝〉（二〇〇九年一月二日《世界日報》家園版），給我很大的啟發，原來牽父母的手，也是盡孝的方式之一。

以前我對牽手的理解常侷限於情侶或夫妻，因為在臺灣，牽手存有「另一半」的意思；是「執子之手，與子偕老」啊。在美國的環境裡，除了大人牽著小孩的手以外，若同性牽手，會被解讀為「同志」，被投以異樣的眼光。所以大家對牽手都是小心翼翼，以免傳達錯誤信息或被指指點點。手與手，只是左與右，又常是「是與非」。

前不久，我的一位老同學K，他是物理系終身職教授，在他的專業領域裡有非凡的建樹。他略帶靦腆地告訴我，他回臺灣講學，空閒時陪他的八十歲母親去傳統市場買菜，過馬路時，他的母親竟本能地牽起他的手，他愣了一會兒，本能地想抽回來，但繼而一想：「媽媽可能忘了我是五十歲的大人了，好，就讓她牽著吧！」他的母親牽著他的手，他提著母親的菜籃子，就這樣地來回走著。他們是母子，也像玩伴、夥伴。

聽K描述，我的眼前出現一個非常溫馨的畫面，眼眶竟情不自禁地濕潤了。我的媽媽於三十年前去了天堂，在那之前，陪媽媽買菜時，她也是要牽著我的手，她沒有忘記我已長大成人，但母親的保護天性，怕我被地上的石頭絆倒栽跟斗，怕我東張西望走丟，所以她總緊緊地握著我的手，另一隻手則提著菜籃子。當時，愛漂亮的我想在賣衣服的地攤前多看一會兒，也是辦不到的。媽媽去天堂以後，我也陪父親買過菜，但父親走在前面，我提著菜籃子走在後面，亦步亦趨，地上兩個人影，一前一後，我是純跟班的角色。

與母親走一塊，我如少女，還有看不清的路；與父親走一起，我是見過大風大浪了，沒有走不通的路。在我的記憶裡，父親有十隻令女人都羨慕的修長手指，卻從來沒有牽過我的手，我也沒有去牽他的手的孺慕渴望。後來，我住在美東，父親住在美西，每次去看望他，就坐在客廳裡陪他說話看電視，出門時，就坐進汽車上路，我想攙扶老父過馬路的機會都沒有。

很多年前，臺灣一位名作家G，寫了一則超短文寄給我分享，大意是一個老父親堅持要陪著女兒過馬路，女兒說：「那我不放心，還得陪著您再過馬路走回來。」父女倆僵持不下，最後女兒讓步，說：「我不過馬路了，我們回家吧。」女兒牽起老父親的手，陪著父親轉身，夕陽落在他們的身後，目送故意放慢腳步的女兒與中過風拖著碎步的老父親。因為當時我父親還是年輕，讀完後，並無太多觸動。爾後，歲月催人聲聲老，百感叢生，感悟生死相依的瞬間迭起，由衷萬分感激父親仍在身邊的溫暖。左手牽右手，一個單純的念頭，原來也會在生死的兩頭。

後來，我將方圓的大作電傳給K與G，囑咐幸運的K多把握與父母親牽手的機會；報告G那則超短文的精神復興。而該文給我的最大啟迪是每一個小舉動都是愛的記號。

我父親年事已高，每次給他寫信時，信尾一定附上「福壽雙全」的祝願，他會埋怨：「老囉，越來越老，只有更多的麻煩，還有什麼福壽？」然而，他喜歡散步，拄著手杖可以繞著社區輕易地走上幾圈。我告訴自己，一定要多去看他，陪他散步時，一定要牽著他的手，傳給他力量與勇氣，面對年老體衰器官走下坡的挑戰；也傳給他大視野，看到日薄西山仍有的絢麗多彩。我牽了父親的手。他之前步伐總是快，而今有一點蹣跚，我跟上他的步伐時，又多麼盼望永遠不要跟上。

誰知這種「牽父親的手」恭祝父親「福壽雙全」另類盡孝的心願並沒能維持多久。二〇一一年的感恩節前他病了，我飛去加州聖荷西看他，在病房中，父女倆談了一整天，他的談興高漲，從我的小時候聊到我現在的工作。醫生來查房，見他精神瞿爍，計劃讓他隔天出院，我們都很高興他康復了。隔天清早我飛回與先生孩子過佳節。

沒想到那是迴光返照，那天夜裡，他在生死邊緣掙扎，我沒來得及再回來，就這樣永遠失去了他。

等我再回來，牽起他冰冷的手，他默默無言，我說：「爸，我要捂熱您的手。」

父親回家

那時候，我在臺灣新竹出生，左鄰右舍的經濟情況都差不多，清貧度日，無能紅花綠柳，悲風憐月，臨水攬照，伴雲談心。父親叮嚀只有用功念書，才是成功的關鍵。他是翰林之後，幼年飽讀詩書，文學修養頗高，並寫得一手好字，常說：「詩書同源，貴在神韻。」子女受其薰陶亦酷愛文學與書法。我是長女，年輕的他帶著我讀書、練書法、寫作文，日積月累，培養了我愛寫作的基礎，每天擠出時間來寫寫塗塗抹抹。他偶爾思鄉，會吟唱：「日出江花紅勝火，春來江水綠如藍。」（唐・白居易〈憶江南〉）我一切視為當然，未思及父母何故跨江過海越峽到臺灣。

直至我讀畢龍應台博士的《大江大海一九四九》、蔡文甫先生的《蔡文甫自傳》、齊邦媛教授的《巨流河》、王鼎鈞先生的《文學江湖》，才受激發去瞭解父母如何來臺灣的背後故事。江海自流，每一個人的江湖都是漩渦。

父親說，當年他在國立英士大學讀經濟系，大三暑假回福建晉江老家，正逢縣長起用大學生，任命他為「新晉江碾米廠」副廠長，縣長本人是正廠長。當時母親的三堂姊是該廠的發票員，於是介紹住汕頭市揭揚縣當小學老師的母親給爸爸。

一年後，父親回浙江金華完成學業。畢業後的他有崇高的理想，即由校長湯吉禾先生介紹至國家社會部合作社供銷處工作；該處業務範圍甚廣，全國共有十二分處，臺灣分處即其一。湯校長原擬派他至南京處糧食站，因聞臺灣有排外情勢，爸爸是閩人，與臺灣語言相通，較能相處，故改派至臺灣臺北分處工作。赴任時搭乘輪船來臺，但對當時船名已無復記憶。因係持總處之派令而來，故報到時無任何困難，衣食住行均由公家解決。

父親說，他抵達臺灣，內戰方啟，國共雙方在談判，他原擬在臺僅住二、三年，即可返大陸仍赴南京工作——這是由於他的同學、師長均在該處服務，出路較為廣闊。孰料人算不如天算，大陸竟於短期內易幟，媽媽（當時是未婚妻）於一九四九年急忙由廣東省揭揚縣先抵泉州，再經廈門搭「鷺江輪」抵基隆。爸爸去基隆碼頭接他的未婚妻，隨即展開他們在臺灣的新生活。父母在臺無親無戚，安居不易。母親是中英混血兒，難免遭鄰里注目，背後指點，更須較長時間方能融入彼時新社會。

後來吾等兄弟姊妹相繼出生，成了新臺灣人。父母工作養家，艱辛不已。家無恆產，母親變賣所有昂貴珠寶首飾、衣料，幫助家計。每年九月九日重陽節登高，父親總是唸誦道：「無邊落木蕭蕭下，不盡長江滾滾來（唐・杜甫〈登高〉）。唉……」一念之差，跨海竟成思念之始！往後一甲子，念念又念念，一炷香，無窮淚。

父親說，國民政府遷臺，大陸時期所任要員，政府不再予以重用，爸爸原本被安排好之出路，於焉中斷。政府初抵臺時，蔣總統一再公告國人，三年五載即可光復大陸。孰知天不從人願，出乎意料的外力從中作梗，大陸來臺者只能在臺安身立命，爸爸的命運也從此改變。父親擅書法，而且常寫草書；然而，他慢慢體會到，時代才是大書法家，横、竪、撇、捺、點、鉤、挑、折，任它揮灑而就。

從小到大，我生命中諸如聯考、表演、比賽、開學首日等等，都有爸爸在場。他還常帶我們去看電影、馬戲團演出和魔術表演。下班後陪我們聽唱片學英文，出差回來帶給我們好吃的點心。後來我高一被選加入國民黨，事先徵得他的同意；高二選組時，他說：「女子一生重在經濟獨立，尊嚴於焉而生。妳選理工科為一生志業，文史、詩詞、音樂方面作為嗜好即可。」我聽話，照辦了。我們的生命裡處處都有他的烙印和指導，可說既是慈父亦是良師。我是他生命的延續，跨出門檻，走向世界，最終還是回到他的窩。父窩，命定的故鄉。

父親先後任職臺灣省新竹全國民生供銷處、高雄海港檢疫所代理所長、祕書長及臺東省立醫院總務主任等職務。他於一九八七年從基隆海關專員任上榮退。他是國民黨員，一生忠黨愛國，退休時獲中央政府頒「功在黨國」之獎座及「貢獻卓著」之錦旗。人生倥傯，忽忽過了幾十年頭，退休後的他適逢兩岸三通，他回老家看望老母親及弟弟妹妹，其老父親則已過世多年。他說：「近鄉情更怯，不敢問來人。」（唐・宋之問〈渡漢江〉）情切切而心怯怯，像雲帶雨來二者連動，又像翹翹板兩端上下起伏，忐忑不安。

父親於二〇〇一年移民美國，並定居加州聖荷西。父親終日一書在手，吟哦自娛，生活安靜，頤養天年。我從美東飛去探望他，他興奮地告訴我：「今日讀公布出的蔣公日記，方知當時政府確有反攻之把握，並非空想。」

我說：「爸爸，您現在生活在聖荷西，就不要多想了。」

他唏噓地說：「是啊……滄海月明珠有淚，藍田日暖玉生煙。此情可待成追憶，只是當時已惘然（唐，李商隱〈錦瑟〉）。」

我說：「您那一代戰亂不停，離鄉背井，的確令人感傷。如今否極泰來，就享眼前的清福嘛。」

父親眼底露出濃濃笑意，伸出修長的手指，拍拍我的手背，默然不語。我知道當年的他也是想要活出精彩，活出瀟灑，活出自己來，卻因活在政局動盪不已的年代，為了養家餬口耗去大半人生，雖滿懷理想抱負，有志難伸。

他曾對我說過：「妳比我幸運。」對比父親，生長於太平盛世的我，一生順遂，值得感恩。

二〇一一年十一月二十五日，正逢美國感恩節，父親在聖荷西駕鶴西歸，享年虛歲九十。五年後，有一晚朦朧之際，只見父親攜著母親坐在客廳裡，我驚喜地說：「爸爸，您跟媽媽分開二十多年，終於團圓了。」

他對著我說：「韞兒，余攜汝母回鄉，就此別過，後會有期。」

他們起身漸走漸遠，我赤足追趕，大聲呼喚，驚醒了過來。五年來我對他百般思念，看書、吃飯、上班、開車，父親的身影時時在腦海浮現。如今首次入夢，卻是為道別而來，疑似費時五載方尋得已逝經年的妻子。就像父親以前教我的一首詩：「人生代代無窮已，江月年年只相似。不知江月待何人，但見長江送流水。」（唐・張若虛〈春江花月夜〉）

陰與陽二界有夢為橋，像父親寫書法的「捺」劃，墨汁似乾未乾，似盡其實不盡。二〇一六年十二月二十二日，早上醒來，發現頭天晚上夢見父親手上抱一個女嬰，滿臉笑意，不勝歡喜。我當時有些納悶，莫明所以。當天晚上，我的女兒從南加州發來電郵以及數張照片報告弄瓦之喜。我才恍然大悟父親懷中抱的是我的外孫女蘭蘭，大喜啊！我心中興奮莫名。一條小生命透過外公，夢中向我報到，祖孫連心，情深如斯。父親心心念念的四代同堂於焉拉開帷幕。

父親與母親合葬於臺北林口，我們手足每年輪流回臺拜祭。每當捻香追思，心裡總是如晉朝張載〈七哀詩〉之二所言：「哀人易感傷，觸物增悲心。」欣慰、失落、惘然……，各種情緒兼而有之！

又是新年春節，思父心切，日有所思，夜有所夢，記下點點滴滴，聊慰思親。就像下面這首英國詩人威廉・亨利（William Ernest Henley）所寫哀悼其五歲早夭女兒的詩〈瑪格莉特姊妹〉（Margaritae Sorori / Sister Margaret）：

我要這樣死去
我完成了自己的使命

結束了漫長的時日
我已得到報酬
我心目中有一隻歲暮的百靈鳥在歌唱
讓我皈依那寧靜的西方吧
像落日，死得燦爛、安詳

婆婆媽媽的拿手菜

人的出生，是因為有爸爸媽媽。但是，世代交替是生物學的基本定義，千古不變，我們注定要品嘗死的苦味。

媽媽在一九八九年十一月十四日辭世，我們姊弟四人都飛回臺北奔喪。匆匆地去，又匆匆地回，留下爸爸一個人住在新店市新祥街一號三樓，處處充滿媽媽影子的房子裡。過了三年，我和明照妹回去陪爸爸過農曆新年。爸爸說他天天在外面餐廳包飯吃，我們聽了心酸。並不是因為他遵從孔夫子「君子遠庖廚」的古訓，而是媽媽從不讓他做家事，所以爸爸只會燒開水，廚房裡其他事全都一竅不通。我們回臺灣那些日子，決定天天在家做家常菜給爸爸吃。我們手挽著菜籃子，跑到屋後中華路巷弄裡的傳統菜市場買菜，滿地濕答答的，一腳低一腳高走了一圈下來，也買好了一籃子新鮮綠葉菜、紅肉、活魚。很像當年的媽媽，心裡很得意。

中午，我們擺出了熱騰騰的紅燒豬肉、清炒包心菜、煎虱目魚、粉絲湯，然後去書房請爸爸出來吃飯。他夾了一塊紅燒肉，放進嘴裡細嚼，吞下後說：

「自從妳媽死後，我就沒吃過這道菜了。」

「真的？」我睜大眼睛問，有些驚喜。

「是啊。妳媽知道我愛吃紅燒肉，每過一段時間就會做給我吃。我習慣妳媽煮的味道，她走了，就沒有人做了。」他一邊吃一邊說，吃得津津有味。

「爸，您說像不像？」我興奮地問。

「什麼像不像？」他被我們搞糊塗了。

「這味道像不像媽媽燒的？」明照妹幫我說清楚。

「像，像，很像。」他滿口讚揚。

「明天，我們再做您愛吃的。」我胸有成竹地說。

晚上，我和明照妹睡在爸媽的大眠床上，爸爸改睡書房裡。我們趕快回想媽媽平時燒的拿手菜，好做給爸爸吃。母親是廣東揭揚人，平常做的多半是廣東菜。但是，鄰居各省的都有，所以她也會做北方人的麵食，和南方其他省份的小菜。從小跟在媽媽身邊看，發麵做饅頭、包子，都看會了；做餃子、春捲也可以，炸醃肉球或煎辣蚵仔餅更是難不倒我們。菜是發酵的親情、鄉情，像一個接力賽，從古遠跑到現代，越來越順手。

後來每天做一道媽媽的拿手菜，再配上兩樣自創的料理，加上一道湯，請爸爸吃。那幾天，做了乾煎鹹肉片、筍片肉片粉絲滾大白菜、紅燒蹄膀、芹菜炒烏賊、肉末黃瓜片、肉末蛋餅……，爸爸吃得很開心。其實，他吃的是對老伴的懷念，我們煮的是對媽媽的紀念。我暗想，就是不像也會像，何況他那麼久沒吃這些菜，更是吃得開懷，也必然觸「菜」生情，感觸良多。

十天後，我們回美國了。突然領悟，可以做媽媽的拿手菜給先生孩子們吃來紀念母親。她辭世時，女兒囡囡雖然只有九歲，模糊記得外婆的片段事蹟；兒子靖靖只有四歲，對外婆竟毫無印象。我於是開始常做紅燒肉、肉末蛋餅、肉末黃瓜片，又帶著孩子包餃子、做烙餅。靖靖兩歲半就會拿著玻璃杯擀餃子皮兒。他們愛吃這些菜餚、麵點，我對母親的懷念也在切洗煎炒中得到慰藉。這些菜變成了孩子們外婆的記號。母愛、外婆愛、阿祖愛、太祖愛，悠悠杳杳，遠溯開天闢地。深深的愛，像母親河——黃河，起源於巴顏喀拉山脈！

有一次去加州舊金山出差開會，順便與住在當地的小妹和安弟相聚。晚餐時，我做了芹菜炒烏賊和肉末黃瓜片給他們吃，小妹驚叫：

「大姊，妳會做媽媽的菜！」

「像不像？」我情不自禁地問。

「……」小妹不斷點頭。

媽媽每次來美國小住時，最常與她住，所以她也最想念媽媽。吃了我做出來的媽媽拿手菜，一定緩解不少思母之苦吧！

後來，每年過農曆新年，做一手好菜的安弟一定燒一鍋紅燒肉獻給爸爸吃個痛快，以解他思念我們母親之苦。手足情、父母情、血脈情，縱貫連橫交融相依，族譜、祠堂裡的祖先從不曾遠離。

婆婆與我們同住多年，對我的兩個孩子十分鍾愛。她是浙江奉化人，我的孩子叫她「阿娘」，是寧波人對祖母的稱呼。她做一手好寧波菜，做出來的飯菜令人垂涎三尺。

我天天下班後就跟在婆婆身後，洗菜切肉，她是主廚，我是副手。她說上海話：「儂肉絲要切細一眼，勿要太粗了，加一滴糖，一滴鹽，醃一些辰光。」

我說國語：「姆媽，要醃多久啊？」

她又用上海話回答：「一刻鐘夠了。」

時候到了，看著她起油鍋，倒菜下鍋，「轟……」一聲，快炒、燜滾、慢燉、水煮、涼拌。很快就做出許多香噴噴的菜餚來。耳濡目染，我從她那裡學會苔條炒花生、麵拖蟹、香腸蛋炒飯、上海餛飩、上海春捲、上海炒年糕、上海油爆蝦、清蒸魚、炒辣火醬、醉雞、醉豆腐、叉燒腸粉、干貝炒蛋、蔥烤排骨、蒸蛋肉、素什錦……。靖靖最喜歡吃阿娘的香腸蛋炒飯、上海餛飩、叉燒腸粉、上海炒年糕、蒸蛋肉；囡囡則是麵拖蟹、上海春捲、清蒸魚、醉雞、干貝炒蛋；先生明健只要是姆媽做的都愛吃。

我們家，餛飩的餡兒有豬肉白菜或薺菜或西洋菜；春捲一定是包勾了芡粉的豬肉絲、白菜絲、黑冬菇絲、筍絲。婆婆喜歡包很多餛飩、春捲，放在冷凍庫裡儲存，在冬天時不時的，煮一鍋餛飩火腿雞湯，讓一家人吃得全身熱烘烘的，不再叫冷。在夏天，會做涼鹹豆酥，吃得明健耳朵都會轉。囡囡和靖靖下午放學回家，就能吃到阿娘特製的叉燒腸粉，所以，一家人天天都是吃得好開心。

婆婆到其他兒女家小住時，我就暫升代理主廚，主理一家中饋。一九九九年五月九日，婆婆去世，一時全家人都慌亂，心也失落了。我這個副手責無旁貸，立刻自動升級正式主廚，做起她的拿手菜，希望藉這些菜餚能幫助先生和孩子紓解心中對姆媽和阿娘的想念。

我問孩子：「這蔥烤排骨像不像阿娘做的？」

孩子們很捧媽咪的場，直說：「像！」還吃出一副狼吞虎嚥的饞相來。

明健很坦白：「還不像，這肉不夠嫩，這汁也不夠甜。」

囡囡一聽，立刻擺下刀叉捍衛我，一張小臉很正經地用英語說：「Daddy, ... No. It is good.」

我不管像不像，媽媽和婆婆的拿手菜就被我燒來燒去。時日一久，可能都走了樣，也失了味，家人卻越來越像。就在這「像不像」的對話裡，大家不諱言想念，卻非感傷，因為她們彷彿仍然活在我們的生活裡。她們的說話聲和腳步聲猶盈盈在耳，身上的氣息散漫於空氣中。媽媽和婆婆的衣服也還疊在衣櫃裡，我與她們身材相似，穿上她們年輕時的旗袍，攬鏡自照，她們笑顏頷首，穿越到二十一世紀的美東，與我促膝，細訴衷腸，飲一杯下午茶。黃瓜三明治、奶油果醬司康餅、蘋果撻都是桌上點心。欣（喜）、馨（香）、忻（悅）、歆（然），天下媽媽的心願。

媽媽和婆婆都是精於女紅，繡花、縫衣、納鞋都很熟練。唐朝孟郊的〈遊子吟〉已道盡思母情，沒想到除了慈母手中線之外，原來煮她們的拿手菜，吃她們的拿手菜，竟也可以成為紀念的方式。就這樣，日日做，月月做，年年做，思念親恩，綿綿渺渺。山高水深，源遠流長，這可要謝謝二十多年前爸爸給我的靈感了！

她們在天堂說不定正在笑我太認真，「像或不像」，又不是莎士比亞的「to be or not to be」，何必一再詢問認證？然而，婆婆媽媽的拿手菜，的確是一種很好的家庭傳統與薪傳，也是一種慎終追遠的表達。我渴望告訴思念母親的大家，並請大家告訴大家，這樣一個好方式。

兩扇大門

生命裡有很多特殊的一天，而這些特殊的一天連接起來，形成了每個人獨特的命運。

我是個不開竅卻又很固執的孩子，從小就對很多東西似乎感興趣又不感興趣，總是懵懵懂懂的，但又愛鑽牛角尖。然而，等我長大以後，固執地抓住我心的是寫作與科學，恰好符合我那固執愛鑽牛角尖的個性，這是因為兩個很特殊的機緣。

父親是我寫作的啟蒙師。兒時的週末，他帶著我讀古詩詞；等我學會看報紙的副刊後，就學著寫一些小文章，請他指導。我不討厭學校裡的作文課，被老師指名參加作文比賽往往能得些小獎。青少年時，先是很喜歡張秀亞的散文，後來又迷上徐志摩的新詩，然後又陸續看了《簡愛》（*Jane Eyre*）等世界文學名著，漸感文字的魅力與詭異，開始喜歡將自己的思想或觀察變成文字、句子、段落、文章，自我挑戰。一路寫來，父親一直不間斷給我支持鼓勵。於是寫作就變成我身體細胞裡的蛋白酶，滋養生命，強大基因，導引人生方向。

文字像魔術，會變戲法，記錄眼細胞的視像、腦波的圖紋、心跳的頻率、腸胃的蠕動、手腳的翻轉、嘴唇的啟合、耳神經的傳遞，與地球引力波共振。外在的直敘和內在的纏綿譜出冷靜的旁觀，說它個上下五千年。

我一直喜歡數學、化學、物理等一類課程，生物學又是一個包含數理化的綜合學科，所以也就自然地對它感興趣，但還不算特別熱愛。

上世紀六、七十年代，小學與中學裡雖然都設有實驗室，但老師們主要還是寫黑板講課的教學方式，很少動手做實驗示範或是讓學生親自做，所以實驗室是備而不用，完好如新。就在我讀高中一年級時，放寒假前的一個星期六，老師叫我去她的辦公室，問我：

「……老師發覺妳對生物學很感興趣，我想讓妳參加校際科學比賽。可是現在就要開始做實驗，才能趕得及完成數據收集與處理、寫好壁報去參加比賽。寒假裡妳願不願意來學校跟我一起做實驗？」

李師是一位很年輕的女子，剛從大學畢業兩、三年，對教學與學生都充滿熱誠激情。

「老師肯教我做實驗，我當然願意。」我回答。暗忖可以做老師的助手，表示老師看重我，一下子覺得自己長大了。生、長，跟二十四節氣比賽，越過驚蟄，跳到白露。

李師帶著我做了兩個項目。天天做，寒假過後，放學及週末仍然繼續做，像一個小跟班，跟在她後面做很多事情。我非常喜歡這樣一份動手做實驗、印證發現、歸納分析的活動，比坐著聽課、讀書、背書更有意思。靜止、悸動，如冬天的冰河，河面上凍結，河面下魚兒自在悠游。

李師住在學校單身宿舍，在外包飯，每晚有人送來熱飯熱菜。當實驗做得晚，就先帶我回她的家，跟她一起吃晚飯，然後我才回家。期間僅一個週日，因為媽媽要帶我去看電影《亂世佳人》（*Gone with the Wind*），特別跟老師請假一天。電影中女主角郝思嘉的堅忍不拔和梅蘭妮的善良、同理心給我很大啟發。堅持、善良，生存的兩個砝碼，也是成功的鑰匙。順、逆，兩個結局。

我們的努力有了很好的成績。但最重要的是我學會做基本實驗和寫報告的方法，看到了肉眼見不到的另一世界，視野相對地拉長挖深，書上抽象的名詞都在顯微鏡下變成真實的東西。就這樣，李師引我進入了生命實驗科學的大門。所謂：「師父帶入門，修行在個人。」我從此迷上生命科學，終生不倦研究生命的奧妙。性格、命運相依，堅持、考驗亦友亦敵，機緣決定天下這個棋盤的黑子和白子的舉落，不過終究擺脫不了宿命的演繹。後來的吳鈞堯說：「無法做到人人盡歡，怎能事事掛心呢？」

於是科學與寫作變成我的兩隻大鵬鳥，帶我上天下地飛翔遨遊。自由搭了一座橋、瞧，生命的裡外，有主題，也有花絮。

我想每個人都有自己的途徑去擴大自己的視野，我恰好是碰上了寫作與科學。

莊子云：「天地有大美而不言，四時有明法而不議，萬物有成理而不說。」（《莊子・知北遊》）我的兩扇大門，囊括了大美、明法、成理的要素。堅持至今，一隅心齋，靜氣知足！

衷心感謝兩個師父帶我進兩扇大門，而定下了我一生的軌跡。

筆墨情趣

中文和書法現今成了世界紅人，學習熱潮方興未艾，不僅華裔父母送孩子來上課，美裔父母小孩也一起出席。中文學校都是向社區中學租用週末二日，開班授課，熙來攘往，一點不遜平日上課。

當年孩子屆學齡，驚訝地發現，在美國大華府地區方圓數十英里之內，竟有三十多所中文學校，除了教國語、粵語、臺語之外，也有文化課，課中又分書法、國畫、勞作、扯鈴等等。我的兩個孩子，週一至週五上美國學校，週六或週日則上中文學校。他們為天天都得上課大喊不公平，可是當拿著軟軟的毛筆在紙上「畫」字時，心中升起一股自豪，因為發現比美國同學們多會一樣「技藝」。

原來甘、苦只是一念之差，化苦為甘就靠「愛的教育」。兩個孩子先學楷書後學隸書，帶回家的書法都寫得工整，有稜有角，筆意清逸遒勁。我一一誇獎，他們興致益發高昂，用紅紙條寫了「恭賀新禧」到處張貼，家裡每個門框都沒有放過，處處新年味十足，一年到頭喜氣洋洋！這樣一來，我擱了十幾年的筆墨情趣也湧上心頭，跟著孩子磨墨寫毛筆字。寫著寫著，就想起小時候跟爸爸學寫字的情景。

九歲時，星期天不必上學，就看到爸爸在大書桌上攤開舊報紙，從從容容地懸肘寫大字，旁邊圍著他的同事群觀摩。他寫完後，其中一位同事接著上場，一樣攤紙執筆寫字。如此，輪換著揮毫，說說笑笑地過了一個上午。我擠在大人中間，不懂個究竟，光是湊那份熱鬧就好開心，不亦樂乎！

這樣一擠就擠了兩年，也看了大人寫書法兩年。我是一個傻乎乎的孩子，認為書法是屬於大人的遊戲，從未興起嘗試的念頭。爸爸終於忍不住，開始教我磨墨握筆寫中楷，臨摹柳公權的字帖。他為我準備一套文房四寶，狼毫筆和羊毫筆都有。我喜歡慢慢地磨出很多墨來，他不准我們用瓶裝墨汁，說是寫出來的字死氣沉沉，沒有墨光墨彩。我把筆沾飽墨，在畫有九宮格的習字紙上寫完後，得將硯臺、毛筆洗淨，當然也趁機玩水，收拾完後方准離桌出去玩耍。

雖然驕傲地認為可以寫書法是長大的象徵，可是好景不長，練字畢竟是苦差事，剛開始時的新鮮勁一過，以後都是愁眉苦臉地練字了。兩頁大楷寫得快些，寫起小楷來可以說是磨功夫。父親很認真地督導，我只好乖乖地寫，不敢打馬虎眼，以免惹他傷心。如此一來二去，卻也磨出一些好成績來。讀中學時，國文老師改書法作業簿，在好字旁用紅筆畫圈圈，我的簿子裡總有很多紅圈，也被老師派去參加全校的書法比賽，不負「師」望，總會得個前三名回來。

一天，看到父親坐在書桌前瞧字帖，一邊拿指頭在大腿上畫。問他在做什麼，他說：「爸爸在記草書字體。」

我拿過來一看，字體龍飛鳳舞，卻是一字不識。我滿臉困惑地問他：「這草書這麼草，跟楷書都不一樣，怎麼讀啊？」

「所以才要多看多記啊。不過妳可以先學寫行書。」他回答。

行書跟楷書像兄弟，比較容易學。聰明的我發現國畫上題字若以行草書寫，給畫添了一分瀟灑飄逸。

父親收藏許多名家字畫，都鎖在保險箱裡。運氣好時，正逢他把多幅字畫攤開欣賞，也就趁機向他討教書法欣賞祕訣，父女倆可以聊上好半天，忘了時間流逝如水。最後他總要提醒我毋忘書法，希望我寫出東晉衛夫人的「碎玉壺之冰，爛瑤臺之月，婉然芳樹，穆若清風」的一手好書法。可惜我家事、公事兩頭忙，無暇抽空專心練書法，讓他失望了！

數年前，他趁我回臺北開會，帶我去臺北國立歷史博物館看臺海三大家的書畫展。那是黃君璧、張大千、溥心畬三位大師的真跡；我也在本地魏教授家裡見到于右任和臺靜農的書法墨寶，魏教授說親眼見他們握筆運腕寫下的，絕對是真跡。我的眼力就這樣提升了，還真能評鑑一般人的書法於一、二。

父親常說：「字如其人。」平時在報章雜誌上讀過大師的生平事蹟，他們的書法似乎與為人倒也相配；我的字體屬於圓柔型，多少遺傳了父親字體的影子，我的個性優柔寡斷，從書法裡隱約可見；女兒字體是剛瘦型，透著倔強，很強勢；兒子的則是厚敦型，彰顯他的低調憨厚，隨時為人設身處地著想，很體貼。先生從小學習英文，中文字像螞蟻，顯現他的謹小慎微。當年留學海外，住在同一個城裡，都是電話交談，無機會收受他的情書，逃過了審字識人這一關。隨著年齡日增，越發相信「字如其人」的妙喻。

爸爸已百年，往事如煙，唯獨他抓著我的手臨摹書法的一橫一豎，在腦海裡揮之不去。也許他在天上仍然寫草書，像畫龍鳳般好看。生、死兩個世界，夢裡穿越，先人的潤澤，並無遠去。

用愛收驚

么弟住在加利福尼亞州，自小就是我們家的開心果，全家都寵他。他長得特像母親，五官輪廓很深，中等個兒，走起路來卻是頗然生風，頗有魅力，引人注意，常被人誤認為明星劉德華。

在二〇一五年十二月二十四日耶誕夜晚，么弟出了大車禍，顱內出血、肋骨折斷、脊椎有裂、臉頰劃破像地圖，陷入昏迷。住美東的我接到通知電話頓時天旋地轉，以為世界末日。焦慮擔心：么弟若有差池，日後如何跟天上的父母交代！

我比么弟大七歲半，媽媽腹中懷他時，我已有記憶，而且記得很清晰。好不容易等媽媽把他生出來，跑到小床邊一看，紅通通、皺巴巴的小臉像長著絡腮鬍子，頂著一頭黑密頭髮，睜著亮晶晶的眼睛看著天花板。我終於明白是這個小精靈在媽媽肚子裡，害媽媽害喜害得很厲害！

我和么弟之間還有兩個妹妹，我們三個都是姊姊，輪流照顧他，揹著他到處玩。他是一個又乖又香的寶寶。當他兩歲左右時，半夜睡覺時常會驚跳、驚哭、驚醒。媽媽向鄰居太太請教，對方說是小孩白天受驚了，要請收驚婆收收驚就會好。當時我們住在屏東里港，很快就在附近傳統菜市場裡找到一個小收驚鋪子。媽媽半信半疑，讓我們吃完晚飯後，帶著一杯白米和一件么弟的小衣服，揹著么弟，出發去找收驚婆。

收驚婆有一雙揚白眼，不知她正看著誰。她接過白米和衣服，將衣服裹在白米杯子外面，然後燃起一炷香，用臺灣話問我：「這個娃兒叫啥名？」

「某某某。」我戰戰兢兢地回答。

「伊幾歲了？」她指著我背上的么弟問。

「兩歲。」我說。

她轉身對著神案香桌舉香三拜，然後一手拿香，另一手握著么弟的衣服白米，圍著么弟唸唸有詞，兩手有韻律地忽上忽下。我們立身在香煙繚繞裡，么弟不知所以地望著她，我則揹著么弟原地不動。

收驚婆大約唸了半小時，然後轉身回到神案香桌舉香三拜。她收下白米做為收驚的報酬，還給我杯子和衣服，她說：

「好了，伊的驚已收去了，今眠會睏嘎加好！」

該晚，果然么弟一覺到天亮，安穩得很！

由於該次收驚效果出奇地好，以後每逢么弟夜裡出現驚跳、驚哭、驚醒的情形，隔天傍晚，媽媽就叫我們帶著他去找收驚婆收驚。我好奇心重，反覆仔細聽她的唸詞，揣摩出大概是：「天皇皇，地皇皇，我家有個夜哭郎，諸位神明土地公，幫他變成一個好兒郎，一覺好眠到天光。」

二姊來電話告知新狀況：么弟從昏迷中醒來，說兩歲孩童的話，頭上和身上都綁著鋼架，固定他的頭顱和身板。他直挺挺地睡，卻睡不著，因為姿勢很僵硬。不幸中之大幸，腦內出血自動停止，逃過了頭顱開刀手術的厄運。

么弟身上的痛苦感應三個姊姊，我們也跟著痛在心裡、頭裡，睡不安眠。痛、通，時而平行，時而交集，距離和空間交錯，景象迷離，分不出虛實。

我常從噩夢中驚醒，拍著胸口，慶幸只是夢，然後急忙去電加護病房的護士詢問么弟的情形。護士說他才剛醒過來，但意識混亂。他的二姊和三姊守在他旁邊，密切注意他的動靜。二姊又來電說：么弟今晚半夜醒來，發表演講，談論世界局勢，不肯睡覺，只好請來護士給他鎮靜劑。

當年輕的我成家有孩子後，老大是女兒，從來沒有出現睡覺時驚跳、驚哭、驚醒等狀況。老二是兒子，也是一個又香又乖的寶寶，跟么弟同一個英文名字。兩歲後，白天寄放在托兒所（KinderCare）。或許是白天玩得太瘋或受到驚嚇，晚上睡覺像么弟年幼時會突然驚跳、驚哭。我看了很心疼，就想起了么弟的收驚經驗。當時住處附近全是美國鄰居，沒有收驚鋪子，也沒有黑市收驚婆。可能「中國城」裡有，但我們家離「中國城」挺遠的。

我心疼心肝寶貝一夜數驚，睡不安穩，於是自願充當「業餘收驚婆」來姑且一試，但瞞著他爸爸，免得被嘲笑迷信。我回想帶么弟去找收驚婆的準備和收驚的前後連續作業，依樣畫葫蘆。家裡沒有所謂的「神案香桌」，我只好到門外，第一次舉香對天一拜，轉向東西南北各拜一次，然後進入睡房對睡在床上的兒子唸誦：「天皇皇……。」大約重複了三十分鐘，我又到門外舉香對天和四方各虔誠一拜。

說也奇怪，兒子真的好睡到天亮，不再一夜數驚。後來再受驚嚇時，我第二次粉墨登場。接著第三次、第四次，次次靈驗。兒子現已成年，膽子也大了，早已不用我唸誦「天皇皇……」收驚了。

這回，我決定再一次做「業餘收驚婆」，誠心誠意給么弟收驚，點香朝著西方多拜了幾個九十度的彎腰大禮。收驚、收心、收魂、收魄，姊弟情是一道屏風，拒邪、惡於門外。

我匆匆結束手頭上的案子，一月十六日飛去加州看么弟，二姊已將他接到她家裡休養。我是大姊，還有當時坐在副駕駛座只受輕傷的三姊，二人順理成章地住進二姊家的主臥房裡，打地鋪十天，一起照顧他，重溫童年時代的親密。這是我們成年後第二次如此親密地聚在一起。第一次是在臺北，因為媽媽驟逝，我們分別從美國回去，一起住在父母主臥房裡打地鋪一個月。

此時的么弟傷勢正逐漸復原，妹夫開車載著大家陪么弟復診。感謝老天憐憫我們，感恩他活下來了。後來，他買到一種藥膏成功淡化臉上的疤痕。至今，他還是玉樹臨風的美男子。那些神經搭錯線的夜晚變成了茶餘飯後的笑談。這個驚心動魄的過程也永遠留在腦海深處。

據說「心誠則靈」，母親愛兒女心切，中外古今，無人敢質疑母愛的誠意與深度。長姊如母，愛弟心不亞於愛自己的兒女，所以我這個業餘收驚婆也能產生收驚的奇效，如今回想起來，那是愛，飽含了巨大的力量。

野薑花的溫柔

有本書，書名《多餘的人》（韓秀，允晨文化，二〇一二），其中有段文字（第三一二頁）：

老陳先生在門口說：「最愛的就是野薑花，只要買得到，就要這一種花，實在沒有的時候，才拿香水百合對付一下……」窗下的小桌上，一大瓶野薑花開得恣意奔放。雪白的花瓣凸起著，背景是從窗上懸垂到地的雪白的窗簾……

讀到這裡，我塵封的記憶開了一條縫，裡面的光透著媽媽的身影，站在小桌前，擺弄花瓶中的白花。我被濃郁的花香吸引，走到媽媽的跟前問她：「媽，這是什麼花？香得好狂放。」剛從菜市場買菜回來的媽媽笑得很愜意，告訴我：「野薑花，很香！……嗯，一隻一隻像要飛走的白蝴蝶，真神奇！」

於焉，我邂逅了野薑花，識之，知之，親之。她原產於喜馬拉雅山。現分布於印度、錫蘭、中國、香港、臺灣、東南亞等亞熱帶或熱帶區。一般在五月至十一月之間開花。因為只有四片花瓣，兩大兩小，像一隻蝴蝶，故又叫「蝴蝶花」，英文名叫「薑百合」（ginger lily）。

因為香氣四溢，近似白麝香，很討喜，商人萃取香精做香水、香皂、洗髮精或按摩油。

臺灣水岸邊處處可見野薑花的芳蹤！聽說，她竟是古巴的國花，有些難以置信！

二〇一三年十一月二十五日回臺北給父母掃墓，愛華夫婦順路帶我們上陽明山尋幽訪勝。時值十一月，卻還是溫暖如初秋，遠遠地就聞到空氣裡飄散的芬芳。我深深吸一口氣，循著花香，走到山頭的小水潭邊，發現四周開滿野薑花。白白的花仙子，像一群芭蕾舞孃，踮著腳尖，獨立枝頭，彷彿遺世而行，天地寬闊。莊子曰：「天地有大美而不言，四時有明法而不議，萬物有成理而不說。」（《莊子‧知北遊》）正是此情此景！美哉！大哉！幸哉！我像中了邪，被釘在地上，彷彿要把去美多年沒有親炙野薑花的遺憾瞬間彌補過來。我的童年和少女歲月乍然浮現眼前，年年月月伴著野薑花。愛華過來推推我，催我離開。

我像誤闖仙境的冒失鬼，擾亂了花仙子的一方清雅靜逸，只好帶著歉意躡手躡腳地離去。但是，不免頻頻回首，心中萬分戀眷，依依不捨。「流連」這個詞，想必不是對紅塵的不捨，而在淡雅、白淨中，遇見心裡的一頭熱。

有首歌頌野薑花的歌，歌名〈野薑花的回憶〉，靈漪作詞，林詩達作曲。歌詞如下：

三月裡微風輕吹，吹綠滿山遍野。
雪白又純潔，小小的野薑花。
偶然一天沉默的你，投影在我的世界裡。
一朵朵野薑花，點綴生命的芬芳。
三月裡小雨輕飄，飄過滿山遍野。
每一朵野薑花，都是我的回憶。

當年歌手劉文正和劉藍溪唱紅這首歌，野薑花成為家戶喻曉的閨秀。然而，世事迭變，如今前者隱居美國，後者遁入空門，真是滄海桑田，人事已是一番新，野薑花又變回野丫頭，逐漸淡出人們的視野！

西方美洲大陸，只有香水百合。如今在美國祭拜已長眠青山的媽媽只能用香水百合代替，但不能替代的是東方野薑花的容顏、氣息及其美姿。記憶中的倩影在我的內心……冉冉而升，散發母愛的溫暖濃郁，輕撫我的傷口、淚痕、笑語、惆悵、煩惱、思念。我渴望再次擁抱媽媽，再聽媽媽的聲聲叮嚀。雖然春已盡，花已老，衣櫃裡掛著母親的旗袍，殘留的體香一陣陣飄入我的生命，加深懷想媽媽的濃濃思念。

東方野薑花的氣味和風姿，承載媽媽的音容和溫言愛語。我活著，帶著野薑花的溫柔，吟詠愛的叮嚀……

心香一瓣，紀念母親逝世三十週年。

致敬親愛的姆媽

圖一：姆媽，俞玉英女士。

很想念姆媽，真的！

竟然已經有十九年了嗎？想起來感覺好像才昨日。那時候，我們已經住在美東。先生的媽媽，就是我的婆婆，她的農曆生日總是落在陽曆五月，正擬飛過去給她辦一個生日宴。意外地，她於四月在洛杉磯生病住院。先生飛過去陪媽媽，我天天跟她打電話，鼓勵她配合醫生治療。有時候正好碰到醫生查房，我也在電話上跟醫生說幾句話，瞭解一下情況。有一天，醫生告訴我，她不肯進食。我轉告婆婆，一定要吃，才有體力抗病。她說真吃不下。

公公婆婆二人都是浙江奉化人。婆婆俞玉英是奉化俞系家族，十九歲時與二十六歲的公公締結良緣，後來小兩口遷至上海開了照相館。在一九五一年搬去了香港。一九六四年，公公在香港病故時，她才三十多歲，風華正茂，卻開始一生寡居日子（見圖一），么兒僅三歲。

這期間有不少人說媒，她卻顧慮她的三個孩子會被鄰里看低或排擠，也擔心被人虐待，於是寧可一個人做工養家，拉拔孩子長大。孤獨是一種餵養，對孩子可能是養分，對她卻是一日又一日的磨練，磨出生存的堅強，繼續扛那一家子。後來，她做假髮生意、皮大衣出口，到美國後開了一家中國餐館，可以說是位小規模企業家。

我先生是長子，上有一姊，下有一弟。他在香港讀完高中，留學美國，勤工儉學，自立自強。學成後，開車載著從香港來美國參加畢業典禮的媽媽環遊美國一圈。媽媽回香港，他在美立業。那一大圈的旅遊，他找到他的窩。他從一個島來到美國大陸，當他與媽媽告別時，他知道，他要為小島與大陸搭一座橋。幾年後他認識了剛從臺灣來美留學的我，於是成家。在一九八三年前後，將香港全家大小都申請來美國新大陸安居樂業。他叫媽媽為姆媽（上海人對媽媽的稱謂），我也跟著稱婆婆為姆媽。

姆媽來美國之後，帶大四個小孫，其中兩個是我們家兒女。她先跟我們合住，由於她平日說上海話，所以我們耳濡目染，也都說上海話了。語言是鄉愁，也是城堡，當一家子說著上海話，我感激姆媽，讓我們在異地，留存屬於東方的、那一個最深情的依歸。

姆媽的菜好吃，煮出來的菜，大家一搶而光，立刻盤底朝天。我幫忙她打下手，自然也看會了，能烹出一些高難度的上海菜。她的拿手好菜不勝枚舉。其中特別的是麵拖螃蟹、雲吞雞湯、苔條黃魚，那是上海餐館難能吃到的菜餚。譬如麵拖螃蟹，訣竅在於調麵糊，一碗麵粉裡面加一大匙醬油、一小匙糖、適量的水混合而成。馬里蘭州盛產青蟹，秋天蟹肥，買回的肥蟹洗淨切半，切處黏好麵糊，立鍋中煎成金黃色，然後加入麵糊與半碗毛豆，翻轉均勻炒熟，加入紹興酒和葱花，即可上盤。此時的麵糊有蟹肉的鮮味和蟹黃的美味，這個精華帶給舌頭上味蕾的享受可謂饕餮之極致，甚且帶給腸胃完全的滿足感。還有下雪天的雲吞雞湯，那是全雞加火腿和筍片慢火燉出來的湯汁，伴著自製的上海雲吞一起吃，濃郁的質感享受，太美妙了。屋外儘管是無邊無際的冰天雪地、天寒地凍，屋內卻是一方春天，飛揚幸福的旋律，是我們與先民的傳承，沒有熱烈的語彙與口號，只是一個盤子接著另一個盤子。

姆媽很會織毛衣，常年見她手上滾著毛線，飛速穿針引線，很快就織好一件毛衣或背心。我至今還穿著，暖乎乎的，好像她就在眼前跟我說話。可惜我沒把握機會學習，不會算針數，何時應該加或減。織毛衣是線與線，以及不同顏色的移位，核心始終是姆媽的心意。至今我仍只會織圍巾。這樣一個傳統技藝滴著姆媽澎湃的母愛，流淌在我的血液裡，後悔從沒有對她說出「我愛您」三個字。姆媽也間接教會我什麼是「感恩」，當我對丈夫及家人說「我愛你」，也像說著「阿彌陀佛」。

姆媽心好，性喜行俠仗義，當年是上海街道組織主任，管理街坊之大事和小事。搬去香港後，還是喜歡為鄰居排憂解難，若遇到不義不公之事，絕不會袖手旁觀。她的幾位姊妹淘後來分別散居美國各地，喜歡找她訴苦，常見她在電話裡替對方分是非，講公道。如果我敢開姆媽玩笑，便會說她是「美國包拯」了。

她喜歡給我先生述說這些錯綜複雜的鄰里恩怨，我先生也不嫌煩瑣地聆聽。多次長途開車旅遊，他開車，姆媽坐在副駕駛位置，我與孩子坐後座，他們娘兒倆一路話往事，時間穿越到一九五〇年代，車內變成上海的菜市場、戲院、鄰居、石庫門、半閣樓，然後是香港大陸媽媽家裡事。我瞌睡醒來，他們才剛說到小陸媽媽的大兒子。家常事，比我們要去的路途還要長。

姆媽好戲曲，滬劇和評彈都能哼上一些。我們平常陪她看錄影帶，也培養出了看戲曲的興趣。諸如《庵堂認母》、《白蛇傳》、《祭林妹妹》等。我們家的客廳穿插中國戲曲和美國都市劇，孩子和我獲得中西文化的交叉薰陶。今日孩子偶爾會說：「啊，我跟阿娘（奉化人對祖母的稱謂）一起看過那齣戲。」姆媽對我們的影響藏在生活的細節裡。我問孩子：「什麼是你最想念阿娘的？」孩子說：「我隨時可以到她房間要求她跟我玩遊戲。」可見姆媽在我兒子的心裡占著一個不能被取代的地位。如果我敢開姆媽玩笑，便會說她是「土地公」，「有求必應」了。

姆媽很大氣，疼子女、媳婦、女婿、孫輩，每一次從香港探親回來，一定帶回滿箱子的禮物，很大方慷慨。她若去奉化老家，也不例外。於是東方的古玉鎖攜著西周的印記穿上紅繩索戴在我兒子的胖胖手腕上，從嬰兒戴到上幼稚園，才拆下來放在保險櫃裡，珍藏阿娘的愛心與祝福。

姆媽潛心信佛，每天早上醒來，梳洗完畢，就誠心捻著念珠背誦《般若波羅蜜多心經》。她曾經讓我看著經文，比照她的背誦，一字不差，很了不起。她的記憶力奇佳，分析力又強，曾經經營過小企業的她禮佛供香，是她人生的回饋。

有一天，姆媽吃了一顆很甜的桃子，順手將核埋在後院土中，隔了幾週竟長出幼苗，次年春天已是亭亭玉立，並且開花結出一顆大桃子。此時，她已遷往洛杉磯與小兒子同住。我邊吃桃子邊感激她栽種之恩，又等了一年，該桃樹又結了十二顆果子，於是帶了六個當作蟠仙桃送她，祝她福壽安康。她滿面笑容，歡欣之情溢於言表。姆媽無心栽桃，桃卻有靈、有情。後來她搬到老人公寓獨居，擁有自己的獨立空間，更是身心愉快！那時，我想幫她在大花盆裡種一棵桃樹，但時不我與，姆媽舊疾復發。種桃之願竟成為我夢中固定場景，一而再，再而三，隨著我去香港、臺灣、中國，又回到美國。夢裡的桃樹果實纍纍，枝椏都壓彎下垂，有如拱橋，又如月牙兒。

晚年的姆媽與病魔奮戰兩年，堅強無懼。我先生一年從馬里蘭州橫越美國東西岸去洛杉磯看姆媽六次，最後一次去原是計劃一如既往只停留一週，後來又留一週，多陪姆媽聊天，帶她外出吃飯，遊西來寺。那時我也天天打電話問候她。她的精神一直很好。然而，姆媽的病情卻於一九九九年五月七日急轉直下，令家人既意外又驚訝。然後隔了兩天，在一九九九年五月九日驟然病逝。該天恰是她的生日，也是該年的母親節，三個子女陪侍在側。我先生留下處理後事，我帶著兩個孩子從馬里蘭州趕去洛杉磯與他會合，送姆媽最後一程。我們以佛教儀式下跪行禮、灑水送花下葬於洛杉磯玫瑰崗，這是她生前預買的長眠處，可以遙望西來寺的金頂塔。那幾天我們全都住在她的公寓裡，處處是她的氣息，音容宛在。我先生說：「這是天意。」他的語氣雖是平靜，卻真情流露。生與死都在一個日子，這是姆媽要我們記得，佛說的大千世界，生死都是無常，也是如常。

從此以後，母親節是姆媽忌日，不敢歡天喜地。每一次去洛杉磯探訪親人，一定去西來寺走一走，看一看供在該寺的姆媽牌位。碰到初一和十五的日子，還有僧人敲木魚誦經。在梵唱聲中，她年輕的身影在我腦海搖曳，默想她夜以繼日的孤獨，直至瞑目，矗立了屬於她的貞潔牌坊和我奉上的敬愛。

如果沒去西來寺，一定買一束花，去玫瑰崗找她。她在裡頭，我們在外頭，卻心連心。先磕頭，然後說一說近況，話一話家常，倒出心中所累積的喜怒哀樂或絕望，等聽到她的一聲輕嘆，才噤聲。然後清理好她那小家園，再磕頭，心裡落實了，才開車離去。回頭再看一看未來方寸之地，在同一個小山崗上，就只為了日後可以長侍左右。

幸虧有這兩個地方，懷念姆媽之情才有歸宿。很奇怪，每一次都會聯想到〈禮運大同篇〉中「老有所終」這句話。大概就是這個意思吧。「終」，是時間靜止了，也是歸宿。當我如是想時，西來寺、玫瑰崗都比往常沉默。

我很想念姆媽，而我也成了一個被想念的人。

健康就是福

二〇一九年二月五日剛過完大年初一，迎接庚子豬年，欣喜肥年開始。可是好景不長，才過十天，醫生告知活體檢驗結果顯示鱗狀細胞瘤，通知先生預備手術割除。與他剛過紅寶石婚，一個生活細節，一個眼神，立刻瞭然於心。如今，為他有恙，不捨他身受苦，想替他挨那一刀，無奈只准做旁觀者，清淚漣漣，終日惶惶然。陪著他做多樣術前檢查，心情沉重。

三月初，洛杉磯家人分批前來打氣，白天熱鬧得像開大派對，暫時忘了手術的恐懼。但是，晚上躺在床上，握著他厚實大手，現實的憂愁驚心撲面而來。心事，是百轉迴腸，是嗚咽，是拷打，是不平，是煎熬，都在靈魂之內攪拌。許多教會親朋為他祝禱，我們兩人跪下禱告求神給醫生智慧，給我們堅定無懼，帶領我們，如此滴答滴答數過漫漫長夜。洛杉磯家人來去匆匆，僅大姑子夫婦留下陪這個親弟弟。

到了三月十五日，面臨他開刀的日子，天未亮就抵醫院報到。淚眼望著躺在病床上等著進手術房的他，也是淚盈滿眶。醫護人員進出不停，然後推著他的床，我們陪著他走去手術室。到廊道盡頭，親屬止步，彷彿即將天人永隔，充滿依依不捨。我、兒子、大姑子夫婦在等候室凝視螢幕，跟蹤屬於他的代號之去向。迄至夜半，終於在重症病房見到插滿管子的他，似睡似醒，因為氣管插管，不能言語。

他睡了一天一夜，兩天後醒來，流下復活的欣喜之淚。接著一天又一天好轉，我說：「你的臉像一個污糟貓。」即用一塊濕紗布輕輕拭去眼屎、唾涎、血跡。他貓樣地安靜。沒想到六天後，醫生求好心切，中途換了一支新抗凝血藥，導致大出血，半邊臉腫脹，壞了結果，拖延了康復的節奏。他的心情跌進谷底，原先的喜悅，撒成一地碎片，動搖了信心。

我輕笑說：「你像半個豬八戒，臉腫得好厲害，還燙著。沒關係，貼上涼涼的紗布，覺得舒服嗎？」試圖活潑凝重的空氣。

他點點頭，然後淚水流下臉頰，像兩條小河，似乎傳遞無奈、不平、自憐、疑惑。我的心揪成一團，疼惜他。趕緊說：「相信我，已經改用舊藥了，你明天會比今天好。明天帶你的梳子來給你梳頭。而且醫生說病灶已徹底清除，你就專心恢復健康。」

走出醫院，正逢一輪滿月照耀大地，剪裁我的每一個腳步，有軟弱、倔強、光明、黑暗、平靜、嘈雜。

抵家，空蕩蕩的屋子，黯然神傷，倍感老伴可貴。美國卡特總統剛與夫人度過七十二年婚姻，令人生羨，我也盼與夫婿有金婚、鑽石婚。

從櫃裡取出小紅泥壺，泡一杯綠茗，熱流暖身。似乎聽到仙去母親的柔聲叮嚀：「孩子呀，穿暖。」我輕呼：「媽，我要靠在您柔波的胸脯，拭乾我的淚水。」

月光從天窗傾瀉而下，光影流連，綠茗不盡，我，啜飲一壺又一壺，安撫我的傷懷。萬籟俱寂。強迫自己燃起勇氣面對生命的挑戰。十天後，大姑子夫婦回去洛杉磯，兒子去外州出差。我數著天上的星月和時鐘的滴答。

四月四日，他回到久違的家，倍感親切。幫他清洗乾淨，換上舒適的睡衣，裹著毛毯，扶他坐在壁爐邊，點燃爐火。他閉眼聆聽古典音樂。那是巴洛克時期的巴哈大提琴無伴奏組曲，穿越而來，呼呼地響著，有時是單音，有時是雙音，合奏般的天籟，重疊複沓，從低到高，再從高到低，反覆拉奏。十六世紀，大提琴只是配角，巴哈專門為它寫了這六個組曲，直到十九世紀才受到愛樂者的青睞，綻放光芒。大提琴的聲音溫醇、溫馨、溫潤，特別能激化我為他重拾健康的決心。

他寬寬的背影，重現鋒芒、血氣，帶給我安撫、安定、安全，像停泊在港灣，溫良靜好。

心裡流淌一股溫暖，健康就是福的怡然，是我們的新年新希望。

柿子紅了

買回一箱扁柿，有點青，有點紅，在水果架上和蘋果相依相偎了三天，漸漸紅多了。我拿起小刀，小心削皮，削出長長的一圈，像一個小丑的大嘴，蹦出快樂的喜色。

我咬了一口，脆脆的肉，透著淡淡的甜，要熟不熟的尷尬，禮貌地給我一個回吻。

過去幾個月，你頻頻進出醫院，每個週五早上八點陪你去醫院的點滴中心做化療。雖然躺椅舒適，落地窗外空曠，面對二七〇號公路，來往的汽車咻咻地飛來飛去，空中的飛鷹悠然翱翔，護士拉起布簾，圍出一個私人大空間，這些都安慰不了你內心的恐慌沉重。接著是護士清洗皮下血管，貼上膠布，啟開透明藥袋，核實姓名、劑量、插入血管，先是生理食鹽水，接著藥水，然後又是生理食鹽水，一直到中午結束。你陪我閒聊一會兒，就看手機或閉目養神。我凝視窗外，茫然望著蒼穹，想一些有趣的往事打發時間，時常自動進到腦海的是紅橙橙的柿子。

爸爸喜歡吃柿子，常年買回柿餅。小時候，第一次分到一個，柿餅皮相棕色，不美，一咬，皮厚很Q，肉很綿，很醇甜。如此極大反差，給我留下極佳印象。直到讀大學時，在一個住基隆的親戚家裡吃到新鮮柿子，才知皮和肉都是金紅色，美麗動人，像極了福泰的楊貴妃。

圓圓的外形，矮敦敦的，金紅的皮肉，令人食指大動。然而，鮮柿的甜度淡得多，也不如柿餅口感層次豐富綿密。因此，柿餅還是我的最愛，鮮柿只能屈居第二。爸爸也說新鮮柿子比不上柿餅的風味。他也不愛北國的凍柿。

一回生，二回熟，白衣天使喜榮跟我打開話匣子聊了起來。一次閒聊中，問她是否認識我原來的女家庭醫生——她於四年前突然辭職，我一直記掛她。喜榮說，她離職後不久病故。這個令人駭然的消息，我吞不下吐不出，卡在喉嚨，半晌說不出話來。唏噓感嘆人生的變化無常，望了一眼身旁的你，勇敢積極地治病，感激你對我不離不棄。

做完化療，我們下午還趕去另一處做放療。你進去以後，我坐在候診室接續我的回憶。來到美國，見識了雞心柿子，又大又紅又軟，但皮澀，一定得等熟透剝皮才能吃。懷老大時，很饞這種柿子。那時，美國超市不賣，非得到中國城才能找到。你給我一箱一箱地買回來，讓我吃個夠。待我生下長得像雞心柿的漂亮寶貝，從此與雞心柿成為拒絕往來戶，至今看見它就倒胃口。

近年來，聽說許多工廠用硫磺催熟柿餅上市，我不敢再吃，只好吃新鮮扁柿子。妹妹住在加州，園中的柿子樹年年秋天豐收，看著寄來的玉照，我怦然心動，也想種一棵。就盼圓圓的樹蓋，給我幸福的滋味。柿圓，福圓，同心圓，一圈一圈的漣漪蕩漾到天涯。

清朝丘逢甲〈山村即目・其二〉詩說：「林楓欲老柿將熟，秋在萬山深處紅。」柿子掛在樹梢枝頭釀紅，給金秋帶來纍纍豐實。我心裡期待這樣的感覺，喜悅踏了出去，遼闊復無疆。

從冬天走到秋天，從皚皚白雪走到金色秋日，漫漫三百天，克服了所有的艱難。十月七日，檢驗報告回來證實你已痊癒，我們欣喜若狂。脖子上的鐵鏈鬆開了，懸在喉嚨的心落回胸腔，頭上的那把利劍「咚」地煙消雲散。這是有生以來最無憂、最豐潤的一刻，淚珠滾落雙頰，我先拭去你的眼淚，然後再抹去我的。

我說：「『柿、世、事』諧音，表示事事如意、世世平安。」你立刻驅車去「好市多」買回一箱扁柿子。幸福像一縷春風撫上我們的心頭，吹走了盤旋在頭上那朵烏雲，歲月重歸靜好。我們滿心感恩。

輯二

感情

她的聖誕禮物是蘋果派

我每天中午吃一顆蘋果，咀嚼它的內涵，思其來處和運送之間經過了多少雙工人手掌，得來不易。一位美國同事總是只咬幾口果肉就丟進垃圾桶，我忍不住說：「你咬乾淨再丟啊，世界上有許多人吃不起蘋果的。」他瞪大碧眼看著我：「吃不起?妳開什麼玩笑，蘋果太便宜了。」這是什麼話，我為之氣結，富裕的唇嘴，貧窮的心地，兩條平行線。

L是我們大樓的保潔員，來自南美洲，平常來打掃我的辦公室時，都會跟我聊一聊故鄉的事。她有八個兄弟姊妹，小時候家裡的經濟總是捉襟見肘。今年聖誕節即將來臨，她一時興起告訴我一個故事：有一年，為了聖誕節的禮物，她媽媽用碎花布做成八個小口袋，裡面放了一個沉甸甸的東西。她取出一看，是一顆紅蘋果。L繼續說：蘋果在南美很貴，平時完全吃不起，所以她欣喜若狂，是這一生最好吃的美食，連核都啃得徹底。我說臺灣也是一樣。蘋果、富有、高貴，都畫著一個等號。

臺灣氣候屬亞熱帶，不適合種植蘋果樹，蘋果大都是進口，價錢高，每一個都用紙包著，放在禮品盒，四周圍著亮晶晶的七彩捲曲細絲，屬於送禮水果。幼時生病，母親會給小病人買一顆蘋果，清香充滿房間，脆脆的咬蘋果聲音迴盪幸福的旋律。小病人的臉上有些得意炫耀，害得不生病的小孩只有乾吞口水，露出豔羨的眼神。等我上大學做家教有收入，我給妹妹買了一顆蘋果和一個大洋娃娃，她驚喜的神情永遠印在我的腦海，至今還收藏著那個洋娃娃和吃蘋果齒頰留香的回味。姊妹的感情跟蘋果連成一根弦，紅暈的臉頰，甜甜的笑容。蘋果和圓臉一樣圓，都是圓圓的幸福。

負笈美國求學，住在北加州，超市裡堆滿各式各樣蘋果，紅的、綠的、黃的，味道有酸有甜，充滿口腹之欲的誘惑，價錢特別便宜，隨時可以買一大包回去。我們購屋之後，於後院種了一棵矮種蘋果樹，隔年，就長成了兩公尺高，春天來了，開滿粉紅五瓣花，大小如櫻花。春末夏初，每一朵小花結出豆大的小綠果，枝幹抽出綠葉子。

到了夏末初秋，上百顆蘋果爭先恐後地成熟，我們來不及吃，眼看落了滿地都是，吸引很多小鳥和松鼠來分享。有空時，我撿拾它們削皮切小塊，熬一大鍋蘋果醬，加糖和肉桂粉，分罐密封送鄰居朋友。紅蘋果也可照食譜做成甜甜的蘋果派帶去派對，大受與會者歡迎。送出的蘋果醬和蘋果派回報我無盡的國際友誼，溫暖了許多寂寞的異鄉歲月，抹去「月是故鄉圓，水是故鄉甜」的惆悵。蘋果、社交、外交、載體，說不完的話題和用不絕的契機。削蘋果，如果整齊對切，會留下完整的核心與種子，蘋果已在它的內裡，留一個隱喻。

女兒讀高中時很喜歡做烘培，有一次用綠蘋果做一個酸蘋果派，沒人欣賞，於是送我「獨享」。她皺眉問：「那麼酸，怎麼下咽？」我笑而不語。心裡嘟噥：「孩子啊，因為是妳做的，裡面有妳的愛。我要鼓勵妳，不管妳做出什麼來，老媽都當做寶。」她後來重複把這個故事跟她的同學說，笑話老媽好怪，證明了「你其實不懂我的心」（童安格的歌）。我噓下輕嘆，期待時間的慢火烘燉吧。父母護犢之情，與生俱來，遼闊復遼闊，綿長復綿長。

最讓我驚異的是，每朵小花都結出一個大蘋果的奧妙，啟發心靈思考生命的潛能。《達文西密碼》（*The Da Vinci Code*）〔丹・布朗（Dan Brown）著，尤傳莉譯〕中說女人的生命就像蘋果的五瓣花，代表出生、發育、成熟、生育、輪回的五個階段。女人一生奉獻多於獲得，是人世間最寶貴、最閃亮的金子。牛頓因為它掉在他的頭上而發現地心引力。我不禁自問：還有什麼奇蹟奔向未來？蘋果、智商、情商，如此的跳躍，人生的路途，一掌之握。

L和我都來自不產蘋果的故鄉，因而特珍惜它。如今，很多人都能吃得起蘋果了，但我知道每逢聖誕，L都會想到她媽媽的碎花布。今年，我要做一個蘋果派給L做聖誕禮物。派，找不到蘋果的核，已經化得乾乾淨淨，已經長出許多株蘋果樹。

如初笑靨，深情未逝

屏幕上跳著國標舞，男士穿黑燕尾服，女士穿白長禮服，在舞池裡飛揚，燕尾、白紗、秀髮、裙角都是亮點，自己陶醉，他人眩惑。他們是我們的舞蹈老師咪咪和其夫婿謝博士。

我們來自各行各業，業餘愛好舞蹈或者為了健腦，組在一起，練習步伐。咪咪是女生部的示範老師，投手、抬足、身體前彎後仰，一點不含糊，再加上解說。她說話簡短清晰，橢圓形的臉上，笑容滿面，閃亮發光。我總是癡癡地聽音，忽略了聽話。她激勵這群中老年學生，努力學習。幾次因為工作太忙或舞步艱難萌生放棄之念，卻因她的熱心和耐心，勉力為之，終於可以鑑別音樂而翩翩起舞，給人生增加了樂趣。

咪咪嬌小玲瓏，皮膚白皙，但她的神韻，讓人感覺身材頎長。她練舞多年，知道手該擺哪裡，腳要踏上何處，線條柔美，行雲流水。舞臺不大，隨著移步、踏步，光亮為她而灑，空間因為她顯得柔軟多情，像潑墨，像工筆，像寫意，濃淡相宜。我忘情地看著，滿心仰慕。

二〇〇〇年，我們因為參加華爾茲宮廷舞表演而認識咪咪，她的中文姓名是周棣文，咪咪是她的英文名字，大家都只稱她「咪咪」。她和謝博士來自澳門，我先生明健來自香港，都說粵語。澳門和香港只有一個輪船之隔（港澳碼頭的快艇，約四十五分鐘），人不親水親，彼此迅速親近起來。隔年，六對夫婦組成小團體，咪咪請她的國標舞威利老師先教導我們美式探戈和搖擺舞，做為當年在「素友會」百年歷史年度慈善舞會裡的表演節目。後來我們因故暫離，迄二〇一〇年始歸。

慟哉，她在二〇一六年一月二日驟然病逝，我們萬分意外。

我們決定以西方的慶典，紀念咪咪。團長和老師決定在二〇一八年五月二十日假萬豪旅館大舞廳舉行舞宴。舞宴除了享用西式沙拉、牛排或烤鮭魚、甜點以外，還有雙人獨舞和團體舞表演，另有三節時間留給觀眾下場跳舞。為了籌備表演節目，團員在老師指導下努力練習，希望在表演時能盡善盡美，讚美天上的她。

當我們跳完《Tik Tok》雙人舞（很像臺灣俗稱的「吉魯巴」），有機會坐下來觀賞時，目之所及興奮熱鬧，心裡腦海卻是咪咪的音容笑貌，這位時尚、可愛、優雅的小女人，平時和謝博士一起教舞時，總是整齊的短髮，鮮紅的唇膏，得體的穿著，簡潔設計的耳環和項鏈，為整體裝扮畫龍點睛。她的聲音偏低，近似電影紅星周迅，安靜沉穩，會給聽者留下難忘印象。她很會織毛線，常穿自織精緻的毛衣，我一直想跟她拜師學藝。我暗忖：老師，近在眼前，日後時間多得是。然而，蹉跎又蹉跎，終成永遠的遺憾。

實際上她是一位非常出色認證公共會計師（CPA），是國際公司合夥人和公司總財務官；下轄上千個員工，遍布十五個國家，專門從事全球邊緣幼教支編，常常出差，視察不同分單位。業餘，她和謝博士參加全美舞蹈比賽，屢獲佳績。精彩的家庭、工作、舞蹈，她都做到了。賢妻、良母、女強人，一一譜寫女人的願望，填出一張充實飽滿的成績單。

我沉浸在想念她的思緒裡，團長叫大家集合準備跳最後的探戈團體舞，讓我從深思中回過神來。該舞是謝博士所編，舞衣是從香港訂做的——女舞者鑲著亮片的紅舞衣連著粉紅的蓬蓬大圓蓮葉裙，男舞者的黑襯衫、黑西褲、紅絨背心，也鑲著亮片。穿起來亮晶晶，舞動時一片繁華錦繡，把春光、時光都穿上身。這時，她一定在天上跟著我們起舞吧？

離開大廳到停車場取車，天上的月兒像檸檬，旁邊伴著幾顆星星。我抬頭尋找，其中一顆最亮，透著如初的笑靨和未逝的深情，我猜那一定是她，低頭看著我們揹舞衣、舞鞋鑽進汽車。我對她說：「我還等著妳的聚餐」。明健啟動引擎，車子揚長而去，星星裝飾了我的窗子。

生命中的牽絆和聯繫，已烙下了印，我想起她向我透露生病的一幕：二〇一二年，我們在「素友會」一年一度慈善舞會表演維也納華爾茲，當時只有我和她二人在房裡換粉紅色的大圓裙舞衣。我先換好，走過去幫她扣背後的扣鈎和拉鏈。突然，她輕聲說起了她的病史——三十歲，右邊先得了乳癌，動手術割除，三年後左邊也得乳癌，又動手術割除，依醫生建議重造乳房。不料兩年前被檢查出血癌，已做完放療，現正化療中。她輕描淡寫，我聽得句句心驚。她在病魔的折磨下，靠著幼年的芭蕾舞訓練和成年後的國標舞學習和比賽，使她有一個挺拔的體格，堅強的內在，毫無病容和病態，甚至年年為「Dance For Cure」做宣傳募款。多麼了不起的小女人，我肅然起敬說：「美麗的女人，妳的名字是強者。」她只是微笑，我卻泫然欲泣。她拍拍我的臉頰，冷靜地說：「不哭！不哭！會哭花了妝容。」我淚眼模糊跳完那晚的華爾茲團體舞。

人跟自己的五臟六腑和好相處不容易，跟自己的頭腦共處更難。她每晚就寢，梳理一遍人生到天亮嗎？我不敢想，不願想。

此後，她沒再提起生病之事，以為她痊癒了。日子如水流逝，我們如常練舞、表演、餐聚。不知死神已在左旁窺伺。二〇一五年九月，她從公司退休，說要多去南卡羅萊納州探訪一歲的孫女。該年冬末練完舞後，相約四天後晚上在「小金華」餐館聚餐。等到當天早上，接到謝博士的電話告知她生病住院了，等出院再聚餐。我嗒然若失，因為我渴望見她。團長叮囑莫去醫院探訪，讓她休息。但是，沒人告訴我，她病得如此嚴重，這是見她最後一面的機會。八天後，正參加某團員的豐盛晚宴，慶祝他們兒子的新婚，謝博士來電話通知團長：她安息主懷了。當時如同晴天霹靂，我抱頭痛哭。那個聚餐永遠地失約了。音樂澎湃，該出右腳，還是左腳？一團糟，我們頹然回座。死喪、喜慶、悲歡同時交錯，人生的拍子變換莫測，天意宿命？我心中竟冒出憤怒，質問老天何意？

追思禮拜上，謝博士未語先泣，老年折翼的悲痛溢於言表。倒是他們的兒子和金髮碧眼的兒媳冷靜地處理一切。禮畢，禮儀單上一幀玉照，燦爛的笑容和飛揚的髮絲，栩栩如生。謝博士說她每一次都先在家裡打了補血針才去教舞的，聞言瞬間我的眼淚嘩啦啦。美人不願萎靡示人，心碎藏在鏡子外邊，情何以堪？

一週後，早上醒來，明健告訴我，夢見咪咪站在廚房，跟他說很餓，我則正在爐上為她烹煮食物。

又過一年，明健夢見她說很冷。趕快燒了紙衣給她。

今年逢金豬年，她屬豬，尚未託夢，祝願她在那一頭，不餓不冷，踮著腳尖，跳柴可夫斯基的《天鵝湖》。

華爾茲、探戈、吉魯巴、拉丁舞的節拍有慢有快，樂曲也是長短不一，形態更是爾雅與張揚各具。轉圈時這個世界很小，向前時這個世界很大。世上的一切終成荒阡古陌和雪泥鴻爪，我的舞痕該是如此。天上的她，笑看著我。

你一定會好

歐・亨利（O. Henry，一八六二－一九一〇，美國作家）是世界文壇短篇小說十傑之一，他最出名的作品是《最後的一片葉子》（*The Last Leaf*）。故事說住在紐約市格林威治村的老畫家伯曼於風雨交加中，爬上樹頂畫了一片綠葉，因此挽救了另一個年輕女畫家的生命，老畫家卻因此病死。老畫家的捨己救人令人很感動，卻反映了另一個長久爭論的問題：醫生或家人是否應該將病情真相告訴病人？我一直以來主張病人有知道真相的權利。

同事達的弟弟棠不幸罹患三叉神經腫瘤，開刀完後，右頰神經受損，導致右頰肌肉癱瘓，時常流涎，舌頭不靈活，說話不清楚，結果臉向左歪斜，睡覺時右眼須靠手幫忙閉上。出院前，醫生告訴棠太太，棠的狀況不會有進步，以後就是如此了。棠出院後，看見自己變成這個醜陋樣子，心裡十分沮喪，變得退縮不語。

棠太太每天跟他說：「棠，你要好好地生活，醫生說你不會一直如此的，你右臉會改善，說話會越來越清晰，口水會停止不流，你要相信你自己，也要相信我，更要相信醫生與現代醫學。」

其實，棠太太多半時候聽不懂棠說的話，但她不動聲色，用心猜他要什麼。很幸運的是，她常常猜對了。棠打電話去妻子的辦公室，妻子就對他說：「我完全聽不出來你是動過手術的人在說話，你說得很清楚。真是進步得很快。」他們出去用餐時，有時候服務員聽不懂棠說的話，棠太太立刻接過來重說一遍，為棠解圍。

棠在家休養近一年，帶著既興奮又畏怯的心情重回公司上班，同事們都真心歡迎他回來，還為他開了一個小型歡迎派對。棠太太暗地裡囑咐同事們，棠說話時，不要問第二遍。這給棠的心理吃了一個定心丸，棠的心裡開始裝進太陽，願意走到陽光下，看明媚的人、事、物、情、道，他會對著所有人展顏大笑。

棠每三個月回醫院做術後檢查，第一年沒什麼改變，這原在醫生意料之中。但第二年，醫生發現棠開始有明顯的進步，教科書上說神經是不會再長回來的，棠的術後現象卻推翻了醫學經典。醫生很驚訝，私下問棠太太：「妳給他做什麼了？」

她說：「我每天給他吃一大盤水煮西洋芥蘭，我說是醫生吩咐的。我天天告訴他：『醫生說你一定會越來越好，可能不會百分一百好，但百分之九十九是可以的。』」

醫生笑出了聲：「妳用我假傳聖旨？不過，這樣做有效就沒錯，妳繼續做好了！」

棠太太為丈夫繪製了那片假的綠葉，不明就裡的棠也相信了。最終使得沒有根、沒有樹幹的葉子，長出了它的四季。

棠太太從網路上學到西洋芥蘭抗癌又富營養，是休養生息聖品。

到了第二年年底，棠不再流口水，右臉恢復知覺，眼睛能關閉自如，說話明顯變得清楚。棠太太藉著醫生的名義給予丈夫的鼓勵與信心雖是謊言，卻大大地幫助棠走過了漫長的生命幽谷，而盼到後來的柳暗花明又一村。

當年棠太太與棠結婚時，就相約彼此之間是透明的關係，絕不存在祕密。五年過去了，棠太太決定向丈夫坦白交代以便重新擁有透明的家庭。棠聽完太太陳述這長達五年的白色謊言，有淚不輕彈的棠流下淚水，擁抱妻子入懷。此時的他體會生命的再造之愛，他除了感激涕零，只有給妻子奉上餘生所有之愛！

達告訴我棠的事，我聽得很入神。多年前姆媽病重時，化療後，醫生告訴我無效，我如實轉告姆媽。姆媽的神情頓時黯淡。後來病情急轉直下，沒有幾個月，姆媽就撒手西歸了。聽完棠的故事，我想，假如我也像棠太太那樣告訴姆媽：「醫生說有效，您一定會好。」那麼結局可能完全不一樣。

當時若不斷地鼓勵及幫助姆媽建立信心，姆媽說不定今天還跟我們在一起，能看到孫輩們長大成家立業啊！我真恨自己為何沒有棠太太那樣的智慧。

假如老天要我必須再次回答前面的那個問題，我的答案是：病人有知道與不知道的權利，但該因時、地、人而定，以救命為原則，才能完成老天的「好生之德」。

感性與理性

英國小說家簡・奧斯丁於一八一一年發表《理性與感性》（*Sense and Sensibility*），書中主角是達什伍德家的姊妹花愛蓮娜與瑪麗安。姊姊愛蓮娜是一個理性的女孩，而妹妹瑪麗安是一個感性的女孩，經過愛情道路上的磕磕碰碰之後，兩人最後都理性地找到歸宿，幸福的指數對愛蓮娜是一百分，但瑪麗安的可能只有及格而已。她們是否白頭偕老就像國畫裡的留白，任君想像也！

這本書是高中時看的，當時心中揣摩道：我是理性？抑或感性？鄰座同學告訴我一個方法可以測驗，就是雙手掌互握，若右手大拇指搭在左手大拇指之上，則是感性；反之，則是理性。我雙手一握，嘿，是感性的人。

不錯，為了一隻在湖中獨游的大雁，會令我感傷落淚——因為大雁們都是成雙成對，而且是終身伴侶，倘若其中一隻因故死亡，另一隻則獨守終身。獨游的大雁悠游於天地之間，守著記憶裡的濃情，尤其觸動我心中特柔軟的一處，猶如啜飲黃連汁般，好淒涼！我也會為了捕捉天邊一抹晚霞，忘情地追逐，落進石頭湖中，濕透衫裙，仍是心甘情願，嘴角掛著美麗動人的微笑。生命的細微處牽動境界的交換穿越，靈魂就在其中浸潤感性的洗禮。從小到大，不知何故老師都喜歡選我當班長，我不喜歡但不敢不服從，只得硬著頭皮做，卻做得苦不堪言。當時沒人指導我利用這個機會磨練領導力，培養領導氣質。

但是，當我必須選擇自己的未來時，父親為我選了一個理性的專業。在這條理性的道路上，意外的是從來沒有迷失或埋怨過，還做得很好。今天，參加高層會議時，我經常是唯一的女性，可以據理力爭，獨排眾議而不畏縮。俗話說：「人生不如意事十之八九。」當然也有許多被卡住的時候，特別是當與別人溝通不了或不被接受或被誤解的時候，就要有寬容的心態。寬容是對別人寬容，也是對自己的寬容，乃是一種人生境界，能撞出精彩的人生，幫助追求理想。我必須這樣寬慰自己，為的是不讓自己氣惱與氣餒而失去寶貴的智慧，說出或做出令自己後悔莫及的話或事來。可以很理性地正確擺放自己的心態。

辦公室裡有一個角落，放著一隻布製維尼熊陪我加班寫科研企畫、報告、評估表，或看書等等，讓我回到感性的心情、心意、精神，可以在理性和感性之間穿越。

抽出川康端成的《雪國》，一開頭就是：「穿過縣界長長的隧道，便是雪國。夜空下一片白茫茫。火車在信號所前停了下來。」（第一頁）；蕭麗紅的《千江有水千江月》有：「夜快車搖搖、晃晃，……寅夜的天空，閃著微星點點，……監視著晝夜的交更。……太陽才剛露出個額頭，大地便搬弄出了千變萬化的色彩、光輝，旅人目瞪口呆，只有感動的分……。」（第三三四頁）。我的心因此得到安撫而溫暖舒坦，這是我的靈魂躺在搖籃裡聽搖籃曲的時候。

「素友會」組了一個舞蹈班，海蒂班長是前華府華埠小姐，夏平與海萍夫婦敞開他們舒適的家做為教室，玉棣老師教跳美式Swing（即中式吉魯巴）——他手把手教每一步動作，仔細耐心地重複又重複。看著他與夫人跳著Swing充滿力與美，是一種令人驚豔的盛宴。學員都是夫婦檔，當發現彼此意見不同時，這個大聲嚷嚷的一定是感性的人，那個不斷數拍子的一定是理性的人。果不期然，用雙掌合握的方法測試一下，竟然是每一對都是理性與感性各一。對這個結果我非常感興趣。《詩經・邶風・擊鼓》裡的「執子之手，與子偕老」是要有理性與感性各存其一互補的基礎，雖然幸福指數可能只是及格而已。兩個都是感性或都是理性的配對要白頭偕老可能會碰到高難度哪！

終於明白人生的一個至理：個人的生命是理性與感性的結合，只是比例的不同。婚姻的成功與否亦是如此。我那一向自認理性的另一半，面對病魔，眼淚漣漣，還得靠感性的我處理一切相關事宜。無疑地，感性的關懷與理性的管理是婚姻的營養與土壤。推而廣之，莊嚴的歷史告訴人類，當世界因感性混亂得戰爭烽火交疊四起，理性的談判與制止必應運而生，如此的感性與理性的交替，感性讓人類的文明得以演化進步，文化傳承綿延不絕，理性讓科學的突飛猛進促成人類的生活改善與壽命的延長，我們方可身體與心靈和諧共存，同步共振。

所以，理性與感性乃唇齒相依，相濡以沫，生命不息是如此，歷史的長河也是如此。

女人的五瓣花

這是一間頭等病房，妳把被單和被子鋪好在沙發上，又走近病床看一下母親，然後鑽進被窩裡。這時已經是深夜十一點了，也許是緊張了一整天，一下子輕鬆了下來，血液裡的腎上腺素還處於高峰，所以神經仍然處於緊張狀態，睡意全無。妳瞪著天花板發愣，突然，門口處出現了侃特爾醫生，母親的開刀醫生，妳嚇了一跳，他也嚇了一跳。

他走到沙發前，先開了口：「護士沒告訴我妳睡在這兒。我先前打電話來問病人情形，護士說妳媽媽噁心得很厲害，我不放心，所以特別過來看一看。」

「我也是不放心，所以留了下來。不過，你看見了，她現在好多了，正睡得香香的。唉，不好意思，讓你多跑了一趟。」妳輕輕地說。

「我就住在附近，自己一個人，沒關係的。」他和藹地說。

妳注意到他無名指上沒有戴戒指。

「唉，我媽也只有我一個人可以陪她啊！」

「喔……是這樣啊！那麼妳這次能留多久？」

「一個星期，然後就要回去波士頓醫院上班了。」

「那也夠妳媽媽這一次開刀的康復了。以後五年裡，她必須定期來看我，我幫妳多注意著，妳和我保持密切聯繫就可以了。」

妳感激地點點頭，天下竟有這麼有人情味的醫生！

侃特爾醫生走出病房後，妳開始覺得疲累，一股倦意從腳底湧了上來，妳打了一個大呵欠，然後閉上眼睛糊里糊塗地睡了。

父親拉著母親的手做什麼？兩個人都穿著白禮服，他們要去哪裡？他們開始出發了，不行，妳開始大叫：「媽媽！……媽媽！……您不能走！……」

可是，媽媽沒理妳，妳急得滾落地上大哭大喊，撕心裂肺，卻喊不出聲來，媽媽啊，還是繼續走……

妳驚醒了過來，斬斷了時間的延續。

妳急急忙忙從地上爬起來，走到病床前，看見母親坐直了身子，正有趣地注視著妳。

母親說：「怎麼摔到地上去了呢？而且還滿頭大汗？太熱了，是不是？趕快擦乾，免得著涼了。」

母親放下手上的玫瑰珠鍊，拿起床邊的繡花手帕給妳。

「媽媽，我做了一個夢，夢見爸爸拉著您走了，我一直叫，您都不理我，把我給急得手足無措……」

「啊，真的？我也夢見他了。他說他一直在等我，我說我還要陪妳，妳還沒結婚呢！」媽媽對妳眨眨眼，俏皮地，輕鬆地，不像剛動過手術的病人。

「哦，媽媽……」妳撒嬌地揉進母親懷裡。

「啊……啊……注意傷口……」母親痛得叫了起來。

妳趕忙鬆了手，滿臉歉意地說：「對不起，對不起，我給忘了。」

母親曾經說妳是一個水晶心、玻璃肝的小天使，也是一個刁人的小霸王。

窗外的天邊，才露了一點曙光。

妳昨日買來的玫瑰花放在案頭上，正開得美美的。空氣裡飄著淡淡的玫瑰香，妳促狹地從中抽出一枝紅玫瑰花，舞到母親跟前：「哪，這是我替爸爸給您的！」激起了母親內心的喧嘩，思念的淚水，有紅有綠，悶得發亮。

剛滿五十歲的母親接過玫瑰花，親吻了一下妳的額頭，眼睛亮晃晃的，在這個空蕩蕩的病房裡，母親依然散發蘋果花的芬芳清麗，就像《達文奇密碼》中說的五瓣花，每一個花瓣代表女人的出生、初經、循環、停經、死亡！

妳知道母親的生命正處於尖峰，呈現成熟的魅力！女人，大地的母親，……文明的搖籃，……生命的起源……

妳想，等中午侃特爾醫生來查房時，他一定會讓母親今天出院的！若是不行的話，妳也要想辦法說服侃特爾醫生。

母親最喜歡情人節，今天恰是情人節，人生的春雨不分老少，妳要和母親一起回家，慶祝！

檸檬的心事

每天上班時帶一個保溫杯，裡面是放了一片檸檬的熱開水，上班時口渴了喝，到了中午時恰好喝完。吃完午飯，沖進沸水接著喝，下班時，等於喝完兩杯檸檬水。百度上說，這樣可以養顏防癌。

一位老同學在他的沙漠後院埋了兩粒檸檬種子，後來長成小樹苗，四年後變成檸檬樹，開始開花，然後結了一樹的檸檬果。為了見證來自一粒種子的生命力，他郵寄了十顆檸檬給我，還寄來檸檬樹與檸檬花的玉照，與我分享大地女兒的芳顏。

有一首歌叫〈月兒像檸檬〉，但我從不認同，檸檬不像月兒，檸檬有自己獨特的好樣兒，讓我生出無限的幻想。

檸檬是芸香科柑橘屬的常綠小喬木，原產於東南亞，由阿拉伯人帶往歐洲。十五世紀時才在義大利熱那亞開始種植，一四九四年在亞速爾群島出現。現主要產地則是美國、義大利、西班牙和希臘。

檸檬的嫩葉為紫紅色，花為白色帶紫，略有香味，花序單生成一花環。檸檬果皮為黃色略粗而有光澤，長橢圓形，檸檬果肉呈淺黃色，種子約五至十個。每升檸檬汁中含檸檬酸（四九．八八克）及維生素C（五〇一．六毫克）。檸檬果實主要做榨汁用，有時也用做烹飪調料，由於它富含維生素C，早期英國海軍曾用以補充維生素C，解決了遠程航海時壞血病的治療。

檸檬汁太酸，吃多會傷牙面的琺琅質，對某些弱胃人可能還傷胃。一般是製作雞尾酒或飲料的重要原料，西方人吃魚時常滴入檸檬汁以去除腥味。此外，檸檬可樂、檸檬七喜、檸檬雪碧、檸檬蜂蜜茶都是大眾喜愛的飲料。

空氣芳香噴霧劑、洗手精、洗碗劑、洗衣粉的廠家也不落人後，都喜歡加檸檬味，總帶給人一種乾淨的感覺。

檸檬有一個姊妹種叫萊姆（Lime），但萊姆的果實無籽、皮薄而較光滑，果形短橢圓，果肉淡綠色，顆粒較小。有四樣雞尾酒（Caipiroska、Caipirissima、Amore Dolce、Blackberry and Mint Smash）就是靠萊姆調製而成的。

檸檬放在冰箱裡可以久存不壞，非常耐放。可是偏偏美國人若不巧買了一輛爛新車或爛東西，喜歡說不幸買了一個「檸檬」，「檸檬」竟變成品質不佳的代稱，這真是檸檬的不幸，真為檸檬叫屈不已啊！其實檸檬花代表熱情洋溢與津津有味（zest），實在與損物不相干！

我這個受禮人收到十顆檸檬贈品外加手擠檸檬器時已是深秋，贈禮人殷殷叮嚀得調製成檸檬蜂蜜茶，趁熱喝了，以便解渴，又能防範感冒於未然，還能保養嗓子。受禮人恭敬不如從命，照單全收，喝了一個冬季，才告別檸檬的相隨。

沒想到養成了習慣，變成時間的綿延，堅持的信仰，每週去超市買一顆，切成片做檸檬水，啊……酸得壓抑，可是有豪放的爽朗壯闊。喝了十五年了，成就了生命的謳歌。

沉默「不是」金？

在美國讀書工作多年，我的周遭大都是西方人，存在多元文化，導致認知上的誤解俯拾即是。說來話長，這裡只是點到為止，就只談論「溝通」與「關係網」。

在美國的中國人，生活形態大都是上班說英文、寫英文、讀英文，下班則是說國語、看中文電視、讀中國報紙。對自己的家鄉情形瞭如指掌，但對美國的社會情形則不大關心也不感興趣。

我們每週有系會、科研演講及每年的科學年會，在這三個場合中可以明顯地看出東方人與西方人的差異。首先在系會中，洋同事們個個意見很多，爭先恐後地搶著給主意，都認為自己是解決問題的高手。若碰到升遷的機會，他們當仁不讓地自我推薦。東方人則靜待上級會看到我們的努力與成績而自動提拔我們。結果被升級的是洋同事杰夫。

張小燕主持《百萬小學堂》益智節目，無論懂得解題或沒把握，小學生們面對來賓，多舉高手喊：「選我！選我！」這是美式文化在綜藝節目的小還魂，但我常看到不懂、不會的學生，安份端坐。關於進與退，自小開始，我們心中就有一把尺。

我跟一位要好的洋同事K說：「碧潔比杰夫的業績好太多，為什麼不選碧潔？」

K說：「因為碧潔開會時都不說話，上級以為他沒有興趣或可能根本都不知道他有多麼地傑出，甚至還會以為他不會溝通。」

我說：「可是我們的文化認為知識分子應該像竹子，有節有度，不誇耀，不逢迎，不卑不亢地做好自己份內的事。」

K說：「那顯然是不夠的，建立關係網是不可或缺的一部分。譬如，在一些委員會裡，就很少見到少數民族參加，這些服務性的工作，也是考慮升遷的要素之一。據我所知，碧潔都沒有參加這些工作吧。」

系裡每週五都有一次科研演講，大家輪流講。會中，東方科學家演講內容用字保留，七分數據不敢說十分話；而西方科學家則是三分數據可以引申為大發明。輪到聽眾發問時間，搶著舉手發問的人也大都是西方科學家，有挑戰，有讚揚，有挖苦，有酸葡萄的，言詞犀利，都無懼表現自己的感受。但是，東方科學家則大都是沉默，顯得有點不關心似的。坐在我旁邊的K說：「你看，碧潔都不問問題，而杰夫從不放過這樣表現的機會，這就是很明顯的對比。」這些場合，上司在場，可以獲得他們的注意。

出城參加科學年會，東方科學家喜歡自成小團體，說著自己的語言，成群結隊同進共出，滴水不漏，一起吃飯和休息，幾乎旁人無從插足。因為K也想跟我們在一起，不過每次他在，大家必須講英語；大家對K提到的那些球星也都不熟悉，於是常常冷場，原本興高采烈的情緒，很快就消失無蹤了。

K問我：「他們好像不喜歡我？而且他們說的不是英語。」

我說：「正好相反，他們以為你不喜歡他們呢！我們個性上比較害羞被動，所以等著你來跟我們先說話。不過你的話題要引起我們的興趣，一旦破冰，你就會發現我們很真摯的。」我發現東方人愛談房子、汽車、股票、政治；西方人則是球賽、遊艇、旅行。人間路常分歧，儘管大家住同個社區、開一條馬路，方向盤一轉，心裡的目標卻各自不同。

我解釋給K聽：「我們從小的教育是男人要如玉，女人要如珍珠，個性要內斂，不喜張揚。西方男人則是肌肉結實飽滿，健壯如地基。西方女人如鑽石，光芒四射，豔麗璀璨。你們都是鋒芒外露，像一團太陽，目可見、手可及，瞬間感受到澎拜熱情；反之，我們男人內心的堅實與女人的豐碩，則要靠時間的探索與鋪陳，才能心領神會那股溫情。」

K問：「Wait a minute（等一下），玉與珍珠象徵什麼？」我說：「美德，一種帶著中庸的美德，不疾不徐，不矯枉，不過正，就像絲一樣，平順舒適。它是儒家的進取、道家的順應、佛家的空靈的三位一體。」

此時的K臉上滿是疑問：「在這個E時代，資料滿籮筐，哪裡還有慢慢琢磨的時間、循序體會的節奏？」

我說：「人要經過千山萬水，才能發現最真實的自我，懷抱樸實的珍惜。我們白天上班時，以仁愛、濟世的精神去做承諾，肩擔當，負責任；下班回家，以柔軟的心態，天法地，地法人，人法自然，循四季的流轉，跟我們的家人相處，懷著愛心的默契，與世界一起成長，學會自省人生。這是中國人的世界情懷，優雅的、專注的，也是默默的。」

滿頭霧水的K雙手直搖，他說：「可是你們生活在美國，在這裡工作，怎麼可以那樣的慢節奏？我們的個性簡單直率，愛秀自己的肌肉，但也愛幫助人家。雖然有時候不知不覺地霸道，甚至剛愎自用，至少我們嘗試做到公正公平，所以才會有ＥＥＯ[1]等條例法令啊！因此，你要什麼、你有意見，大聲說出來，不要沉默，沒人有時間去發掘你的心思的。」

---

[1] ＥＥＯ，全文是Equal Employment Opportunity，直譯就是「平等就業機會」。基於這條法律，雇人時不能基於種族、膚色、性別、國籍、宗教、年齡、殘障或基因信息而有歧視。

我疑惑地問：「可是俗語說Silence is golden（沉默是金）啊！」

K鐵口金牙肯定地說：「在工作中，你要建立團隊精神，要推動工作，要升級，要拉關係，建立關係網，都要靠溝通去完成，沉默不是金。」

真是這樣嗎？我的觀點迂腐嗎？過時了嗎？含蓄的中國人，今天也學會了洋人的自我推銷嗎？我還真說不準了。

我相信今日四通八達的網絡連線文化，會很快地將文化衝突轉變成文化理解。不消多事，也許屆時「不是金」的沉默「又是金」了。

我的祖國在那頭

我一直很喜歡朗誦余光中先生的〈鄉愁〉：

小時候，鄉愁是一枚小小的郵票，
我在這頭，母親在那頭。

長大後，鄉愁是一張窄窄的船票，
我在這頭，新娘在那頭。

後來啊，鄉愁是一方矮矮的墳墓，
我在外頭，母親在裡頭。

而現在，鄉愁是一彎淺淺的海峽，
我在這頭，大陸在那頭。

這首詩，字義簡明，一讀即懂，並有音樂韻律，極易琅琅上口。我單獨散步時，可以自我背誦；在團體聚會中，可以朗誦給朋友聽，調動他們的情緒，激起他們的熱情，一起朗誦。甚至將它翻譯成英文，與我的歐美同事朋友分享中國現代詩人的情懷，一起咀嚼Nostalgia（懷舊）的內在精神。

生在新竹，長於高雄的我，小時候不會隱藏感情，上學時想家，放學回家後想學校，喜怒哀樂都是形諸於色。像吞嚥一顆青澀的果子，給予「為賦新詞強說愁」的少年抹上浪漫。人慢慢長大，感情也參雜了更多的味道。每天早上醒來，面對的生活難題都不一樣。上班後，面對的問題也是各形各色，處理的方式更是因案而異，放手的事情可大可小。心情是哀而傷，樂而悲，真實而細膩。縱有徘徊與遲疑，就是受了傷也要裝得瀟灑痛快；縱有精彩與落寞，也要雙肩扛起，才能顯現彷彿力拔山河的磅礡氣勢；縱有我的眼淚蓋滿了天地，也要大聲疾呼歷史的血淚烙印永遠清晰鮮明。

等到能回顧的年齡，像猛然開瓶的香檳酒，開瓶時，一道酒泉衝上了天，泡沫溢出了杯口，仔細一看，只剩下半瓶甚至快見底。喝一口，只覺得刺激，但難辨滋味；然後細細回味，可能是苦澀，可能是甜蜜。似夢似醒，似聚似散，鄉愁於是咕嚕咕嚕地從心底冒出了頭，像母親的乳汁滋潤著乾枯的靈魂，走過「小小的郵票、窄窄的船票、矮矮的墳墓、淺淺的海峽」，遠眺母親與祖國。情不自禁地在余先生的詩後面加了一句：

再後來，鄉愁像一片深深的太平洋，
我在這頭，祖國在那頭。

祖國的情懷刻骨銘心，只有上尋《詩經》、《楚辭》，下覓唐詩宋詞，橫跨黃河、長江水，縱跳長城、五嶽神州，把華夏文化一點一點地嚼進了血液、骨頭裡，肉體在外頭，魂魄在裡頭，早已穿越時空，與古聖賢古文明交融交輝了。那些小小的思想編成那些沙沙的樹葉聲，它們在我的心靈上印滿了快樂的低語。思想與低語相見相親，有如海鷗與波浪的會合。思想與低語分離，猶如海鷗的飛去，波浪的捲開，等待著下一次的相見相親。我便像一隻躺在岸邊的小舟，靜靜的傾聽著漲潮與退潮的獨語。生命的畫軸徐徐地展開，讓潮水盡情塗抹「生時美如夏花，死時紅如秋葉」的盛景。

鄉愁又像綿綿細雨，像一網水簾，連接天上與人間。雨珠親吻著大地，悄聲道：

母親呵，我們是你患有思鄉的孩子，現在從天上回到你的擁抱了。

這是泰戈爾的《漂鳥集》（*Stray Birds*）中的話，莫非泰戈爾也是那個思鄉的孩子，渴望奔向祖國的錦繡河山？

赫曼・赫塞（Hermann Hesse，一八七七－一九六二）的名著《鄉愁》（*Peter Camenzind*），其主人翁培德・卡門沁特，是生長在阿爾卑斯山下的少年，該書描述他從少年以至青年的成長過程。循著卡門沁特遊走歐洲的足跡，面對三次至親好友死亡時的態度，見到死亡的緩緩降臨，無能也無法逃躲，卻在生命終極的絕望中得到豐富的反省、反思和記憶。生命的痕跡與文化的撞擊歷歷在目。卡門沁特的自覺與自省態度深深觸動了許多青年人的內在靈魂，感到了生命的張力與厚度，與鄉愁的緊密聯繫。

其實，鄉愁一直存在我們心裡的一個角落。小時候，不知不覺；少年時，朦朦朧朧；年輕時，排斥它；中年後，反芻而接納，轉變成支撐生命昇華的營養與土壤。鄉愁是我們靈魂的最豐盛資產。

無庸置疑，我的足跡遍及東南西北五湖四海，既去了美國太和湖，也去了中國西湖和臺灣的日月潭；內在充滿東西文明的交流，既讀李商隱，也不忘羅伯特・佛洛斯特（Robert Lee Frost，一八七四－一九六三）。鄉愁像一片深深的太平洋，我在這頭，祖國在那頭。

藕香

明健在上海出生，由外婆撫養，祖孫相依為命，住在黃浦江邊，九歲才跟外婆和大他兩歲半的玲玲姊姊到香港與父母團聚。他在香港讀完皇仁中學，就負笈美國留學。我們是在美國認識的。從認識的第一天起，他就常跟我說上海有藕粉和糯米藕，形容藕粉的滑潤和糯米藕的甜糯。

我這個臺灣來的異鄉人，打從小就沒聽過也沒見過更沒嘗過藕粉和糯米藕。在美國，他也買不到這些東西幫我開眼界，只能望著他陶醉的神情發呆。

我腦子裡想：「藕粉和糯米藕真有這麼好吃嗎？會不會是因為他想家想得太厲害了，誇大美化了藕粉和糯米藕？」

雖然酷愛蓮花，但不喜歡吃蓮子湯或蓮藕燒出來的菜，所以對藕粉和糯米藕也興趣缺缺。

二〇〇四年的暑假酷熱天，明健終於帶我們去上海遊玩探親。他的表妹夫婦信本和黎敏知道他想念糯米藕，於是請客宴會桌上一定有一道糯米藕。可惜高級餐館裡不賣藕粉，他必須到小店裡去找。

我和兒子看他夾一塊糯米藕放進嘴裡，彷彿吃了人參果、神仙桃，一臉的滿足，不由自主地也夾了一塊吃吃看。咦……還真不賴！再夾一塊吃，嗯……是好吃！又夾一塊吃，啊……的確別有滋味！

是那種甜滋滋、糯綿綿的口感，他常說的「糯是糯的呢」，讓人捨不得放下筷子。

天天吃糯米藕，也天天仔細看：煮熟的白藕變成淡紫色，切成薄薄的一片片擺在白色的盤子裡，藕的洞眼塞滿糯米，熟透的糯米亮晶晶的，像無數小玻璃珠閃著光，一層薄薄的糖漿淋在上面，強化了藕肉的透明度，夾上來時還藕斷絲連，分不開。

兒子問：「怎麼有spider web（蜘蛛網）？」

怕上海親戚笑話他，我趕快說：「不是蜘蛛網，是清火祛暑的藕絲，吃了會特別漂亮呢！」

明健帶我們尋幽訪勝，去他小時候玩過的地方，從旭日東升就出門，到夕照晚霞滿天時才回旅館。他一路指點江山，熱烈激情。我們一路走馬看花，汗流浹背。最後，竟然讓他在西湖邊找到了賣藕粉的小店，一碗五塊人民幣。他如獲至寶地捧來了三碗藕粉，我趕快看這個在寒舍已如雷貫耳聞名已久的寶貝兒。那是呈淡紫色的透明物，用湯匙舀著吃，像是透著清香的漿糊。坦白說，覺得藕粉是好看好聞但不好吃，但看他吃得好歡喜，我和兒子也努力吃完，不掃他的興。

他還要來第二碗，我們連忙說：「飽了，飽了。」

他興沖沖地去買了第二碗，眼睛發亮，嘴角上揚，臉上寫滿「天下第一美味」的表情！他吃完了第二碗，又向店家買了一包乾藕粉，才依依不捨地帶我們離開小店。

漫走南京路的步行街，登明珠大樓，坐磁懸浮地鐵，逛新天地廣場，穿過名人街去咸亨酒店吃飯，在外灘坐遊船看燈飾，……明健的鄉情一點一點地釋放，鄉思一線一線地拉長。他說的上海話比當地人還地道，因為現代上海人已經不用那些詞彙了。小時候弄堂裡的鄰居和玩伴已經散了，他有些悵然。只有吃糯米藕和藕粉時，他像一個快樂的天使！

回到美國，我很快回歸到原來的生活軌道，每天都被工作和家務、丈夫和孩子塞得滿滿的。有一天下班回家，桌上擺了兩盤食物，我驚訝得目瞪口呆。只見明健臉上洋洋得意——他請我們吃他做的糯米藕和藕粉！我立刻吃了。

望著他那一張發著光等著誇獎的臉，我說：「味道很正，顏色也到位，我們以後不必到上海吃了！」

他立刻反駁，用堅定的語氣說：「我還是要回去上海的。」

明健從上海來，黃浦江的水和兩岸的土壤哺育了他。他跟黃浦江是不能分割的，他的根就在那裡，怎能不回去？他少小離家老大回，想家想得心都酸了。如今悄悄地學會做糯米藕和藕粉，想必是化解心中濃得化不開的鄉思與鄉愁。

她找不回座位

二〇一六年八月下旬從美東去洛杉磯開會，回程從洛杉磯先去亞特蘭特轉機。在飛機上看到一位美國女士在走道上來來回回數次，我以為她是在散步，但她的神情似乎很焦急。後來看到空中小姐送她回到座位上，我猜她是暫時忘記坐的位子了。

這讓我想起與學長ＩＫ的一段對話。ＩＫ是中央研究院的院士，他告訴我，其夫人被診斷出失智症。於是ＩＫ從學術單位退休，天天盯著夫人，買菜做飯，寸步不離。若在飛機上，夫人去上洗手間，ＩＫ也必須跟著，因為夫人會找不回座位。現在ＩＫ和夫人都不搭飛機了，只等子女飛來探望他們。

從亞特蘭特回華盛頓特區的飛機上，我們的後座坐了一男一女，女士靠窗坐，不斷地問問題，鄰座的男士耐心地回答。當飛機快降落時，男士說：「下飛機後，妳將坐輪椅。」女士反問：「為什麼？」男士說：「因為要走大約一英里路。」「一英里路有多遠？」「大約等於六個大塊屋區。」「我可以走，我不坐輪椅。」「聽話，妳必須坐輪椅。」「我不坐……」「妳要聽話，妳會迷路的。」我聽出了端倪。下飛機時，我回頭看了一眼，兩位都是老人家，女士矮胖，白髮蒼蒼，老態龍鍾；男士高瘦，雖然也是滿頭白髮，體態輕盈，背脊挺拔。他的眼睛與我的相對，我報以理解的微笑，他也還一個安慰的點頭。到達目的地之後，女士生氣地坐在輪椅裡，男士一旁陪行。

有一天上午，我們去「麥當勞」吃早餐。我看見遠處有一位美國老婦人坐在角落裡單獨用餐，她的鬈鬈短髮梳理得很整齊，穿著藍花白底套頭上衣和白色七分褲，看起來清爽俐落。她吃了一半，站了起來去洗手間。穿制服的清理員數次到她的座位，看了看又走開。隔了很久，她才從洗手間走出來，回到座位上繼續用餐。我的直覺告訴我，老太太可能有……

我一面津津有味地吃我的早餐，一面跟先生明健聊著辦公室裡的政治傾軋和玻璃天花板的亂象。我留意到老太太拿著杯子走到櫃檯續添咖啡，接著突然走到我們前桌的黑人顧客旁邊，對著他說：「你坐了我的位子。」那位男子很不耐煩地向後指。老太太走到我前面，藍眼珠子很茫然地看著我。我立刻明白了她的狀況，很快伸手一指，對她說：「妳的座位在那邊。」她如夢初醒地笑起來：「對了，在那邊，……在那邊，……謝謝妳！」

這讓我想起一位老同學C的父親——他曾經是老松國小的老師，六十餘歲得了失智症。雖然C的家人緊密監看著，他父親還是覓得機會溜出了家門。家人到處尋找，他卻從人間蒸發似的，無蹤無影。三十年過去了，至今音訊全無，令家人傷心欲絕！此次去洛杉磯開會，新選出的會長T說他太太已失智八年，最近已沒有語言能力。T提前退休照顧太太，太太喜歡遊輪旅行，他在過去八年陪著她坐了十八次遊輪。T夫婦恩愛逾恆，才能如此執愛妻之手，與愛妻偕老！昨晚，我們舞蹈班的S說她的老媽媽已經五年不認得她了，唉……天主保佑大家啊！我不禁長嘆一聲。

醫學上，失智症分三類型：以阿茲海默症為主，簡稱AD，約占半數；其次為血管型失智症，約占二〇－二五%；及混合型失智症，約占五－一〇%。每年每千個六十五歲以上的人約有十二至十三人會變成失智病人。早期症狀包括譫妄、理解障礙、行為失控、生活障礙、脾氣惡化、自我封閉等等。早期診斷很重要，可以提早治療，延緩病情進程的速度。因此，對社會大眾做有關失智病之教育，是非常重要的公共健康教育。

據說喝茶、咖啡、果菜汁、紅酒，日服維他命D，保護頭顱，預防感染，戒菸，瘦身，避免慢性發炎，少吃甜食；還有上網學習新技巧，經常跳舞、運動、打麻將等等「活到老學到老」，都可以活化頭腦細胞，避免「失智」找上門。

大家最熟識的雷根總統，過世前的他也失智了很多年，夫人南茜保護著他，讓他安享餘年！

看過電影《我想念我自己》（*Still Alice*，茱莉安・摩爾主演，獲奧斯卡最佳女主角獎）後，頗有感觸。女主角愛麗絲是語言學教授，因為失智症失去認知能力，失去語言能力，失去教職，失去生活，最後無知無感，終日茫然坐在椅子上。看完後，我很驚懼，因為我也很健忘。現在我每天上班之餘，一定多喝果菜汁，多喝茶，勤於走路、跳舞、寫作、參加戶外活動、與人攀談，把握機會與人為善。這些都是在給腦袋做健腦操。

沒想到麥當勞的老太太還記得我。當她用完早餐，收好餐盤，笑咪咪地走過來謝謝我幫她找回座位，然後說：「現在我必須去找回家的路了。」

以她的情況看來，大概是失智症早期，因為大部分時候是清醒的，偶爾迷糊而已。

我猶豫地看著她走出門，走到太陽下踽踽獨行，猜想她應該是住在附近。雖然心裡不免擔心她是否會迷路，卻沒有做得更多。至今，我還很後悔當時沒有主動提議陪她走路回家，始終惦記著她是否安全回到家了……

失憶，病人無感，不喜、不怒、不痛、不悲；家人無奈、不捨、不忍、心疼，步步跟隨，帶著淚眼的歷練、過渡。

禮尚往來的溫馨

「請問，哪裡可以買到捕鼠夾？」我走出桃園國際機場，見到來接機的賈教授，一陣寒暄之後，劈頭就問他這個私人問題。

「妳說什麼？捕鼠夾？」賈教授與同來的鄭教授先愣了一下，然後不約而同地反問。

「是的，捕鼠夾。」我重複了一遍。

「妳是來講學的，買這個捕鼠夾做什麼？」兩位教授的語氣裡掩不住高度詫異。

「因為我有一位猶太同事專門收藏捕鼠夾。」我笑了起來，接著說：「他叫邁可，當他知道我要來臺灣，他就問我臺灣出不出產捕鼠夾。我說：『有啊，我小時候見過的，現在應該還有賣吧。』他就請我帶一個回去給他。」

「原來如此。」兩位教授鬆了一口氣。

「一般的傳統菜市場應該會有賣。」賈教授先說。

「雜貨店比較可能有貨。」鄭教授也提供意見。

「我知道買捕鼠夾不包括在你們接待我的範圍內，但我人生地不熟，一時還真不知道如何去找到雜貨店或傳統菜市場，所以得請你們二位幫忙。請你們有空時帶我去雜貨店試一試，好嗎？」我語帶憂慮地請求，畢竟尋覓捕鼠夾有一定的難度。

「妳放心，我們幫妳買好給妳帶回去。」他們誠意地說。

「啊，真的？那我感激不盡了。邁可還收藏另一樣東西，他也要我帶一份給他。」我打鐵趁熱，又怕人家說我順竿爬占便宜，所以說話的聲音低了八度。

「哦，是什麼？」他們的好奇心又給提上來了。

「他蒐集各國出產的ＯＫ繃盒子，就是英文的bandage。」我不好意思地說。

「妳這位同事的收藏癖非常獨特啊！」他們哈哈大笑起來。

「對啊，我當時聽了以後也是笑得不能自已。我問邁可，他至今有多少收藏，他說有七十多件捕鼠夾和一百多個盒子。他預備收藏差不多以後，要開一個展覽會和寫一本有關的書。我說認識一位臺灣名詩人專門收集奇石怪岩，他也說要開一個石頭博物館。邁可聽了樂歪了，連說吾道不孤啊！」

「邁可也懂『吾道不孤』？」賈教授又打破砂鍋問到底。

「他說的大概是這個意思，而不是完全這四個字。」我連忙解釋。

「我看哪，這個ＯＫ繃盒子還比較好買，一般的西藥房都會有的。

好，我這個週末就幫妳去買，肯定可以買到ＯＫ繃盒子。捕鼠夾比較難說。」鄭教授自告奮勇去辦這個額外項目。我連忙稱謝不已，感激他的仗義相助。

「妳呢，也收藏東西？」鄭教授順口問。

「我啊，蒐集象，都是朋友送的，我不刻意去買。有石質、玉質、木質、玻璃、水晶、象牙、銅質等材料，有大有小，都很可愛，分別來自臺灣、美國、加拿大、印度等地方。好像已逝名作家鍾梅音就收藏了一千三百多隻象，並用高檔玻璃櫃陳列。我只是隨便放。」我說了後，停一停，沉吟不決。

「不過，我還有一個同事蒐集全張郵票，我可以自己去郵局買來當作禮物給這位同事。」我又倒出另一個有收藏癖的達維。

「是，是，這比較容易。」鄭教授同意我的看法，對收藏象與郵票也無驚無訝了。

果然，過了週末，鄭教授交給我兩樣東西：一個是木頭捕鼠夾，八公分長乘五公分寬的木板上釘了一個鐵絲夾子，「啪」地夾起來力道一定不小，他說是在一個偏僻小巷裡的雜貨店買來的。另一個是一盒ＯＫ繃，上面有一個女孩兒，紮兩根小辮子及兩朵紅暈的雙頰。

「妳多包兩層塑膠袋放在行李中，免得檢查員檢查時不小心傷了手。」他殷殷叮嚀。然後又遞過來一個小紙盒，說：「還有這個送給妳。」

我心想：「難道我也得一個捕鼠夾不成？」不過，這個盒子小了一點。我遲疑地接了過來。

「打開看一看嘛！」他看我發愣，就督促我。我恭敬不如從命，窸窸窣窣地拆開了盒子。

「啊，是一隻象。」我驚呼了起來，拿起來對著陽光端詳，那是象牙雕成的象，雕工玲瓏，象鼻高高地翹向青天，象徵著好運的來臨。

臨回美國之前，去郵局買了一大張郵票，共一百張面值一元的郵票，是兩個桃子的圖案，想必是取義自《詩經・衛風・木瓜》：「投我以木桃，報之以瓊瑤。匪報也，永以為好也。」

回美後，上班的第一天，邁可和達維都光臨我的辦公室，歡迎我回來。我立刻拿出禮物來送給他們。兩位大科學家接過禮物之後，竟爛漫天真地就地玩起捉老鼠的遊戲來，只聽得辦公室裡「啪…啪…啪…」聲響個不停。我藉口去影印文件，逃出我的辦公室——避噪音也！

過了一週，邁可去德國開會，給我帶回來一隻小型坐姿白石德國象；聖誕節時，達維送我一隻超迷你立姿玻璃彩象。兩隻都有朝天鼻，都祝我來年好運道。

哎，禮尚往來，一個友善的舉動，帶著溫馨的情誼與回憶，這真是收藏者意想不到的收穫！

費雪小花園

我的工作地點在大華府地區的貝瑟斯達（Bethesda），許許多多的研究機構都集中在那裡。每天上下班時段一路上幾乎水洩不通。我們學校只要一過八點鐘，偌大的校園裡，所有的停車場就全停滿了車輛，想見縫就插的機會都是夢想。我繞到海軍客棧附近尋尋覓覓，發現胡桃樹下無「不可停車」的標誌，我有些猶疑地停好車。然後揹著書包，拿著裝滿熱茶的保溫杯，穿過那綠蔭深處的青石板橋，走向我的辦公大樓，心中有一絲不安。中午時，我出來看一看車，還好沒有被校警開罰單，我才真正放心，抹去了心中那一絲牽絆的掛慮。

然後，發現地上有許多青色如網球般大的圓球，有的被汽車壓得扁平，棕色的果肉壓成泥漿，露出隱藏其內的胡桃核。抬頭一看，驚訝地看到原來巍巍聳立的樹上掛滿綠色小球，像極了掛滿飾物的聖誕樹，饒富趣味。

走過胡桃樹，來到費雪小花園，地上鋪蓋著大青石塊，擺著五張野餐桌椅及防曬洋傘。花園中間有一細長形魚池，分成兩段，上半段是用石板堆達一米高的圓形小水池，下半段則是呈長條狀，水流從上水池瀉到下水池時成了一道瀑布簾，在陽光下閃著熠熠銀光，煞是好看。

上水池清澈見底，沒有養殖。下水池裡則有一尾約二尺長的大錦鯉，統率著三尾半個手掌大的小錦鯉，悠游穿梭於睡蓮中。下水池的流水細柔孱弱，得靠著幫浦把池水抽取打到上水池，如此一來，加速氧氣溶入水中，一汪死水變成活水，養活了其中的錦鯉與睡蓮。池旁有茂盛的黑眼蘇姍（翼葉山牽牛）、嫵媚的紅芙蓉、高貴的黃玫瑰、搖曳的白蘆葦，襯著匍伏的石龜與跳躍的石兔、挺拔的柏樹、含笑的垂柳、忙碌的松鼠、吱吱喳喳叫的麻雀，還有高高的旗杆上飄舞的美國國旗，空氣中瀰散著柏葉的清香，葉尖花心滾動著露珠的晶瑩，譜出一幅生動活潑熱鬧的小世界。啊……我深深吸入一口氣，這裡不僅是動中有靜，也是靜中有動，人間規範與自然流轉，一個世界的兩條平行線，我有幸身在其間。

在胡桃樹下停車的次數越來越多，看到來水池邊休息的人也相對增加了，才知道緊鄰費雪小花園兩側的兩幢費雪房子，是免費供給從中東運回的傷兵家屬居住，方便就近照顧校園另一頭醫院裡的傷兵。無數的晨昏，家屬來往於醫院與費雪莊園小徑，對著花園裡無憂無慮的生命低首祈禱，盼望著心愛的人康復出院。雖然心愛的人給砲火炸得斷手缺腳，家屬仍然希望能見到他們臉上的可掬笑容，繼續攜手同行。

有一次，下班穿過費雪小花園，見到年輕的媽媽抱著嬰兒坐在涼椅上垂淚，不自禁地就在她的對面坐下來，問她：「是來看受傷的丈夫嗎？」她說是的。她叫尼娜，告訴我，家住在科羅拉多落磯山畔的老屋，山下有激流與拱橋，比這裡更美麗。她的丈夫矯捷詼諧、外向好動，而現在沒有了雙腿。他們本來應該在青春的歲月裡奔跑長嘯，輕快地踩踏河畔的石板路，如今他這樣了，怎麼辦？她和孩子，怎麼辦？尼娜的聲音充滿酸楚。我指著頭頂上飄揚的國旗叫她看，告訴她，她的丈夫可以裝義肢，經過復健訓練，他可以像從前一樣健步如飛，她與她的丈夫會像這一面國旗，會活得莊嚴有勁，也會天長地久，不要擔心。

另一天，我遇見一位住在紐約的中年媽媽，也是來照顧傷兵的。受傷的是她的兒子，年僅二十歲。她很樂觀，相信沒了手的兒子照樣可以成家立業，過上幸福美滿的人生。她與兒子的爸爸關係良好，兒子的心態也建立在良好的基礎上，不會變成國家的負擔。另一位是白髮蒼蒼的老祖父來看孫兒的，老約翰住在田納西州；他說，藍天下的美國是受到神保佑的。他的孫兒因為打戰而精神抑鬱不正常，但時間會治癒他的，老約翰的語氣堅定。

尼娜等三個人，為我述說三個受傷的男人，遠方的戰場也在近處，我有幸身在其間，給予些慰藉以及被安慰。

這個小花園始於紀念海軍陸戰隊軍官阿兒倫•比爾而建的，他為國捐軀時只有二十六歲。

我向尼娜、中年媽媽、老約翰都表達一片敬意，感謝他們的丈夫、兒子、孫兒保家衛國，提供老百姓一個平安的生活環境，祝福他們心愛的人能早日出院回家。

隨著時間的流逝，越來越多的傷兵入住醫院，雖然四肢不全，但如今科技進步，義肢做得栩栩如生，他們裝上之後，經過復健與訓練，都能良好步行，甚至騎自行車等等。我佩服他們的愛國精神，尊敬他們不服輸的努力，他們是如此地堅定與堅持。

看著天邊橘紅光彩的晚霞，感到落日斜陽，餘輝溫良。晚霞照得池水泛紅，微風撩撥生出水光粼粼。池水裡不見了魚兒，只有原本盛放的睡蓮正慢慢閉合。頑皮的松鼠回家了，麻雀也噤聲不語了，此時四周靜謐，我和他們彷彿定格化成其中一項景物，與天共長，和地同久。

鬢雲與金羊毛

早上起床，發現是一個藍天白雲的大晴天，心裡頓時快樂起來。一邊梳頭，一邊想起南朝樂府民歌〈子夜歌〉的四句詩：「宿昔不梳頭，絲髮被兩肩；婉伸郎膝上，何處不可憐。」意思是：夜晚了，娘子就不綰起頭髮來，讓如雲的秀髮披在兩肩；柔軟的頭髮伸到郎君的膝蓋上，今晚娘子是否處處都顯得嬌柔可愛啊！我梳著……梳著……心中一動，可以剪掉啊！當天早上，就動身出門去找一位內行的髮廊設計一個流行的款式。

髮型師：「妳就剪個龐克頭，現在流行著。」

我說：「什麼是龐克頭？」

髮型師：「就是頭髮一根東翹一根西翹的那種樣子，看起來很自由瀟灑，並有一絲帥氣。」

我說：「那不是只有青少年才梳的髮型嗎？我兒子就是用髮膠定型，一根一根地豎立，髮尾還染成金黃色。他告訴我，他的同學說他看起來很酷，我則覺得真不好看，只希望這個潮流趕快過去，換一個乾淨俐落的短髮，那就好了。」

髮型師：「我可以肯定地告訴妳，那個乾淨俐落的短髮絕對流行不起來的，謹小慎微的樣子，實在不瀟灑，把人都變呆了。女人的龐克頭比男的肯定斯文些。」

我說：「我就喜歡這個謹小慎微的乾淨樣，看起來順眼著哪！」

髮型師：「妳這個長髮沒個型是不成的，妳不要龐克頭，那就剪成赫本頭，已經流行五十年了，沒聽誰抱怨過，歷久不衰。奧黛麗・赫本（Audrey Hepburn，一九二九－一九九三），很有氣質，所以赫本頭也是有氣質的。」

我說：「我的氣質不適合。我結婚時留著長髮，等度完蜜月時，心想不必在乎是否像個淑女了，我就狠下心去剪了一個赫本頭，瀟灑一下。可是我東看西看，就是少了一些靈氣，恨不得把剪下的頭髮接回去。那個赫本頭就要配一雙特大眼睛，才能是『水是眼波橫，山是眉峰聚。欲問行人去那邊，眉眼盈盈處』（宋・王觀〈卜算子・送鮑浩然之浙東〉）。」

髮型師：「哎，我聽不懂妳在嘟噥什麼話，不要赫本頭，咱們嘛，剪成法拉式，一頭大圈圈，走起路來，滿頭跳躍，也很好看。」

我說：「那更不襯我。妳想想，法拉是性感奪目的女人，那個髮型就最配她。我頂那個髮型，會給人錯愕之感。」

髮型師：「那麼願意試一試爆炸頭或是獅子頭？」

我說：「那兩種也不行，我必須做家務，若煮飯炒菜時，不小心碰到火，那就大糟特糟了，太危險。嗯，不好。」

髮型師：「唉，我看妳還是留長髮吧，我幫妳把髮尾分叉處剪掉，就好了。」

能幹的髮型師無法展示她高超的手藝，只能拿著髮剪細心地剪我的髮梢，我卻發起呆來。

頭髮是人體最能長久存留的部分之一，在整體的美觀上有著推波助瀾或畫龍點睛之效。長髮使好看的人更秀美，使平凡的人不平凡。

自古以來，長髮在詩詞中得到很大的重視，譬如：「小山重疊金明滅，鬢雲欲度香腮雪。」（溫庭筠的〈菩薩蠻〉）還有：「嬌鬟堆枕釵頭鳳，溶溶春水楊花夢。」（馮延巳的〈菩薩蠻〉）全都是指向柔美如雲的秀髮。

聖經《舊約・雅歌》裡的心上人有「如同山羊群臥在基列山旁」的濃密長髮是「紫黑色，王的心因這下垂的髮綹繫住了」。

《威尼斯商人》（*The Merchant of Venice*）的第一幕就形容美女明亮的秀髮像「金羊毛」，與中國詩詞中的「鬢雲」有異曲同工之妙。

西方國家特別迷戀金頭髮，害得大家都染成金黃色，少了多彩多姿的絢麗。不過名人的頭髮是收藏家的對象，據說貝多芬的一綹頭髮就存在美國。

男人愛女人的長髮，因為男人的頭上要不是短頭髮就是童山濯濯；女人愛女人的長髮，因為她有權利留長髮，在長頭髮上千變萬化，做出許許多多栩栩如生的花朵來。所以雖然有時候可以趕時髦去弄成一個流行的髮型，但到頭來還是一頭長髮或綰在頭上或垂在肩上背後，覺得最貼近自然賦予的氣質，輕盈曼妙，呈現「照花前後鏡，花面相交映」的嬌柔優雅，那是永遠的大方美麗，也是永恆的時尚流行！

於是我知道，關於頭髮上的模樣，它本身並沒有異議，有意見的是人類和創造時尚的髮型師。

我決定把頭髮剪短二十五公分，捐給頭髮公司做成假髮，免費發給癌症兒童。髮型師順從我的意思，梳洗吹乾頭髮，編成一根髮辮，垂在背後，然後用剪刀咔嚓剪下，放在一個透明塑膠袋裡交給我。然後他剪齊頭髮，正好「秀髮披肩」。走出理髮廳，空氣裡飄來茉莉花的清香（其實是洗髮精的香氣），迎面來了翅膀嗡嗡鼓動的蜜蜂和翩翩翻飛的蝴蝶，啊，我趕緊躲進汽車裡。

唯美黑眼蘇珊

我住在馬里蘭州，但大女兒住南加州，小兒子住維吉尼亞州，所以我常飛去南加州看女兒。因為看女兒，又認識了多位該地的新朋友。我也常開車去維吉尼亞州跟兒子一起餐敘，每次去都造訪不同的餐館，他挑的西菜館或中菜館，都合我的胃。但是，我在馬里蘭州住了二十九年，早已在此州落地生根，在我的心裡，馬里蘭州已經是我的第二故鄉。

馬里蘭州的州花是「黑眼蘇珊」，此花為一種翼葉山牽牛，原產於赤道非洲，不知何時登陸美洲；它的花語是「正義」。這個地處偏南的州，是一個民主黨的州，雖然地少人稠，百姓的教育水準與平均年收入位居全美國最高。本州政府大方、善良、寬容、扶弱濟貧，不落人後，是當年美國獨立建國時最早加入的十三個州之一。位於貝瑟斯達的立德陸海軍聯合醫院（Walter Reed Military Medical Center，雷根總統前後兩次在此醫院住院動手術）收容最多傷兵，每天都有直升機降落送來傷兵。海軍基地的花園中，夏天裡處處都是「黑眼蘇珊」，陪伴傷兵與家屬，對大家眨眼、招手，傳遞她的正能量與高尚的品德。她的生命力旺盛，花謝了，摘下放在手中揉一揉，撒在地上，明年春天就長出花苗，到了夏天又是一片燦然，明媚不絕，吸引翩翩飛舞的蝴蝶與蜜蜂，東飛西舞，朝氣蓬勃，就像她的州政府的慷慨義氣。

在馬里蘭州的公路上也會見到一片花海，旁邊插著一根木桿，說明是野花，不要採摘。她們主要是「黑眼蘇珊」，亭亭玉立，都是黑心，但圍著一圈的花瓣有黃色的、粉紅的、白的、淡藍的，在風中搖曳。我最醉心的是黃色的，像皇帝龍袍的正黃色，像向日葵的黃，像梵谷油畫的黃，襯得那個黑心更深不見底，好像生命的未來莫測高深，充滿挑戰冒險，吸引著我在這個美麗世界向前衝的光芒，立下我的標竿。

我就在美國海軍基地裡的大學擔任教學科研一職。中午喜歡到我們陸海軍聯合醫院的小教堂望彌撒。夏天雖然暑氣逼人，在冷氣房裡上班久了並不覺得舒暢，還是想到屋外，感受汗水的真實，從厚厚的生命流淌一身的濕濡。正午，我從實驗大樓走去醫院小教堂，途中碰到多位裝著義肢的年輕戰士，我不禁翹起大拇指表達尊敬，他們微笑以對，坦然，平靜，不慍不火。這讓我想起三年前飛去洛杉磯的一段揪心回憶。

那天抵達目的地時，大家窸窸窣窣正預備起身取頭頂櫃裡的行李時，擴音器裡傳來：「請大家靜坐，本機上有殞落戰士的家屬來迎接遺體，請讓他們先下機。」頓時，機艙裡肅然，一位年輕未亡人領著一個大女孩，黑衣黑褲，靜悄悄地從機艙後面飄過來，消失在走道盡頭。輪到大家下機時，好像受到感染，也是輕手輕腳無聲無息，深怕打擾了殞落戰士的安息。帶著尊敬態度走去領行李區，赫然發現那位未亡人也在等行李。她蒼白清瘦的臉上一雙黑眼，金色頭髮整齊地垂肩，……啊，好一朵「黑眼蘇珊」啊，驚豔冷慧，過眼難忘。心中悲戚的漣漪蕩漾，一圈又一圈……。我全身冷得哆哆嗦嗦，為殞落戰士落淚心碎！

這個記憶埋在心裡，每次見到基地裡的傷兵，那位未亡人的悲戚就浮上心頭。戰爭的殘酷和悲哀，帶來無數英雄和背後的破碎家庭，無奈與傷感，無助的蒼白！我由衷不忍見到朝陽中他們年邁的父母或年輕的妻子推著輪椅在人行道上沉默慢行去醫院看診，更不忍心見到夕陽中抱著嬰兒落寞獨行的年輕母親，每一個腳步似乎千斤重地走去對街的地鐵站。

我走進小教堂，為那些受傷的戰士們誠心祈福，希望他們能面對未來的艱辛，帶著殘缺的身體勇敢地邁出腳步；也為那些得到了傷後壓力失調的退伍軍人祈禱，希望他們走出心理陰霾的痊癒之日早些到來；更為他們的家人祈禱，願他們能耐心地照顧這些為國傷身傷神傷心的病人，給予充分的愛心。

從小教堂出來後，我坐在草地上，享受夏日陽光的亮麗，看著「黑眼蘇珊」相隨追蹤飄揚的他們的國旗，共振似地，迅速忘記身旁的人來人往，生出若干情思：有幾分清邈，幾分寧靜，幾分感恩，幾分惜福，幾分知足……。於是，我改動辛棄疾的〈賀新郎〉詞句，表達此刻心緒：「我見蘇珊多嫵媚，料蘇珊見我亦如是。」

我擰著小草，想起病故十二年的雅麗以及我們手牽手的童趣歲月，純美的少女情誼，鈴鐺般的言語笑聲。她的丈夫（當時還是男友）湯姆剛打完越戰來我們學校教英文，愛穿人字拖鞋的他在公路局巴士上邂逅雅麗，然後就天天來女生宿舍找她，說她是他的「黑眼蘇珊」。如今他們的三個兒女都出落得落落大方，優秀出眾；尤其是女兒更是雅麗的翻版，也是一朵令人難忘的「黑眼蘇珊」。在雅麗的葬禮中，其女兒小提琴拉得特好，那年她只有十二歲。

我在草地上才坐了一刻鐘，已是汗流浹背，腦海裡也已過萬重山千層水，追憶往事，一躍十幾年。我無限感慨地站起身來，向實驗大樓走去，彷彿看到「黑眼蘇珊」一路揮手送行，傳遞溫馨的問候致意。故人友誼，使我剛剛因回憶而帶來的寂寥惆悵一掃淨盡，我的內心再度充滿勇氣與力量，就像重回我的年輕歲月，又可以向前衝刺了。

回到辦公室，牆上大幅的「黑眼蘇珊」壁畫瞪著我——那是我的美國學生的素描習作。她今年是本校醫科二年級生，繁忙的功課讓她擠不出時間來看我。當年她還在海軍官校讀二年級時，來我的實驗室做暑期生，親切活潑好學，給我留下很好的印象。她喜歡繪畫，知道我喜歡「黑眼蘇珊」，就隨手畫了一幅送給我。後來她申請本校醫科，我給她寫推薦信，校方還特別來信，感謝我推薦如此出色的學生。

從此她認定我擁有「黑眼蘇珊」的靈魂，就是「黑眼蘇珊」的化身。

黑雲白土

當我們走進上海表妹家裡，從大門後鑽出來的是一隻大胖貓，遠看以為是一隻小黑狗。阿貓體大、臉大、眼大，全身漆黑長毛，見到我們，立刻躺在地上，要我們撫摸她的胸腹。我們拖著行李，沒理會她的撒嬌。這個黑雲，表妹夫婦很寵溺她，她有自己的閨房，一張雙人床，一個梳妝臺，兩個櫥櫃等等，一應俱全。我們來小住，表妹重新鋪床單、換枕頭套，我們住進她的閨房。黑雲被外放客廳，不甘心，整晚喵喵叫以示抗議，然後悄無聲息地走過來踱過去地等在門口。我們只要一打開門，她就一溜煙進來，賴在床上，或鑽進衣服堆裡。奈何不了她，只能捧送她出去。黑夜裡，她像一團鑲著兩顆黃色貓眼石的黑雲，蹲在餐桌腳下，正好對著洗手間，半夜起來上洗手間，不經意見到那兩道鬼魅般的眼神，以為活見鬼，幾乎被嚇暈過去。

黑雲其實很聰明，第一天不明白為什麼不能進閨房，不斷尾隨我們以便伺機搶進。第二天，我和她在客廳相遇，我面對她而坐，看著她的眼睛，「喵」一聲，她也回我一聲「喵」。然後我說我們只借住四個晚上，委屈她睡客廳，等我們走了，她就可以進房間了。我再「喵」一聲，問：「妳聽懂了嗎？」她也「喵」一聲，像是表示同意了。我起身走了，她沒有跟過來，卻望著窗外出神。之後我看電視的時候，她繞在我腳旁，我摸摸她，她「喵」了一聲蹲坐，優雅地，專注地，像一尊黑女神。

黑雲早上喜歡到陽臺曬太陽假寐。第三天早上，外面天冷，先生明健放她去陽臺，然後把玻璃門關了。她待了一下，大概太冷，急著要進門，可是門關了，她「喵」聲不斷，後腳立起，前腳拍門，滿臉氣急敗壞，眼神中充滿惶恐。我急忙去開門放她進來。瞬間，她坐下，看看我，就氣定神閒地舔著她的長毛，全看不出一分鐘前的焦慮，簡直是判若兩「貓」。第四天，我們要走了，我以為黑雲會雀躍萬分，衝進房門大開的閨房。出乎我的意料，她心不在焉地看著陽臺，遙望天際。我對她「喵喵」再見，她默然無聲！莫非抗議？

兩星期後，鄰居克里絲夫婦去度假，請我們照顧他們的阿狗。他是中型狗，有米色的短毛，大眼長腳，身手伶俐，頭臉乾淨。這個白土很熱情，第一天早上，明健去看他，他在客廳熱烈歡迎，上跳下竄，尾巴搖得像風裡的飄飄旗幟。明健開了後面玻璃門，放他到設有電籬笆後院裡方便時，趁機在他的食盒裡裝滿水和食物。白土在後院東跑西追，樂不思蜀，我們只得大呼「白土！……白土！……」高舉著牛肉乾吸引他，才把他召了回來，然後給他兩塊牛奶餅乾與兩條牛肉乾。他吃得津津有味，吃完抬起頭，滿眼期待和渴望，我們搖搖手走了。

碰到下雨天時，聰明的白土方便完，立刻舉前腳拍門，要求進屋，絕不在外邊逗留。但是，下雪天則大不相同，他晃蕩著不回家。有一次下大雪，地上積有二吋多厚的雪，白土玩雪瘋極了，在雪上奔騰跳舞，如同一匹健馬，更像一位芭蕾舞者，騰空飛躍，露出肌肉線條，強壯有力，就像灰狗巴士的招牌，力與美的最佳結合，真是一道終極美景。

還有幾次更妙：有時早上去找他，他沒有等在客廳裡，我們於是大聲呼喚：「白土！……白土！……」他才施施然從地下室或樓上出現。為他開了後門，他不衝出去，反而跑進他的籠子裡，躺下一會兒，再走出來，表示他今天不須外出，真是大出常軌，令人百思不解。可惜他不會說話，不然我一定要問個水落石出。但是，他絕不漏掉每天的兩塊牛奶餅乾與兩條牛肉乾的點心。我們寫電郵給主人報告此事，主人回答說：白土到處都是窩，想睡哪裡就睡哪裡，有時懶惰忍一忍就不外出了。這期間正好遇到兩天大假日，特准多加一條牛肉乾，白土對此加餐特別興奮。

兩星期後，克里絲夫婦度假回來，不必再去看白土了，可是很想念他，不知他是否也會想念我們呢？

黑雲與白土，幸運地被主人當作家人寵愛著，就像父母兒女互動，無私的愛自然地流露。他們很聰明，會察言觀色，帶給老人最大的慰藉，是孩子最好的友伴。他們雖然不是我們家裡的一員，幾日朝夕相處也培養了很深的感情，常常想起他們可愛的舉動，特借本書一角，傳達我們的思念。

小雪

J夫婦與我們住在同一個社區，因此平常會互串門子。有一天，大約早上十點左右，我們敲門進屋，J夫婦才起床不久，仍然穿著睡衣，正在廚房裡煮咖啡，空氣裡滿溢著咖啡香。我看見J倒了兩杯黑咖啡，不加糖，不加奶。

J叫：「小雪，過來喝咖啡了！……」

小雪應聲飛奔過來，蹲身一躍，跳上椅子，坐了下來，與J一起享用咖啡。

喝完咖啡，J進去換了外出服，手上拿著鑰匙串往車庫走去。小雪看見了，立刻緊跟其後。到了車庫，J打開副駕駛座的車門，小雪毫不遲疑地跳上車，J幫牠綁好安全帶。J是出去辦事，小雪則是純兜風！

在旁的我們看完這一幕，嘖嘖稱奇。

又有一次，J家裡開派對，我們留得晚。J說他睡覺前必須吃一碗香草冰淇淋，我們看見他挖了兩碗，然後聽到他大叫：「小雪，吃冰淇淋了！……」

本來靜坐在角落裡打瞌睡的小雪，立刻精神抖擻地走過來，坐在J的懷裡，吃完一碗冰淇淋，舔一圈嘴唇，心滿意足地打了一個哈欠。

J的太太L說：「J太寵小雪了，每天早上要喝咖啡，中午要兜風，晚上要吃冰淇淋，真不像話。」

啊，她說，這是每天例行公事！

我看著小雪兩隻圓溜溜的眼睛和一身修剪整齊的白毛，額上還繫著一個紅色蝴蝶結，紮成一支沖天炮，整成一款人見人愛的模樣。我感慨萬千地說：「小雪，你真是一隻幸福的狗！」

相形之下，周圍多少人都沒有小雪的高幸福指數，居有大廈，食有咖啡、冰淇淋，出入有賓士，夏有冷氣，冬有暖氣，主人時刻呵護著。然而，我想到《易經》說：「福禍相依。」每一個生命各有福禍。由於金融海嘯席捲去了千千萬萬個工作機會，或參軍派去戰區回來得了「後創傷失調綜合症」（PTSD），朋友中不乏失業失學者，生活變得苦澀艱辛，滿目瘡痍。因此失去信心、躑躅不前、一蹶不振，甚至憂慮過度自殺的也有所聞。

多年前，我同事T請病假兩週，電郵裡說她的兒子發生意外，需要處理。兩週後，在洗手間碰到T，我隨口問：「兒子的事都處理好了嗎？」只見她聞言眼淚滾落兩頰，嚇了我一大跳。她告訴我，兒子年僅雙十年華，正讀大學，平時住校，假日回家過節。有天父母在後院烤肉招待朋友，晚飯時沒見到兒子，以為出去玩了。隔天早晨還是沒見到他的蹤影，父母開始焦急。先是到房間搜尋，無意中打開衣帽間，發現兒子上吊身亡，T驚嚇暈過去。這個始料不及的回答令我感到震驚又唏噓，還得故作鎮定安慰她。她無法接受兒子已經不在人世的現實，又不能相信自己怎麼沒有發現兒子有自殺的傾向，她不斷自責沒把兒子帶好。T走不出失子之痛，跳不出自責的漩渦，半年後她提早退休了，搬到一個沒有人認識他們的地方。

春去了，時間腳步走遠了，花心雖還在蕊中，花顏卻已黯然。T就這樣一天一天地老去。

廣東話有一句俚語：「同傘不同柄，同柄不同命。」小雪的命好，比街上的流浪狗，好上幾千幾萬倍，命運判若雲泥。T的兒子命不好，比起許多無家可歸的人，不好幾千幾萬倍，不好到連命都不要了。人和狗都逃不出命中注定的那些事。

情人節禮物

一年之中有許多節日會收到禮物，譬如元旦、情人節、生日、感恩節、聖誕節、結婚紀念日等等。隨著年齡的增長，有形的、無形的，擁有的越來越多。仔細思量，我現階段的生活別無所求——我們夫婦二人身體健康平安，工作尚佳，兒女長大獨立，故我能心無旁騖，全神貫注科研事業；閒暇時，寫寫小品自娛娛人。我一無所缺，不寂寞，不孤獨。

聖誕節來臨，一如既往，必須追隨時尚準備禮物。先生大眼睛也不例外，帶著我去逛百貨大樓，看名牌包、名牌錶，試名牌鞋、名牌靴，摸愛鳳（iPhone），查愛珮（iPad）。到處是人擠人，沾節氣，感受節慶喜氣。大眼睛要我買一樣甚至數樣，我一看標價，都是幾百幾千美元的價碼，實在非我所願。我一向務實，不講究、不追求名牌，因此拒絕這類禮物。大眼睛邊催促邊施壓力，說名牌配身分。不愛聽的我，搶白他一陣：「工作那麼忙，哪有時間去擺譜秀身分？有吃有穿有鞋有車的我，不要禮物。如果你一定要我收禮物的話，那麼你給我禮物錢，拿去幫助窮人。」我賭氣地說，大眼睛不作聲。我們默默地離開百貨大樓，再不提禮物的事了。

當天天氣特別晴朗，不是太冷，我們穿著禦寒衣物到前院掃落葉。不一會兒，來了一個大胖白人，他說：「我叫東尼，是一個伐木工人。

現時經濟景氣太差，找不到零工做。家裡有四個孩子要養，口袋裡只有五毛錢，聖誕樹下一個禮物也沒有。你們後院樹多，有些死了，我可以廉價砍樹賺點錢，好給孩子買禮物。」大眼睛是一個軟心腸的人，看到這個工人低聲下氣地求助，就先找了一棵瀕死的樹讓他伐。東尼馬上從卡車上搬出電鋸來動工。

我一邊在旁邊掃落葉，一邊監督他砍樹。其實，他挺專業，大樹倒下，遠離房子，然後鋸成二呎長的樹樁。他做得不錯。於是大眼睛又給他兩棵樹。他做了兩個小時才完工，工錢恰是一個名牌包。又給他兩罐可口可樂喝，囑咐他趕快去給孩子買禮物，過兩天就是聖誕節了。東尼連聲回應說「是」，開心地走了，丟下一句話：「過完節之後，我會來運走這些樹樁。」我們繼續掃落葉，越掃越多，似乎沒有個盡頭啊！天漸漸黑了，氣溫開始下降。收工進屋，開了燈，屋內明燦燦、暖烘烘的，淡淡地飄著慢鍋裡燉的火腿冬瓜湯的香氣。

吃晚飯時，我謝謝大眼睛的好心，給東尼一份零工做，幫助他的家庭，使他的聖誕節沒有落空，光是這個感覺就給我帶來無限溫暖踏實，這就是我要的禮物，多麼寶貴別具深意的禮物。大眼睛仍然不作聲，但我知道他讀懂我的心情。

過完了元旦，每天走到後院就看到橫臥草坪上的樹椿，心想：「東尼快來了吧？」一天過去，……一星期過去，……一個月都過去了，東尼渺如黃鶴。打去電話，無人接聽。看來當初好心沒扣下部分工錢是個錯誤，而相信東尼有四個沒禮物的小孩是個傻瓜。既然成了做出錯誤抉擇的傻瓜，哭笑不得，只好認了。樹椿自己慢慢搬，健身一下。結果，到情人節就搬完了，算是給自己的情人節禮物。我對大眼睛叨唸東尼的事，他不作聲，眼神亮亮的，透著一分促狹，像是在說：「名貴的皮包妳不要，嘿，做苦工卻做定了，傻啊！」

巧遇十七歲

大巴士把我們五十多位海外華文女作協會員帶到臺大校門口，導遊說先參觀校園，再領大家去文學院演講廳。

我的腦海湧出潮水般的記憶，迎面撲來那個綁著馬尾巴的藍衣女孩，靜靜的、好奇的、大大的眼睛不斷東張西望。

第一次踏進這個校園，我只有十七歲，才讀大學一年級。我校教微積分的老師在這裡攻讀研究所，一天他讓我們一群學生來校園找他交作業。還記得他在校門口等，指著「臺灣大學」四個字說：「你們一定很奇怪，這四個字這麼小，好像不配這個大學的規模。因為是日據時代留下來的，現在已經是古蹟，要一直保存它的古色古香，所以不會放大。」

然後，他領我們走上椰林大道。那時已近黃昏，熱浪沒有消滅，天邊的晚霞由金黃漸轉桃紅，十分燦爛。胖胖的老師走在前面，後面跟著一群黃毛醜小鴨。老師慢慢踱步，一邊抬起頭，指著微微擺動的椰葉說：「你們看這多像積分符號。」我們都點頭認同。接著他又彎腰指著矮矮的勾成彎狀的吊鐘花，說：「這是不是微分符號？」夕陽照在他的近視眼鏡片上，反光模糊，看不出來他是否開玩笑，更像是無話找話說。大家還是嘟噥著「嗯呀」，似懂非懂。從寬闊的大道走到新生南路，敲了老師一頓飯的竹槓。最後，十七歲的我抱著新生的夢想和願望，和臺大校園道別。

一晃數年，等再次回到臺大校園已是教授身分，應邀在動物系做科研專題演講。不管下榻新生南路三段的福華文教會館或是羅斯福路四段的立德臺大尊賢會館，都可以從側門進出校園，不必穿過大門了。每日閒看土木研究所的門口鋪陳的一大片海芋百合，還在立德臺大尊賢會館邊的茶館和安弟喝過玫瑰茶，聊了一下午，很溫馨的聚首，至今歷歷在目。那次演講完，在臺大校區走來走去，卻找不見椰林大道在哪裡，也沒想起老師。

這次回臺，再度來到校門口，看見這四個金字，恍如隔世。一輩子人生，隔著一堵牆，我在外面，老師還在裡面嗎？

走進校門，沿著十七歲的足跡，檢視老師說的長長椰葉和勾勾的吊鐘花，彷彿他胖胖的身影就在眼前晃蕩，頓時輕快起來。於是揚起髮梢，學著他的模樣，指向天，指向地。順步走訪紀念傅斯年先生的傅園和傅鐘，以及校史館。臺大已是百年老校，桃李滿天下。當年的研究生老師如今也應該髮蒼蒼而視茫茫了吧？微積分是我的強項，但這些年的科研裡，微積分無用武之地，有些辜負他的教導。

最後走進文學院演講廳，開始我這次來的目的，講題「生活在他鄉」。到了他鄉，才知有故鄉，才有故鄉與他鄉的對比。其實，住在美國東部，雨量充足，環境到處一片碧綠，人種多元，文化更多元，創國古蹟處處可見。人們四處旅行是常態，求同存異，彼此擁抱，因此提供許多寫作靈感。於是母語使出魔術，一一記錄。對著故鄉和他鄉，聯想益發豐富。我泅泳於鄉愁中，彷彿是我的無形城邦。裡面是遼闊，外面是綿長，穿進穿出，無礙無妨。

女主持人為中文系洪淑苓教授，氣質溫潤，對話中肯。我與她絮絮又叨叨，成了忘年交，於是送她一本我的小說集《約會》。小講師幫忙我們弄幻燈片，捋順鬧情緒的電腦。年輕人和電腦，你中有我，我中有你，彼此服貼欣賞。

我和先生明健輕鬆走出演講廳，天空拉下黑幕，一片黑漆漆，我們摸黑循著原路慢慢走。快到校門口時，他突然大叫：「我的背包呢？」包裡是他的身家——護照、錢包、信用卡、車票，林林總總，擁抱一生縮影。和我們同行的小講師立刻飛奔回去演講廳尋找，我們跟在她身後，落後一大截。猶如電光石火，她嬌小的身軀迅即奔回到眼前，不喘不吁。深深感慨她的無限青春活力，恍如金庸筆下的任盈盈，我不由得抱拳欽佩，行一個大禮。此番一驚一乍，幾乎嚇出心臟病。許久，我的心臟仍怦怦跳個不停，心想：背包若是遺失了，我們就要在臺北街頭尋尋覓覓走遍故鄉了。十七歲的我，神情鎮定站在遠處，微微仰著頭，笑老去的我們的狼狽。我心裡咯噔一下，十七歲的夢想願望瞬間清晰，世界的噪音頓時隱去。

來到校門口，回頭深深望了一眼那四個金字和背後漆黑的校園，以及隱約可見的兩列大王椰子樹，中世紀復古風迎面而來，故鄉和他鄉交互緩緩擦身，一身白長衣染了金條紋，鎖進深深的海馬溝[1]。

跳上大巴士，全車的人等著遲到的我們，好抱歉卻無從說起。

我抱著撿回來的十七歲憧憬，駛向下一段天涯海角。

[1] 海馬溝，位於人腦海馬回內側。海馬結構被認為與學習、記憶和遺忘有關。

輯三

美食

梅醬的原汁原味

二〇〇三年十二月，抵達香港已是夜晚，匆匆入住尖沙咀的馬可波羅酒店以後，想睡一個好覺來消除旅途飛行的疲憊感。然而，越想睡越清醒，輾轉反側。最後，我們決定早起盥洗，出去蕩馬路，看看上班的人潮。其實還太早，馬路上只有默默清掃馬路的清道夫以及偶爾路過的電車，響著「叮噹……叮噹……」的聲音。過去與現在並進，都在顯示，一個傳統怎麼接軌一個現代。

站在廣東道上一家燒臘餐館的櫥窗，看著高高吊著的燒鵝，金燦燦的、亮晃晃的，令人垂涎欲滴。我倆於是決定走入餐館去嘗一嘗燒鵝。坐定後，叫了一碟燒鵝、一碟油條、一碗白粥。不一會兒，女服務員就端來了一碟燒鵝，還有一小碟淡紅透亮的蘸醬。我們隨即用竹筷沾了一下，放在口裡嘗了嘗——有一點甜，又有一點酸，是甜裡揉了酸，也是酸裡拌了甜，舌根留下無窮回味；挪近鼻子一聞，有著似有若無的香味，好比人生裡的況味，隱隱約約，有時道不清說不明。

明健說：「這是梅醬，很道地！……很正宗！……」他用筷子指著碟裡的淺棕色顆粒，接著說：「妳看，裡面還有桂花哪！」然後就夾一塊燒鵝沾梅醬吃了起來。

看他吃得津津有味，我也不客氣地舉箸開動。

這是我有生以來首次品嘗燒鵝與梅醬。燒鵝肉很鮮嫩，跟北京烤鴨、鹽水鴨、琵琶鴨或燒鴨相比，略勝一籌。蘸著桂花香梅醬一起吃，酸甜中更襯托出鵝肉紋理的細緻。在香港，我是遊客，街頭碰到熟人是零機會，所以不擔心有人看見我滿面油光，滿嘴鵝肉，據案大嚼的另類形象。不過，吃著吃著卻想起了四歲的駱賓王寫的〈詠鵝〉：「鵝，鵝，鵝，曲頸向天歌。白毛浮綠水，紅掌撥青波。」心中慚愧油然而生，罪過啊！罪過！

明健吃得飽飽的，就像吃了滿漢全席般滿足，高高興興地走出店門，我緊跟其後，開始了我們一天預定的旅遊。

在香港旅遊五天，每天早上起來就默契十足地走進這家店，光顧其中的燒鵝與梅醬。次次都是齒頰留香，心滿意足。最後一天，明健越吃越不捨得離開，就招來了女服務員，用廣東話問：「你們賣梅醬嗎？」女服務員不敢擅自做主，必須請示老闆。結果一個靚仔夥計走過來，好奇地問：「你們要買梅醬？」明健說：「是的，我在美國吃不到這麼好吃的，所以想買回去。」夥計問：「梅醬是我們店裡自製的，店裡從來沒販售過梅醬，不知道如何給你標價。你想買多少？」明健回答：「我給你一百元港幣，你給我一罐八盎司的梅醬，如何？」夥計答應了。

我們跟著他去櫥窗處，看見他從料理臺下拖出一個大白塑膠水桶，裡面是半滿的梅醬。他拿出一個空玻璃瓶，約是十盎司容量。裝滿了以後，又用兩層塑膠袋綑綁起來，密密實實的。他得意地說：「你就這樣提著上飛機吧！」一旁邊圍觀的服務員抿嘴偷笑，我猜一定是笑我們老土啊！

千謝萬謝地走出店門口。本來左手提著梅醬瓶的明健突然把手伸過來示意我提，我伸出右手，還沒接到，他就鬆了手，結果——哐啷一聲，梅醬瓶子掉在水泥地上，跌得粉身碎骨。本來圓滾結實的瓶身，變成了一灘爛泥。他提起這灘碎玻璃梅醬，嘟噥怨了我幾聲，轉身回去找夥計。

夥計看見我們回來，面露驚訝。明健先招供：「掉在地上打爛了。能不能再賣我一瓶？」夥計接過去，摸一摸就丟進了垃圾桶，說：「這麼快就打爛了？你等先啦！……」

一邊等，一邊聽到耳語似的「剛才賣出的梅醬打爛了！」一句話重複在女服務員間傳誦著。她們笑得更詭譎了，彷彿說：「哎呀！這兩個傻子啊！……」我面紅耳赤，恨不得地上有個洞可以鑽進去。

過一會兒，夥計拿來了一個更大的圓肚塑膠瓶子，裝了滿滿一瓶子，又用塑膠袋綑得十分嚴密，交給我們，說：「這次無論如何都摔不爛了。」明健問：「我應該給你多少錢？」夥計說：「免費！」

歡天喜地提著這瓶梅醬上了飛機，飛過太平洋及美洲大陸，安全地回到了美國。這瓶梅醬住進了我們的家，伴著我們吃過無數佳餚美飯。明健從小在香港長大，吃過很多燒鵝與梅醬，但他說這瓶最特殊，特別可口。好幾年過去了，省著吃梅醬，也還是有吃完了的時候，可是裡面的濃濃人情味卻是歷久彌新，如濃醇的老酒，令人覺得窩心！

巧的是我們家前院就種了一棵梅樹，香港帶回來的梅醬吃完後，每年光開花不結果的梅樹竟然結了一樹青梅果子。曾經出於好奇吃了一顆青梅，澀得我五官皺成一團，從此不敢為其動心。然而，為了不暴殄天物，想嘗試自製梅醬。

《詩經・召南》裡〈摽有梅〉一篇很有意思，該詩說：

摽有梅，其實三兮。求我庶士，迨其吉兮。
摽有梅，其實七兮。求我庶士，迨其今兮。
摽有梅，頃筐抜之。求我庶士，迨其謂兮。

少女以梅子熟落的情形興比，告訴追求她的年輕郎君：三分熟時，請勿耽誤吉時良辰；七分熟時，就是今朝切莫再等；最後全熟透了時，請郎君趕快開口求親，莫再猶豫遲疑。

呀！……哎！……等黃梅熟透，用刀柄拍扁去核，以鹽水泡之除澀，然後用果汁機打碎，放進小鍋中加水與冰糖小火熬煮兩小時，再加入一勺乾桂花醬熏香。嘗了一嘗，味道不錯。就興奮地去請明健來評分。他說了九個字：「不夠酸，不夠甜，不夠香。」他客氣了，沒乾脆說「不夠像」，算是肯定我的苦勞了。

想了想，為啥不像呀？因為沒有紫荊花的喧囂、粉身碎骨的驚駭、靚仔夥計的慷慨、女服務員的偷笑、廣東道的車水馬龍、尖沙咀的遊客如織等額外調味，自製的桂花香梅醬少了「遊子的鄉愁與回憶」。

附註：【自製梅醬做法】

將梅子洗淨攤開來晾乾一晚，隔天再將梅子去皮、去核、留肉，然後將果肉放入果汁機內，以二（梅子）比一（水）比例加水把果肉打碎。打好的果泥倒入大鍋內，用文火加熱，邊煮邊攪拌。千萬勿用大火，否則容易燒焦，且不好控制。待果泥煮開後，以一比一比例加入白糖（黑糖較香）。此時更要勤勤攪拌，糖溶化，熄火待涼後裝罐，置入冰箱保存。自製梅醬根本不會添加防腐劑或來路不明的物質，雖然糖分可以使梅醬保存稍久，但還是得盡快吃完。若是一時吃不完，只要將果汁機打碎的果泥分裝入罐置入冷凍櫃，要使用時再取要吃的量以文火加熱、加糖煮成梅醬即可。自製梅醬的用處甚多，喜歡做麵包、點心的人可以加入梅醬為餡，或是當成白斬雞、白切肉沾醬。此外，烤牛肉片時抹上一些梅醬，鹹香的牛肉中竄出一股果香的清新，挑動舌尖和味蕾，堪稱烤牛肉的最佳拍檔，不但去油解膩，還能中和牛肉的酸性；喜歡生菜的人再把牛肉捲在萵苣葉內，營養就更上層樓。

天地悠悠

天邊才露出魚肚白的晨曦，響亮的鳥鳴交響樂就四處升起，迫不及待地拉開一天活動的帷幕，為這個混亂的、迷惑的、低靡不振的，但也充滿契機的時代奏出生命的篇章。我在鳥鳴聲裡起床，走進沐浴在天光裡的後花園，肌膚一觸到涼涼的空氣頓時收緊，緩緩地打一遍太極拳，肺腑呼吸吐納之時，感覺到氧分子與二氧化碳的迅速交換，通體有晶瑩玲瓏剔透的暢快，全身遍滿天地人一氣呵成的浩然與神聖。

東走走，西晃晃，看著圍繞車房的一疇土地，長滿茂盛碧綠的韭菜，情不自禁地找來剪刀，蹲在園邊剪韭菜。剪刀過處，水滴點點，韭香四竄，如同綠草味，卻另有一番清新醒腦的振奮。

一刀一刀地剪，剪出了十大綑，留下一小綑韭菜做餅吃，其他的則包好預備送給好友與同事。走到後院邊的小水澗，一邊清洗剪刀，一邊讚美大地母親實在偉大，如此一平方公尺大的土地，竟然滋養撫育如此多的韭菜，供養十戶人家都綽綽有餘哩！哎！……真覺得天地的偉大與自己的渺小啊！

漫遊徜徉在晨曦的清涼小徑，不禁遙想一九四九年，由於政治因素，許許多多的大陸人遷往臺灣，家父母也是這樣去了臺灣。他們都是南方人，鄰居則來自四面八方，其中就有愛吃麵食的北方人。媽媽的手很巧，很快地就學會做各式各樣的麵食。其中之一是老北京的傳統小吃，樣子像城門上的門釘——北京的城門上都是九九八十一個釘。老佛爺慈禧太后吃了以後，說：「美。」於是定了名，叫這種小吃為「門釘肉餅」。

媽媽親自和麵：一斤高筋麵粉放六兩冷開水。和麵時，不斷灑水，把水打進麵團，麵皮才會顯得滋潤。然後放在一邊醒麵十分鐘。此時，她抓緊時間開始預備肉餡：將碎肉、料酒、醬油、花椒水、鹽、雞粉、香油、薑末全部拌在一起，然後將蔥花鋪在上面。包餅時就像包小包子一般，體積如同高爾夫球。煎餅時用中溫，先煎餅底，待金黃了以後再翻身煎另一邊。於是一個一個金黃色的面皮裡飽含著濃濃的湯汁，排列在白瓷盤上，旁邊擺兩根綠芫荽，白、綠、金黃相間，如同一幅梵谷的油畫，令人既賞心悅目，又垂涎欲滴。我們五個兄弟姊妹立刻圍桌享用這色香味俱全的點心。

一向不喜吃蔥花的我，自己做時用韭菜取代之，味道是有過之而無不及。捧著新剪下的韭菜進屋，三十分鐘後做出了一盤門釘肉餅，又熬了一鍋綠豆粥，好讓沉睡中的家人，等一會兒有得吃。我自個兒先吃了一個門釘肉餅佐以一碗綠豆粥，吃得有滋有味，窩心亦開心。

早餐後，回到後花園，此時已是九點的太陽，將原本涼涼的空氣加了溫，有些暖乎乎的。就近坐在臺階上，手握一本張愛玲的《小團圓》，雲遊在盛九莉的香港與上海。雖然天地間仍是飄浮著花香，蕩漾著鳥語，一片安詳寧靜，可是那一段日本侵華的歷史卻鮮活地沸騰了起來。自古以來，戰爭、貧窮、疾病是三大人為災難，三者互為因果。從八國聯軍的船堅砲利、北伐的盲目槍桿子、日本的無情鐵蹄、國共的無休無止內鬥，實在犧牲了無數寶貴生命，踐踏了大片美麗江山；老百姓則是一窮二白，無以為生。所幸退居寶島臺灣的中華民國謹記血淚教訓，奮發向上，創造了一個經濟奇蹟，成了亞洲四小龍之首，帶給臺灣一片繁榮昌盛。今日臺灣的電腦科技全球首屈一指，大陸的人力資源全球稱羨，臺海的合作關係給予大陸建立和諧社會的機會，互惠經濟指數，堪稱中國人美好團結的開始！

天地悠悠，異鄉遊子四海為家，縱然瀟灑無羈，故鄉的芳水秀岩、遠山近村、牧童牛羊永遠定格在心頭，耕織出遊子往後的一生。望著此時此刻的靜謐，韭菜肉餅與熱粥還停滯在我的胃裡，但歷史熱情、理想、良知、嚴肅、神聖的畫軸卻不曾停過！

百里香鮭魚

勞倫斯是我研究所時的同窗，常說他很會做菜，大家經常挑戰他。很巧的是我們又先後來到華府地區工作或做博士後研究，因此又常見面。他仍然不斷誇耀他的廚藝，最後大家下了戰書：「眼見為實，你做給我們吃，給你打分兒。」

他出人意表地爽快，立刻答應了，約了大家星期六光臨貴府享受大餐。我帶了一盒餅乾如約前往，站在門口正擬敲門，屋裡傳來了另一同窗蘇姍娜的笑聲，還有勞倫斯太太琳達的說話聲，唯獨沒有勞倫斯的聲音。

進到屋裡，看見勞倫斯在廚房裡忙著，桌上擺滿大盤小碟，看得我眼花繚亂。心想，看來勞倫斯不是蓋的，是真有兩把刷子。

等大家坐下，一面開心地吃桌上的菜餚，一面稱讚勞倫斯的手藝時，他不厭其煩地解釋每一道菜的做法。其中一道是「百里香鮭魚」，紅兮兮的鮭魚上面撒滿綠油油的百里香碎末，紅綠相間，看起來彷彿一幅賞心悅目的油畫；聞起來是百里香中有酒香，以為是醉酒的貴妃來了；吃起來是鮮美中有點鹹味，很容易誤認為是海鮮之王龍蝦肉。如此色香味俱全，令人垂涎欲滴！

勞倫斯說：百里香又名為麝香草，它的拉丁學名是Thymus vulgaris，一般英文叫Thyme，屬唇形科，是多年生草本，喜日照充足，通風良好，排水性佳的沙質土壤。春天時，種子直播土穴，每穴三至五粒種子，約須十二至二十天發芽，再過九十至一百天長成，高約三十公分。葉為深綠或深青色，小而尖，莖分枝茂盛。夏季開花，花小淡紫色或白色，有濃郁芳香。

百里香葉片可食用，整片或揉碎均可，是料理各式肉類與魚貝類的天然香料。若泡茶則能幫助消化，消除腸胃脹氣，並可解酒。百里香葉汁加蜂蜜可治咳嗽、感冒、喉嚨痛。若用來泡澡，則有舒緩和鎮定神經之效。百里香精油可殺菌，塗在臉上可去雀斑，抹在皮膚上可以除老皮，因此是天然的美容美膚劑。注入香皂及嗽口水，則可增加產品的芳香，是天然的芳香劑！它是另類醫學中的芳香治療方法裡不可或缺的一味香料。

在英文裡，百里香代表activity（活動），我想它意味著任何事物與百里香在一起，百里香可以誘導引出與之相伴的最美好本質來。這道「百里香鮭魚」就是一例，做法是：鮭魚用水洗淨後，用吸水紙擦乾，放在烤盤上，在魚面上抹一層薄鹽，放入華氏三百五十度烤箱烤十五分鐘，然後取出烤盤，在魚面上澆一湯匙料酒，再撒滿百里香碎末，爾後放入烤箱續烤十五分鐘，即已大功告成。百里香啊，在這裡帶出鮭魚肉質的鮮美。香、鮮、美，填滿那個人生時刻，幸福感，拉長又拉長。

那天吃完大餐，蘇姍娜和我誠心誠意地給勞倫斯一百分，肯定他的手藝。後來我在家裡也多次試做「百里香鮭魚」，次次成功。此道菜的好處是簡便、省時、不油膩、味好、營養好，是一道健康菜，贏得家人之歡心，相信也會是主持中饋的女士先生們的最愛！

當然，百里香啊，功不可沒。

紅酒或白酒乎

酒文化源遠流長，中外皆然。自古以來，酒，這個瓊漿玉液，與文學就密不可分，譬如詩仙李白的詩收在《唐詩三百首》中共有二十六首，其中就有六首詩提到酒。最出名的是〈月下獨酌〉和〈將進酒〉，前一首詩是與酒同歡，與醉共舞，天上的明月與地上的春花是詩人的所有；後一首詩是千愁萬愁像黃河之水天上來，勸世人當「人生得意須盡歡，莫使金樽空對月」，用美酒「同銷萬古愁」。此外，「吳姬壓酒勸客嘗」（見〈金陵酒肆留別〉）、「美酒聊共揮」（見〈下終南山過斛斯山人宿置酒〉）、「金樽清酒斗十千」（見〈行路難〉）、「舉杯消愁愁更愁」（見〈宣州謝朓樓餞別校書叔雲〉）等都有酒的蹤影。我不知道李白喝的是烈酒或紅酒或白酒，但他的詩情與詩才很可能都是酒後產物！

「先生，吃魚還是吃牛肉？」美麗的空中小姐問。飛機雖然有些顛簸，她們還是依時給旅客分發晚餐。

「吃魚。」

過了一會兒，空中小姐又推了車子過來，這次是飲料服務，上邊擺了各樣果汁、可樂、汽水、茶、咖啡、酒。

「先生，您要喝什麼？」

「紅酒。」

「先生，您吃的是魚排，您還是喝白酒吧！」

旅客看一眼小姐，沒說話，聽任小姐給他白酒喝。

這是我出差德國在飛機上看見的一幕，猜想該旅客說不定心裡嘀咕著：「這小姐怎麼那麼愛管閒事？我喝什麼酒都行，還分顏色幹什麼？」

一般西方人喝酒有一定的習慣，酒分飯前酒、飯中酒、飯後酒。飯前酒是烈酒混合果汁或可樂或七喜調成的雞尾酒；飯中酒是紅酒或白酒；飯後酒則喝一小杯純烈酒。

烈酒是用麥、高粱等五穀雜糧釀製而成，一般酒精含量極高，譬如威士忌的酒精含量約三四%，極傷胃肝。紅葡萄酒是用紅葡萄釀成的，白葡萄酒是用綠葡萄釀的。酒名經常是以葡萄的種類或出處命名。有些酒甜潤，有些酒則乾澀，完全看用的是什麼葡萄種。女士們多半愛甜酒，男士們則愛略帶乾澀的酒。兩者風味各有千秋，酒精含量約一四%，多喝仍會傷胃肝的。

喝雞尾酒時，通常配一些乾果等點心；正餐時，如果主菜是牛肉、羊肉或鴨肉、鵝肉，一定配紅酒；如果是雞、火雞、魚、海鮮，則配白酒。飯後，則喜拿一小杯白蘭地酒，用手心的溫度將酒握熱，聞酒香，說一說，聞一聞，啜一啜，講究的是情調。耳熟的強尼走路和伏加特，還有中國的五加皮、紅梅露、紹興酒、茅臺、高粱酒、花雕、白乾、二鍋頭、五糧液、女兒紅等都屬烈酒。

說到酒，不能不提啤酒，它是用麥釀製而成的，酒精含量是一・五%，因為低，所以大家任意喝，卻不知不覺地喝出一個啤酒肚來。饕客們可能不知道每一毫升酒精含七卡路里，比一公克葡萄醣或蛋白質還多出三卡路里。啤酒因為卡路里含量高，又不具營養價值，實在是愛美的先生小姐們最大的忌諱。

小時候，看見媽媽釀紅葡萄酒，方法很簡單，將洗乾淨的紅葡萄放進一個陶甕裡，灑一層薄糖在葡萄上，然後將甕口密封起來，放在陰暗處。大約一個月以後，就可以倒出香醇的紅酒來喝了，爸爸於是每天喝一小杯，直到甕底朝天為止。第二年，葡萄成熟時，媽媽又開始了釀酒的過程。

曾問媽媽為何不用綠葡萄釀出白酒來，她說：「紅酒顏色紅豔豔、暖乎乎，討人喜歡！」

我的身體對酒精過敏，不能品酒，但獨喜釀酒的過程。結婚後，也學媽媽釀酒給明健喝。用綠葡萄或甜李子，他喜歡白酒，說紅酒喝後，嘴裡留下澀味，猶若不悅。不過紅葡萄皮含多酚，具有抗氧化作用，可以消除細胞內的氧化自由基，減少細胞損傷，細胞的壽命增長，所以實際上紅酒比白酒更勝一籌。

紅花需要綠葉配，好酒也要有好酒杯裝，才能襯出白酒的晶瑩流離與紅酒的醉沁誘紅。酒杯分好幾種。雞尾酒都用厚杯子或矮腳酒杯，香檳酒（也是白酒）用細長肚高腳酒杯，紅酒用小圓肚高腳酒杯，白蘭地（譬如XO酒）用大圓肚高腳酒杯。酒的溫度也是一門大學問，譬如香檳酒及一般白酒要冰過的，紅酒則是室溫即可，白蘭地要升溫的，日本清酒則要加熱，威士忌則喜歡加冰塊喝才好味。

詩若紅酒必霞光滿溢充滿活力，紅霞褪去則清詩一握，白酒流淌的是憂國憂民。君若問紅酒或白酒乎？古諺：和而繁茂，同而稀絕。所幸，紅酒與白酒各有鍾情，和而適之，不亦人生一樂！

酒釀粥的微醺

那年只有十八歲，讀大二。冬天晚上聽說學校餐廳有宵夜，同寢室的幾個女孩結伴踏著夜色去看一看，發現賣的是酒釀粥，空氣裡飄著一股醺甜酒香。我們幾個窈窕淑女都沒見過也沒吃過更沒聽過，主管餐廳的老師一直說吃了不會醉的，而且保暖得很，我們怯怯不敢嘗試，於是又踏著夜色打道回府溫習功課，做回「工筆畫美女」（嘻……自封的）。

幾年後從美國回臺北探親，家裡的阿姨給我幾顆酒麴帶回美國，說是可以做酒釀。我不明所以，返加州後放在櫥櫃裡經年，然搬家後就不知所終了。喬遷美東後，冬天常是天寒地凍，攝氏零下十二度的日子很多。當瘋狂地下起雪來，不能及時掃除車道上積雪，就無法出門上班，只能在家讀書寫字看電視，「工筆畫美女」坐著坐著就冷了起來，懷裡抱個熱水袋方能稍解寒意，真是歲月不饒人。後來去中國超市買菜時看到了低溫保存裝在有水蛇腰的玻璃瓶裡的酒釀，勾起了往事，心想：何不買一瓶，姑且一試？

但是，瓶裡的酒釀並不多，大概只夠做一碗酒釀粥。因為平常就愛吃內餡是黑芝麻的湯圓，於是明健靈機一動，就在湯碗裡先舀進兩湯匙酒釀，等湯圓煮透了，放一個水撲蛋再一起搖進白色湯碗裡，然後捧著滾燙的湯碗到餐桌前，坐好，先欣賞躺在碗底的胖胖的像月亮的小白球，聞一聞裊裊白煙裡的撲鼻酒香，再拿起畫著工筆蘭花的白瓷湯匙，輕輕地舀起一個湯圓伴著瘦瘦的米粒兒和一些嫩嫩的蛋白，輕輕地吹涼些，然後送進嘴裡，咬破細品吞下，一股熱流從胃底生起，瀰漫至全身，額頭鼻下慢慢沁出小汗珠，體驗到老師說的暖和，蜷縮的手腳舒緩伸開，像跳芭蕾舞似的。

心想，元宵節一定要這樣吃來過節！

這樣一個超市買來的酒釀，售價不菲。有一天，跟明照妹妹電話聊天，抱怨今年冬天特別寒氣逼人，身體有些吃不消了，說著說著就繞到了酒釀製作的話題。妹妹說：「三杯糯米洗淨煮熟放涼，將一顆酒麴球壓碎，溶進一飯碗的涼水，倒入糯米飯中，攪勻抹平，接著挖三個洞以便出酒。然後將整個容器放在溫暖的地方，三或四天後就出酒可以吃了。」

一聽，的確容易。一週後，買齊原料，依樣畫葫蘆做了一遍，真的就成功了。還欣喜地發現自己做的酒氣濃郁，米粒飽滿，頗有咬勁，帶點淡淡的甜味，比超市買的可口宜人。如此一來，搖半碗酒釀，倒進半碗沸水，一碗甜甜的濃濃的酒釀粥，就大功告成，若能再撒點桂花醬，更令人垂涎三尺了！

酒釀粥是歲月淘洗沉澱後的發酵，是酒不是水，帶給我們的是古老的熟悉，是自己祖先的代代相傳，承載著最樸實文化內容的底蘊，深刻豐富，流淌著古月、今月、來月的悠久微醺。

最近因為工作上的一些溝溝坎坎，竟然晚上出現失眠，數羊、喝溫牛奶、吃一片吐司都不管用。巧的是，有一次睡前喝一碗酒釀粥，滿足了胃，滿足了身體，滿足了靈魂的吶喊，很快地就帶我進入黑夢鄉，去會「甜蜜的莫耳普斯」（希臘神話中的睡夢之神，見《普希金詩選》第二三二頁）！次日醒來，全身舒暢，信心滿沛，駕著生命的驛車，神采奕奕地駛向前方，真像窩心的陽光。還意外地發現酒釀粥或許是失眠者的良方祕笈哪！

有了這樣的發現，像一棵原始銀杏，喝著如此的酒釀粥，「所有的明豔和靜穆在那兒遠去」（見《黃用詩選》第一三〇頁），默唸「逃之夭夭，其葉蓁蓁。之子于歸，宜其家人」（《詩經・周南・桃夭》）。不由地沉潛在這最窩心、最謙虛的一刻！

不朽的巧克力

常會突然感覺想吃巧克力。總是這樣，有時讀書讀了一半，或是在會議上，或是工作了一陣，像一個上了巧克力癮的人，必須停下來，去找一個小店、小攤或零售機買一塊巧克力糖。

據統計，這世界上有四四%的女人及一七%的男人好吃巧克力，巧的是我是其中之一。

把巧克力放在懷中，一點一點地吃，吃上一整天，甜滋滋的一日，好幸福的感覺！

非常開心，巧克力給我浪漫與溫柔的感覺，甚至可以讓我回到童年媽媽午睡後的時光。兒時，媽媽午睡後會給我一些零食點心吃，偶爾會是一塊巧克力糖，這比任何其他東西都有滋味，我對她是一見鍾情！

巧克力，這個迷人的精靈，其實有她過人之處，難以相信她竟是屬於健康食品族。黑巧克力富含鈣、鉀、鐵、磷、銅、鎂等多種礦物質，均屬我們身體所需；她也含高量多酚，是對抗心臟病、老化、癌症的天然成分；她又有可可油，可以增加高密度脂蛋白（ＨＤＬ，好膽固醇），還是使肌膚光滑的美膚師；可可油還像阿斯匹靈一樣，能稀釋血液，長期小量吃她，可以降低血壓。可可油中有黃鹼酮（Flavones），是對抗大腸癌及乳癌的好戰友。黑巧克力含有五〇－七〇%黃鹼酮，牛奶巧克力則只有六%，白巧克力則是零。所以，黑巧克力是最優化巧克力！是健康巧克力！

有了那麼多健康食品的理由，我愛吃巧克力，就變得更加理直氣壯了！

賀胥牌（Hershey）巧克力，天涯海角處處可見，物美價廉，老少咸宜。幾年前，我們全家去位於賓州的賀胥公園玩，並且可以坐小火車參觀怎麼做巧克力。在這個巧克力王國裡，從倒入可可豆，到變成一塊塊巧克力糖，就在眼前一步一步操作。巧克力的製作全部機械自動化，沒有人工介入，令人嘆為觀止。走出觀摩廠時，還免費附送一把巧克力，無論大人小孩，個個都眉開眼笑，樂不可支！我和孩子們當然也收受了一把，收在口袋裡，慢慢地品嘗，明健的那一把被我們瓜分，孩子們笑得不見眼睛。

另有名牌巧克力，譬如歌黛娃牌（Godiva）、細絲糖牌（Sees）、林茲牌（Lindts）等，它們可是嬌氣得很，要在專賣店或專櫃才買得到，價格也偏高。在臺灣或香港，這些嬌氣巧克力的身價更是扶搖直上，是美國的三倍。於是回港臺時，常從美國買巧克力回去分送親友，喜一喜他們的心，甜一甜他們的嘴，是很受歡迎的禮物！

情人節時，商家變戲法，巧克力換了衣服，被裝在天鵝絨黑布配上深紅色長莖玫瑰花，傳送到情人懷裡，甜言蜜語盡在不言中！只是在我們家，女兒代替爸爸送給我精裝巧克力。很高興女兒的這份心意，覺得巧克力的滋味更加美好了！

其實，當快樂、悲傷、痛苦、忙碌時，都想吃一塊巧克力，可以安定我的心神，天與地沒有遠離，只要有巧克力，就可以開始時間的流動。

火雞與蔓越莓紅醬

近年來，每到十一月初，阿里總不會忘記來電郵，邀請我們去他家過感恩節共享火雞大餐。今年也不例外，還特別註明他的岳父母會來共度佳節。我們以前嘗過其岳母的火雞手藝，肉嫩汁多，十分可口。

小時候，隔壁鄰居養了十來隻火雞，領頭的是一隻公火雞，後面跟著一群呱噪的母火雞，逍遙自在地在街頭漫步閒逛。火雞其貌不揚，其形不威，其聲不脆，比起其他鳥禽，實在相去甚遠，故難以傾心賞之，亦從未興起嘗之。

美國的感恩節，不起眼的火雞竟是主角，一旦節日來臨，美國總統還要隆重放生一隻大火雞，表示仁慈、德政。來美留學的第一個感恩節，任職助教，美國學生請我去她家的農場過節，吃火雞肉，品嘗水果派——有蘋果、桃子、櫻桃、藍莓、覆盆子等口味。我只是應景吃一些，當時還沒能入鄉隨俗，融入美國文化中，吃不出其中的美味與深長意義來。

結婚後，每年逢感恩節，孩子一定從學校帶回火雞圖畫或手工藝品。我愛屋及烏，開始學習過節種種，也擬好菜單開始採買。有一位同事每到此節之前，一定不停讚美他母親的火雞如何美味，十分期待著回家過節團圓。他說：「我媽媽烤火雞的祕訣是先在烤盆裡加一罐雞湯、一罐清水、一杯碎洋蔥墊底，然後置十磅的火雞於其上，放入烤箱，以

圖二：吃火雞的孩子都長大了（江明健／攝影）。

華氏三百五十度烤四個半小時後拿出來，在火雞皮上塗蜜糖，再進烤箱烤半小時，即告完工。金黃色的火雞，油亮亮的，肉白而嫩，恰到好處。」我問他：「蔓越莓紅醬怎麼做？」他說：「那很容易。用一包蔓越莓，加一杯清水，一杯糖，煮滾，然後用調羹（湯匙）壓扁蔓越莓就成了。火雞肉蘸著新鮮做的蔓越莓紅醬，哇！那真是人間美味啊！」聽他描述著，我的舌尖似乎都嘗到了那絲絲的甜香鮮美，使我有滿滿的信心去烤自己的火雞。果不其然，依樣畫葫蘆地做出了一道美味火雞和一碗蔓越莓紅醬來。

在燦亮的水晶燈下，用最好的盤子，將美食擺滿一桌。火雞大餐一定包括烤全火雞、馬鈴薯泥、蔓越莓紅醬、大蝦沙拉、烤紅薯、麵包、南瓜派等等美食。家人團聚，手拉手禱告完畢，舉起倒滿蘋果西打的酒杯，大聲彼此祝賀，然後開懷大吃。孩子喜悅的眼睛，鼓鼓的腮幫子，忙碌的雙手，伴著鏘鏘的刀叉聲，那是幸福的鈴聲，響了又響，一遍又一遍（見圖二、圖三）。後來，也會在聖誕節時，做火雞大餐，邀孩子們的同學一起來享用，一直到長大離家，二十多年的傳統，終於因為孩子不再回家過節吃火雞大餐而畫上休止符。如此豐盈飽滿的美食、美具、美境從此永藏腦海！

圖三：外孫女媛媛四歲和蘭蘭一歲半。

當孩子不再回家過感恩節之後，於是阿里必定邀我們一起上他們家去同樂。阿里是我們的好朋友，是伊朗人，其妻是美國人，他們的三個孩子年紀小，自然還得隆重對待感恩節。有時是他的父母從伊朗來，那麼做的火雞大餐是伊朗味。除了上述的這些菜之外，還有伊朗鍋巴、石榴燉雞塊、橄欖油茄子泥等。如果是其岳父母從密蘇里州來，那麼做的大餐是美式火雞，還有不同口味的水果派。不管是伊朗味或美國味，我們都滿懷愉快，高興用餐，必是吃得好飽，賓主盡歡才甘休。年年不例外。

家父於二〇一一年的感恩節安息主懷，所以我的感恩節多了一種哀傷與神傷，在吃火雞、喝蘋果西打、與朋友笑談自若之外，懷念他的音容笑貌，懷念他的身教言教，為自己所有的，不管是有形的或無形的，明白皆是父母所賜予，心懷感恩，永遠感恩。

阿里瞭解我的心情，所以勸我多吃火雞肉時，總是好聲好語，多體貼的主人啊！多溫暖的人情味啊！不是都說，傷疤有淡化的時候，絕望有停止的時候，花會謝，浪會退，光會黯，月有月蝕，日有日蝕，月有陰晴圓缺，人有悲歡離合，生命不再喧嘩，我的傷心也會隱退。父親不會願意看我一直憂鬱，我也不想在沮喪中紅顏老去，打起精神跟阿里說：「很好吃，一定多吃。」自備的蔓越莓紅醬，紅寶石般，燦然剔透，很吸睛，很開胃。

如今，火雞是親情與友誼的符號，我迷上了火雞，一年一度的火雞大餐多吃一些，吃撐了胃，也沒關係，願意明天起早多走路燒掉多吃的卡路里，那是一種另樣的幸福，好像父親又在身邊關愛我一樣。

輯四

千里路

古堡一日遊

仰望迪士尼古堡已久，聽說它的本尊就在慕尼黑附近的富森（Füssen），於是二〇一三年五月中趁去慕尼黑開會之便，先生明健就安排了一個家庭遊。當我開完會，他率著兒子小可愛來到慕尼黑與我會合，下榻的假日旅館，恰好就與捷運站比鄰。

第一天因時間已晚，只能先去舉世聞名的啤酒園體驗集體喝啤酒的樂趣。

第二天雖然細雨綿綿，氣溫下降至華氏五十度，卻擋不住我們旅遊的熱情，一早就出門搭捷運去火車站，在該處加入城堡一日遊，成人每人三十五歐元，學生便宜三歐元。在導遊的帶領下，搭上火車，一路上窗外的景色都是牛羊、住家、汽車三三兩兩地散落在青丘上，恬靜安適祥和，一派與世無爭的太平世界。與幾公里外的慕尼黑市中心的熙攘，儼然天壤之別。

火車疾駛飛馳，途中經過舊天鵝堡〔又稱「高天鵝堡」、「霍恩斯萬高城堡」（Schloss Hohenschwangau）〕，建築物外觀顏色實在不討喜，不得我心。

兩個小時之後下了火車，立刻又上了旅遊巴士，大約開了十五分鐘，到了阿爾卑斯山腳下的富森。此時老天也不甘示弱，雨絲越來越密，遊客都打起了花傘，間中夾雜黃雨衣。路邊的旅館都是黃紅相間，顏色鮮豔，不僅為這個又濕又冷的小鎮添了些許溫暖，也襯托出陰冷灰黑的阿爾卑斯山更為神祕、富於挑戰性的面貌。

小可愛說：「媽咪，這個山好像國畫裡的山！」

他說得好極了。想著要爬這座高山，心裡升起了不服輸的倔強。

我們跟著導遊開始爬山，沿路有馬車為那些腿力不好的遊客服務，我們夫妻兩人咬著牙跟著大隊走。上坡路，泥濘崎嶇不平，容易趼腳跌倒。小可愛跟隨在旁，隨時幫我們一把。約走了四十五分鐘的上坡路，雙腿發軟時，終於看到了傳說中的新天鵝石城堡（Neuschwanstein Castle），這座城堡是巴伐利亞國王路德維希二世（Ludwig II，一八四五－一八八六）的行宮之一。該城堡始建於一八六九年，具備拜占庭式與哥德式的建築風格，共有三百六十個房間，其中只有十四個房間依照設計完工，其他的三百四十六個房間則因為國王在一八八六年意外逝世而未完成，是日後陸續由他人完成的。它是德國境內被拍照最多的建築物，也是最受歡迎的旅遊景點之一。

城堡室外有高低錯落的塔尖，龐大的外表是白牆與藍頂，十分高雅古典。室內是金色與寶藍裝飾，有獅、龍，還有一個巨大的白天鵝，那是與路德維希二世一起度過童年的茜茜公主（Sisi，即十九世紀奧匈帝國的伊莉莎白皇后Empress Elisabeth）送來的一個瓷製白天鵝，祝賀新城堡的開工，因此國王如此命名城堡。房間內還充滿珠寶、骨董、藝術品。牆上與屋頂都是壁畫，畫的是聖經故事。其中一間是華格納（Richard Wagner，一八一三—一八八三）房間，壁畫則是多部歌劇的內容。

據說一八六一年，年少的路德維希二世王儲正值十五歲，第一次在慕尼黑觀賞華格納的歌劇作品《羅安格林》（*Lohengrin*）後，大受感動震撼，還對號入座，幻想自己是歌劇中解救美麗公主的勇敢騎士，從此成為華格納的粉絲，看遍華格納的所有歌劇。新國王十八歲登基後不久，常去拜訪華格納，除了討論音樂藝術之外，也討論如何執政。並請他來入住城堡。路德維希二世個性夢幻浪漫，這個城堡乃其夢幻之實現。但是，他與偏激的華格納緊密交往以及揮霍的生活消費導致後來的政變。

這位童話國王據說有精神疾病，他的叔父路特波德親王（Luitpold Karl Joseph Wilhelm Ludwig，一八二一—一九一二）以健康理由軟禁他，並延醫治療，路特波德親王升級成攝政王。三天後，可憐的國王與醫生飯後一起外出散步，雙雙離奇溺斃湖中，得年四十歲。路特波德攝政王從此下令開放所有古堡供民眾參觀。路德維希二世的離奇逝世，死因至今成謎，給古堡披上悲劇的黑紗，透著淒涼。

這座神話城堡，是夢和浪漫自由的飛揚，承載了全世界無數兒童的童稚天真。我們參觀完城堡，帶著夢幻的驚嘆與返老還童的眼睛又去看它並肩的湖泊與吊橋。雨後的風景美得令人屏息，狂奔的瀑布，水聲充耳，觸手沁涼，怒放的能量，給下山的雙腳加油打氣，途中的顛簸也就微不足道了。小可愛不時駐足攝影美景，我與大眼睛信步慢走，導遊也多次停步等待。走走停停間，回到了早上的下車處，我們又搭巴士乘火車回到慕尼黑火車站。黑幕籠罩，華燈初上，導遊建議我們去兩個圓頂教堂後面的「紐倫堡（Nürnberger）餐館」吃晚餐。

坐在閣樓上，昏黃的燈光下，穿著巴伐利亞服裝的女招待，體格強壯，手腕有勁，端來啤酒、雪碧、豬腳、香腸。一日的童話行浸潤我們的靈魂，我們像天真的兒童，開懷暢飲，豪情萬丈地乾杯再乾杯，像遊牧民族那樣大碗酒、大塊肉。巴伐利亞的食物舒暢我們的腸胃，小可愛付了帳單，在這異國異域為我慶祝遲到的母親節，爸爸大眼睛搭了順風車。小可愛給予我們他獨特的孝順，奉上幸福的記號。

飯後回到假日旅館，躺在床上，好累！夢中，時間穿越，是我，是你，是她，是他，全是金光燦爛的娃娃臉，在新天鵝古堡嬉戲。

走訪死亡谷

人的一生多次走過死亡幽谷，跌宕起伏，有的是自己無意識選擇的，有的則是迫不得已面對。但是，有意識地選擇去造訪「死亡谷國家公園」，卻令我頭皮發麻，覺得自己人生已經夠艱辛，還要去挑戰死亡谷，心裡真是千萬個不願意。先生堅持這個主意，上網搜尋資料，我於是捨命陪君子，豁出去了。

「死亡谷國家公園」乃一八七三年被發現，位於加州和內華達州中間，但公園面積大半涵蓋於加州內；該處充滿高山、峽谷、沙漠，由於地形險惡，天氣劣透，死了很多人，故得此名。一九九四年，死亡谷正式被列為國家公園，是美國本土四十八個州中最大的國家公園，並已被宣布為國際生物圈保護區。從拉斯維加斯去死亡谷最快。我們搭機來到拉斯維加斯，下榻一個經濟實惠的小旅館。頭一天晚上，先去超市買了兩加侖瓶裝飲水，又買了四個橘子。在背包內放了兩條小毛巾、防曬油、導航儀、太陽眼鏡，還有帽子。隔天清晨七點四十五分開著出租車出發，心中充滿慷慨就義的氣魄，昂然踩著油門，先上一五號公路，然後轉上一六〇號公路，沿途兩邊近處都是荒地，遠處則是內華達山脈。只見峰巒連綿，都是呈綠黑色嚴峻的粗礪岩石，表土歷經千億年的風化已成沙粒，流失於山腳下。到了帕蘭普城（Pahrump），暫停於「麥當

▍圖四：死亡谷國家公園入口處。

勞」上洗手間，巧遇騎摩托車的一對父子，穿著黑皮夾克，也是風風火火地要趕去死亡谷赴約。我們跟他們交流，互相確認一下路程與路標，再出發上路。到了貝拉維斯塔大道（Bell Vista Avenue），左轉直開，就到了死亡谷交界點；再接上一九〇號公路，山路約有五十英里，開到一半時已到海拔五千多英尺（等於一千五百五十四多公尺），耳朵有塞住之感；然後變成下坡路，不久就進了「死亡谷國家公園」，趕快與公園門口的告示牌合影留念（見圖四）。

我們首先去拜訪世界出名的景點「惡水盆地」（Badwater Basin，見圖五），低於海平面下二百八十二英尺（等於八十五公尺），是北美洲的至低點，四面環繞的是一千多英尺高的望遠鏡山，蘊藏各種金屬礦物。盆地地面是鹽地，可以在上面行走。晴空萬里，藍天無瑕，寥寥幾朵白雲閒掛山頭，布下幾片陰影，給山頭添了幾筆蒼涼。這裡，死寂的孤獨，古往的沉默，內斂的濃郁，以及剛出自娘胎的純淨，混成一個有獨特節奏的小宇宙。因地貌豐富，是攝影家的最愛。

「惡水盆地」火燒風狂吹，波波熱浪，帶著攝氏四十一度，燒灼遊人的皮膚與眼睛，瞳孔都快刺盲了，彷彿掉入靈魂的淬鍊與血脈的燒烤。碰巧一群法國人在這個「惡水盆地」上拍電影，男女主角在毒陽下

圖五：死亡谷惡水盆地（江明健／攝影）。

演戲，說著發音急促的法語，似乎在演口角戲，又似乎是想趕快說完臺詞，可以逃脫猖狂肆虐的太陽。我駐足觀看，但不久就感到我的小腿肚要給曬焦，疼痛難忍，趕快逃回汽車裡。

必須一提的是，開往「惡水盆地」時，途經一處叫「魔鬼高爾夫球場」（Devil's Golf Course），令人毛髮聳立，故過門而不入。直接開往緊鄰的畫家景觀（Artist View），在叢山峻嶺中穿梭，山稜似乎觸手可及，土色呈七彩，有如畫家的彩盤（The Palette of Color），頗似法國印象派畫家莫內的傑作。這裡雖然無花無草，但七彩土表生動耀眼。這些山脊伴著「惡水盆地」，千年，萬年，億年，春夏秋冬輪流更迭，風吹日曬，冰積冰融，表面上寂然無聲，卻都是「走動的山」，很神奇，科學家們咸認為是大風和冰層推著石塊的移動！

在此名勝景點，除了兩隻烏鴉和一些自駕遊客之外，未見任何其他飛禽走獸，亦無大型遊覽車帶來一車一車的旅行團，更無林立的旅館、禮品店、餐廳、人造垃圾等等。大地鴉雀無聲，使我想起唐代柳宗元〈江雪〉「千山鳥飛絕，萬徑人蹤滅」的詩句，衷心祝願此原始生態能永存。

可是，日正當中的死亡谷，像一個大烤箱，我們汗流浹背，儼然

「苦中作樂」，難以維持「樂在其中」的情緒。我們在一點半時開上回程，結束死亡谷之旅。

誠然，相對於「死亡谷國家公園」的磅礴大氣，個人顯得非常渺小，實實在在僅如滄海之一粟啊。面對如此高山深谷，銜古接今，流走的歷史歲月，像長江、黃河逝水如斯，我的心裡頓時豁然開朗。最近生活裡工作上的溝溝坎坎，顯得特別微不足道，無須斤斤計較，更無須垂頭喪氣，甚至痛不欲生。誠心慶幸拜訪了死亡谷，把我從生活裡的瑣碎和頹喪挫折中救拔出來。

死亡谷的點點滴滴已經成為永恆的記憶，有說不完、數不盡的體會心得，夠我一生回味，的確不虛此行矣！

貝瑟斯達的美夢

當我在讀研究所時，馬里蘭州的貝瑟斯達的大名就已如雷貫耳，沒想到畢業後有緣來這個名聞遐邇的城市工作。

聽朋友說，貝瑟斯達的貝瑟斯達路有一家餐館的北京烤鴨很好吃。於是在一個晴朗的黃昏，帶著肚子裡的饞蟲，開車去尋找這家餐館。路程只有二十五分鐘，並不遠。

進了餐館，安然就坐，白色桌布的中央擺著透明小花瓶，裡面插著兩朵粉紅玫瑰。靜適的環境，涼涼的空氣，隔絕了室外的紛擾。環顧已然在座的諸多猶太顧客，正靜悄悄地握著捲有北京烤鴨的薄餅吃了起來，看得我更飢腸轆轆。等我們的來了，一口氣吃了三捲，口舌唇齒都是餘香。打著飽嗝、意猶未盡的我跟先生大眼睛說：「下一次，一定再來！」

出了店門，安步當車，漫步街頭，放眼望去全是各式各樣的餐館兼酒吧。大街上，許多人隨意地站著或坐著，喝著啤酒，開懷閒聊，跨年齡，跨性別，跨種族，像是一個露天大派對。

向東走，居然到了烏曼特路交岔口，那是最熱鬧的中心區。令我們驚訝不已的是，白天曾多次來過的、矗立街口的法國餐館，名叫「Mon Ami GaBi」（法語Mon Ami意思是「我的朋友」，Gabi據說是主廚Gabino Sotelino的暱稱），她的法式洋蔥湯和焦糖蛋糊甜點是我的最愛。餐館的後面是「Haagen Dazs」（哈根達斯）冰淇淋店，甜得發膩，卻又讓我愛不釋手，停不下嘴來。再過去是地標電影院，常放映外國電影，我們就在這兒看過張藝謀導演的《我的父親母親》和李安導演的《色‧戒》。我敢打賭，這個角落鐵是戀人約會吃飯、看電影、宵夜三部曲的好地方。

法國餐館對面是兩層樓的「Barns and Nobel」大書店，裡面有成山的書籍，有舒適的桌子和沙發，好像一個大圖書館；一捧起書來，時間溜得飛快，幾個小時倏忽就過去了。累了還可以到二樓附設的「星巴克」買咖啡解渴提神。書客可以放心翻閱，不會有店員來趕你走或瞪白眼。

> 在真實生活之旅的中途，我們被一縷綿長的愁緒包圍，在揮霍青春的咖啡館，愁緒從那麼多戲謔的和傷感的話語中流露出來。

以上是帕特里克‧莫迪亞諾（Patrick Modiano，一九四五－）在《在青春迷失的咖啡館》（*Dans le café de la jeunesse perdue*，二〇〇七年出版）中的一段。我時不時有這樣的低落情緒，可能是周圍同事、朋友，或家人的一句話、一個表情、一個手勢，就掉入這種地獄裡。然而，我又明白，並無自由能暢所欲言，因為「禍從口出」是至理名言，連莫迪亞諾都說：

我們在這個世界上活著，有多少事情諱莫如深，緘默其口。

所以，書店裡藏著很多祕密，到書海裡發掘，卻還是只能默默咀嚼，靜靜沉思。我在這裡買過印有愛因斯坦的月曆，也買過新出版的DNA發現五十週年專輯，包括了一九五七年諾貝爾獎的祕辛。這個世界太不公平；可是智者告訴我，這才是正常現象。可悲！無奈！但得適應。這是達爾文演化論「適者生存」的基本原理！

書店門口有個水池小廣場，有一對金髮小姊弟占據一角，姊姊彈吉他，弟弟唱搖滾歌，而另一角是一個垂垂老矣的音樂家拉著破舊的手風琴，俄羅斯歌謠樂音悠悠流瀉。姊弟前面擺了一個吉他盒子，老頭的前面則是一個玻璃瓶兒。兩者裡面都已有不少賞錢，令人欣慰！

此刻無端想起川康端成作品《伊豆的舞孃》（一九二六年發表）。該書描述一家巡迴演出藝人，有阿媽、榮吉（女婿）、千代子（女兒）、百合子（雇傭）、薰子（榮吉的妹妹，即舞孃）的艱辛生活，他們每次演出得到的賞錢都很少，甚至有些村子在村口就掛出不准藝人進村的告示，他們只能繞道而行。杞人憂天的我一直為只有十四歲的薰子其未來擔憂與牽掛！

今日，街頭藝人的社會地位提高很多，觀眾也較慷慨，是許多明星歌手未成名前的謀生方式。誰知道，在這個市中心約一百五十多家餐館裡，究竟藏了多少做著明星夢、歌星夢的餐飲服務員和酒吧唱將呢？

夏日白晝特長，九點多夜幕才逐漸低垂，四周的公寓大樓陸續亮起了燈，路上行人卻是越來越多，摩肩接踵，男的帥氣，女的婀娜，男男女女相偕的夜生活剛剛啟幕。我們沾滿一身熱鬧人氣，走馬看花，窗口瞎拼（window shopping）衣服店、家具店、蘋果電腦店、汽車店、手工店、化妝品店。最後拖著疲憊步伐，走回吃北京烤鴨餐館的停車場，驅車回家，告別貝瑟斯達的美夢。

夜半，夢見了手風琴的彈奏，華麗的明星、飛揚的歌星、踩著華爾滋圓舞曲的舞星，都是美美的……

金色海灘

現在不過是九月中旬，但天氣已漸涼。我們意欲前往溫暖之處住上一、二日，打算挑一個陌生的、有海灘、人不擠、經濟實惠的城市。我們終於鎖定邁阿密海灘市，邁阿密海灘屬於這個城市。完成預訂飛機、旅館、租車等諸多瑣事，出發時我腦裡還好奇地轉著「不知是城市先得名，還是海灘先得名」的問題。

美利堅飛機中午準時起飛，兩個多小時後，準點抵達目的地。取了出租車，開個十英里，就到了位於第三十八街與寇琳絲街（Collins Avenue）交口的小旅館。該旅館僅七層樓高，但游泳池、健身房、餐廳、禮品店樣樣具備，真應了「麻雀雖小，五臟俱全」的俗語；美中不足的是不供免費早餐。

明健先放下我與行李，他去停車。等他回來時，我已辦好check in手續，入住位於三樓的房間。房間小巧乾淨，可惜隔音較差，鄰房說話的內容聽得一清二楚。暫且不理這個「隔牆有耳」，急忙出發去海灘一探究竟。

穿過寇琳絲街，沿著第三十八街走二十公尺，先到了木板棧道（Boardwalk），然後向前走，再經過一小段雜草樹叢，視野豁然開朗，遼闊的海灘與大洋盡收眼底。豔陽天下，藍天碧海連成一線。海灘長而闊，細沙軟綿如白麵粉，三三兩兩的遊客慵懶地在躺椅上做日光浴。海裡有幾個戲水的弄潮兒。不遠處一家子遊客，大大小小七、八人，聒噪地用西班牙話聊著天。走到海邊，任溫暖的浪花拍打著腳踝，眯著眼睛細數空中翱翔的海鷗與灰鴿。乍見一架小飛機飛過半天空，拖著一根長布條廣告，上面寫著某某今夜現場演出。海平線停著四艘大貨輪，等著進港。海中央，猛然來了兩艘快艇，競速般呼嘯而去，留下一輪又一輪水紋。陽光燦爛，我忘了戴墨鏡，瞳孔來不及調解，一切到了視網膜和大腦，都是金色的解讀！

回頭走到木板棧道，它與海灘平行延伸。那是長木板釘製而成的步道，約三公尺寬，兩側有半人高的欄杆。步道長約七公里，從第五街至第四十六街，沿著一家家旅館的後院鋪建。路旁列隊聳立著高而挺拔的椰子樹，樹上掛滿大大小小椰子。其間雜有木瓜樹，也是結實纍纍。整個棧道區持續播放著搖滾樂。我留意到，棧道上的遊客比海灘上的多，而且更顯忙碌，有的跑步，有的競走，最多的散步。每隔一小段，就有一座木頭涼亭，供路人休息。路旁偶爾有賣椰子的攤販，當場刀砍開果，插入一根吸管，即可吸到最鮮甜的椰汁，比罐頭椰汁美味千倍。

嘴裡吸吮著椰汁，耳裡傾聽著音樂，腳板走在沙灘上，藝術大師羅丹說得好：「美，到處都有，對於我們的眼睛，不是缺少美，而是缺少發現者。」我頓悟，人生如此美好，夫復何求？

可是才五點鐘，沙灘上的躺椅悉數被收走，人也散了，沙灘變成赤裸，夜幕垂下。一分清寂，二分落寞，三分思鄉，還有幾分說不清的情緒，腦裡響起〈綠島小夜曲〉……。天上月兒像檸檬，路旁椰影一叢叢，綠島的沙灘，斯人已遠兮！曾經的離島監獄已變成觀光島，而此地這個金色沙灘是古巴人的天堂，因為古巴就近在咫尺。不過我喜愛夜晚的海灘，像一個素淨的少婦，惹人遐思！

兩天後，我們懷著新鮮的金色記憶，跟邁阿密海灘揮手：莎喲娜拉！

美哉，長木花園

久聞賓州的長木花園（Longwood Garden）有高大上的管風琴、精雕的樹屋、優美的草坪、復古的樓宇、舞蹈的噴泉、錦簇的溫室，還有美味的簡餐，卻一直沒「到此一遊」，深感遺憾。這次趁著「臺大之友合唱團」前往紐約與「福爾摩沙合唱團」聯合演出之便，回程時，映芬安排大巴士載著團員來到長木花園踏青遊玩，我們欣然參加。

這個古老花園遠溯至十八世紀，是一個私人收藏植物園，後來由工業家杜邦先生買下，建成一個大花園，回饋社會，開放給大眾觀賞四季風采，獲得一個休憩的場所。

我們準備不周，忘記六月的陽光已經很熱情，忘了戴遮陽帽及抹防曬膏。雖然如此，還是高興地投入太陽的懷抱，欣賞周圍的茵茵大草坪。湘君眼尖，首先瞄到隱藏在叢叢樹林中的餐廳，領著大家進去排隊買午餐，青菜沙拉、捲肉麵餅、炒飯、肉排、豆湯、甜點，樣樣齊備，任君挑選。我們與葉明夫婦及憶蓮夫婦同桌，邊吃邊聊，特別開懷。吃完，帶著閒適的心情，繼續觀賞長木花園。

在進入溫室之前，有多個荷花池，正三三兩兩地開著睡蓮及荷花，雖然比不上杭州西湖的蓮葉迎風搖曳，以及荷花亭亭玉立的「數大便是美」的大氣景象，但在北美能見到如此嬌美的荷美人，已足以令人神馳

圖六：大如臉盆的睡蓮葉子（龔則韞／攝影）。

魂牓、憐愛有加。更奇特的是蓮花池裡還有澡盆大的綠葉，邊緣豎起，像個浮在水面上倒扣的大蓋子，面積大得足以放下一個新生兒（見圖六）。

走入溫室，最先映入眼簾的是美東難得一見的美人蕉，開著紅豔豔的花兒，趕著拎出手機給這一片熱情花海留下倩影。接著是一大片香水百合，倏然想起臺灣大學土木研究所前那一片白色花宴，奔在杜鵑花後到人間報到。我摸一摸花顏，正陶醉在花香裡，美娫走到我面前說：「拐彎處有管風琴演奏，快去看。」於是三步併兩步跑了過去，正是琴聲平地而起，連音八拍的「so...fa...mi...rei...do」。我們循聲向後走，看見羅列一室又一室的風管群，矮的只有一米，高的有二十米，真是巍巍壯觀，叱吒人間。

看完管風琴，再度進入各個花房，遊遍水果區、熱帶雨林區、蔬菜區、仙人掌區、金盞花區、海棠花區等。最引人入勝的是人造瀑布，細細的水條，從高處林間石壁瀉下，萬分清雅俊朗。蘭花區展示許多稀奇古怪品種。還有盆栽區，有一棵百年榕樹盆栽，令我尊敬之心油然而生，猶如家父再世，情不自禁向它深深一鞠躬。

走出花房溫室，重浴明麗豔陽。沿路指揮又身兼《世界日報》記者特派員的惠敏呼籲大家前後參差不齊站出層次，咔嚓幾聲，留下錯落有致的美麗倩影，身後的藍天白雲和綠野山丘也悄然入鏡。沿路又捕捉了隨古典音樂舞蹈的義大利噴泉、戀人留影的黑涼亭、餵鳥的鳥屋、供遊人休棲的樹屋，還有「小園香徑獨徘徊」的羊腸小道。正好碰上六個穿紅衣白褲的帥哥圍著拉丁妙齡美女在小湖邊合照，好奇地驅前相問，原來是十五歲女兒的成人禮攝影，類似於中國人的甜蜜十六歲。殿後的湘君不斷用手機留下記憶。

在公園裡走馬看花一圈，大約三個鐘頭，途中牆上刻了一句羅斯福的話：「驚嘆的觀眾對此人造奇蹟的盛大報以不容否認的見證。」（The awe-inspired audiences give undeniable testimony as to the magnificence of this man-made wonder.）真是一針見血。

流連忘返的我不忍離去，最後到了花園門口的禮品店，看著陳列門口的小包裝乾薰衣草，據說有鎮靜之效，可以降高血壓、緩心悸、治失眠。我拿起又放下，忽聞團長宣布集合上車了，匆匆忙忙走出店門。

回到巴士上，大家的臉上雖然疲倦，卻是神情愉快，吸多了綠樹叢的芬多精，覺得本來綁緊的神經都舒展開來，身心變得自在瀟灑，眉張眼順，敞開懷，話家常，都覺得不虛此行！

阿囉哈，夏威夷火山國家公園

夏威夷州是由一連串的火山岩島嶼組成，而且正在不斷地擴大中！其中最大的島就叫「夏威夷島」，又叫「克拿島」（Kona），俗稱「大島」（Hawaii）。她有許多著名的景點，但最聞名於世的是「夏威夷火山國家公園」中正在噴岩漿的活火山，大名是「冒那羅雅火山」（Mauna Loa），海拔四千一百六十九公尺。

二〇一六年十月十四日，我們搭機飛了十小時後抵達大島的開放式「克拿國際飛機場」，當機艙門打開時，迎面撲來一股熱風，太陽熱情四射，陽光亮花我們的眼睛。沒有接駁走道接應，乘客逕自飛機上經由樓梯走到機坪。

明健在赫茲（Hertz）租了汽車，取車後，直接南下夏威夷十一號環島公路，公路兩邊是遼闊的黑色冷凝火山岩，無樹木，無花園洋房，無工廠，只有矮矮的蘆葦。約開了三十六公里，到了我們下榻的「希爾頓維叩樓阿度假村」（Hilton Waikoloa Village），位於島西。名為度假村，實為一座巨大旅館。

該旅館有展覽眾多骨董家具、字畫、雕像、手工藝品、青銅器的藝術走廊，穿梭不停的載客電動車，還有載客娛樂的快艇，看兩岸的綠柳飄揚、紅鶴散步、夏威夷野鵝「內內」覓食、烏龜曬太陽做日光浴、水中錦鯉漫游等閒情逸致，還有游泳池及海水浴場，是一個老少咸宜的度假旅館。

「夏威夷火山國家公園」，成立於一九一六年八月一日，今年正好是一百週年。十月二十日我們開車北上夏威夷十一號環島公路，沿著太平洋海岸，陣陣白浪花湧到海灘上，像白紗裙般。海水的顏色由近處的淡綠色，變成碧綠色，再變成深綠色，最遠處是莊嚴神聖的深藍。大約開了半個島，經過島東的西蘿（Hilo），然後續開二十分鐘，到了公園門口。我們先去遊客諮詢中心，看影片介紹，聽管理員做公園簡介，然後驅車找景點。平地上有多處地孔噴著白煙。等開上了山，兩邊看到的是大片的熱帶雨林，椰子樹、香蕉樹、蕨樹交錯生長，滿坑滿谷，密密麻麻地充滿綠意與生機，令人欣然和激動！夏威夷州鳥「內內」〔Nene，又叫夏威夷雁（Hawaiian Goose）〕應該也漫步其間。

山路上很清楚地標誌研究室、火山池鏈、岩漿地道、傑科勒博物館（Thomas A. Jaggar Museum）等等。我們停下車去探訪岩漿地道，徒步走了兩千公尺陡峭的下坡路後，來到一個直徑約十五公尺的圓筒地道，據說是五百年前，火山停爆，熔漿流盡後之遺址。我們入內，洞頂上不斷滴水，地上水濕地滑，走了一段，想像五百年前一股火紅滾燙的熔漿流動的壯麗情境，不禁動容！

看完岩漿地道，我們開車去看火山池鏈，那是先來後到的一層又一層的熔漿流過蓋過疊過的生動地貌。由地貌可觀測出熔漿的成分，就像麵糊一樣，打得細密均勻的熔漿，流動力度強，形成弧形的一坨一坨的地貌；若是顆粒粗大和空氣多的話，流動力度差，形成的是交織成網狀的地貌。經過之處植被稀疏，所見均是黑色地貌，悚然哉！

開過火山池鏈，向上爬「冒那羅雅火山」，爬到三千五百公尺時，到了「基拉韋厄峰」（Kilauea）頂的火山池中池，該處被稱為「火噴泉」（Fountain of Fire）。可以看到一陣又一陣火紅激烈的熔漿圍著火山池口噴上來。那是神話中火神佩蕾（Pele）的心中之火。人們紀念葬身於熔漿的少女佩蕾與其家人，多年後佩蕾變成了冒熔漿的火神，而其妹妹變成了接納熔漿造地的海神希亞卡（Hi'iaka）。

黃昏時，我們趕忙驅車下山去看海神和她的太平洋。遠處山後是一片晚霞，襯托著「冒那羅雅火山」的傲立挺拔。山路迤邐，繞來繞去，繞得我頭暈。等到了停車場，公園管理站已經下班關閉，幕幃已降。旅遊指南說想要近距離看岩漿落入太平洋，得徒步七千公尺，我們徒步約一千公尺，天色就全黑了，伸手不見五指。除了遠處的火紅熔漿落入太平洋冒出的一大片紅光白煙與天上的滿天星斗之外，茫茫曠野裡空無一人，萬籟俱寂，無生命，無文明，無人聲，無污染。我們像處在開天闢地的情境，很原始，很神祕，很孤寂，很荒涼！

仰頭見星星對我們眨眼，銀河清晰如灑出的牛奶，織女星和牛郎星分立銀河兩側。北極星、天狼星、三姊妹、北斗七星都熱情地向我們招手，我情不自禁地說：「阿囉哈！」此時不過七點半，卻似夜涼如水的深夜！

我們轉身回到停車場，開出「冒那羅雅火山」，然後又開了一百六十公里的路才回到度假村。度假村裡依舊人聲喧嘩，而才被火山淬鍊和曠野穿越的我們，卻身心平靜！

六六號公路的光環

二〇一八年九月中飛去拉斯維加斯開會，會後順便參加當地美西國家公園深度遊的旅遊團。對我們而言，有許多景點是舊地，只有二處是嶄新，其中之一是六六號公路的起源地，我情有獨鍾，想要踏上它，風裡雨裡，與它同心同行。

三年前，女兒一家從洛杉磯西木區（Westwood）搬到庫卡蒙格牧場區（Rancho Cucamonga），我們每一次從機場開著出租車去新地址看他們，都要經過一段六六號公路，先生總要提起它的起源。我喜歡這個號碼，聽起來六六大順，特別悅耳吉祥。

早在上世紀七十年代，讀美國名作家約翰・史坦貝克（John Ernst Steinbeck, Jr.，一九〇二－一九六八）的《憤怒的葡萄》（*The Grapes of Wrath*，一九三七年出版），第一次接觸到這個號碼，主人翁湯姆・約德住在奧克拉荷馬州，由於沙塵暴作孽，天氣乾旱、經濟蕭條、銀行轉型等諸多原因而窮得響叮噹。約德一家人被迫帶上所有家當，攜同前牧師約翰・凱西，坐進兩輛破車，開上六六號公路，向加利福尼亞州出發尋求新出路，記錄下發生在六六號公路的故事。當年的父母兒女的恩怨、生活的窮困、朋友的爾虞我詐，今日也還在複製，就像癌細胞裡的基因突變，缺少了調控細胞凋亡的五三蛋白，癌細胞趁機迅速複製擴張。

該書探討資本主義剝削勞工的實情，活生生的窮人，備受屈辱歧視的生活使他們憤怒，生活的意志和活下去的堅強使他們面對不公，奮起抵抗，要向資本家老闆討回人的基本生活尊嚴。這是一部美國寫實長篇小說，先後得到普立茲獎（一九四〇年）和諾貝爾文學獎〔一九六二年，與《人鼠之間》（*Of Mice and Men*）一起〕。

一條路成為意志，便能成為精神感召，何況是一本書！讀完該書，我留下一個深刻印象，六六號公路代表美國勇敢精神。我暗自發誓，要親眼看它。

根據記載，這條公路開始於一九二七年，到一九三八年才完成。橫跨八個州，東端終點是芝加哥的密西根湖畔，西端則止於加州的聖塔莫尼卡（Santa Monica）。全長共有二千一百四十七英里（等於三千四百五十五公里）。由於公路平坦，很受卡車司機青睞，是當時橫跨美國的主要運輸公路。美國地大，路像血管，接通了個個城鎮，人、情、事、物，走了上來，走了下去，倒像一個舞臺，只是沒有帷幕，赤裸裸。

旅遊大巴先帶著遊客探訪多個著名國家公園和古蹟，直到最後一天，終於來到亞利桑那州的六六號公路發源地賽里格曼（Seligman）。此州路段有四百零一英里（等於六百四十五公里），部分路段與四〇號州際公路平行，穿越托泊克峽（Topock Gorge）。在賽里格曼和金曼（Kingman）之間的路段，仍叫六六號公路。我們趕忙在路標下合照留念。

在這個曾經風光一時的小城，吃了中飯，繞著老城老街走一遭，有許多小商店賣有關六六號公路紀念品，展覽當時的舊汽車和摩托車及車牌。我們給兒子買了一件T恤衫和冰箱磁貼。有一位剪髮老師傅王亨利高齡九十七歲，從公路通車的第一天就在這個理髮店就職，至今操剪執剪不輟，也變成國寶之一，團團遊客爭著與他合影留念。都說天增歲月人增壽，在六六號公路，則是人添里程，只為了更接近一條道路的最初。九月中旬的天空，碧藍如洗，陽光滾熱，熔了地上的柏油，散出白氣，像招魂，歷史復活，風華隱現。昔日生活裡的酸甜苦辣，在時間的積澱中漫逸出芬芳。

最不可思議的是我看到路邊種滿煮飯花（即紫茉莉），有紅色和黃色兩種，一般喜在飯點開花。此時恰逢吃飯時間正熱情綻放，典雅玲瓏，紛呈秀麗。幼時住屏東縣里港鄉四合院，天井裡就栽滿紅色煮飯花，染紅了天光。我常摘下花籽蹲在地上玩遊戲，我、天光、籽、土地相依了兩年，搬離後，以為永別。隔了半個世紀卻在美國沙漠重逢，是何天意？靜適，喧嘩，好似血肉骨頭相連，在無常的世界召喚人們深藏腦裡海馬溝的美好記憶，演繹人間的永恆價值。

是呀，人有生老，花有開謝，在對的時間相遇，就是人間好時節了。

晚上吃牛排，湊巧與名作家吳鈞堯老師比鄰而坐，我因為看到朝思暮想的六六號公路，心裡、肚裡都是圓夢的甜蜜，無心進食，就把大半三分熟牛排給鈞堯老師品嘗。年輕的他，理當多吃。坐我另一邊的先生鬆了一口氣，不必為我吃完食物（以免浪費）。我微笑仰望天，太白金星俯視地，沙漠裡的時光呀，延伸又延伸；我心在凝結，定情於賽里格曼，酷熱也變成活水。

據說艾森豪總統羨慕德國的公路系統，撥款精建美國網狀公路，仿照人體大動脈、小動脈、毛細管、小靜脈、大靜脈的分布，遍布每個角落。盛極一時的六六號公路被併入新系統或作廢，許多沿路城鎮失去商機，變成了鬼城，六六號公路神話沒了光環。

路也有代謝，它不是花，卻自有花期。

飯後回旅館，我趴在床上寫日記，傾吐憤怒葡萄園的誓言與圓夢。想起前些時鈞堯老師說，生活白開水般過，沒有柵欄與遮掩，文章往內心裡走，倒是重重複重重，兩者都自在。

隔日早上，睡眼惺忪爬上旅遊大巴，最後凝視這一方賽里格曼的極盛與功成身退，光、影、煙、花，都已過去。國會已經撥款擬建六六號博物館，納入它的前生、今世。從此，六六號公路有了岔路，一條開在博物館內，照片、故事與老舊器具，勾勒美國先民；一條在人煙漸微的沙漠外，天依然高，人卻漸漸遠，我一度為它的頹唐遺憾，但也欣喜六六號公路找回它的自在。

正因為如此，我到訪的公路，還叫做六六號。

在劍橋找徐志摩

時光如白駒過隙，彈指間，離第一次去英國的劍橋已過了三十年。那時候，我還是一個剛入職場的年輕人，為生活和工作汲汲營營，天天像無頭蒼蠅般忙進忙出。那一次旅遊劍橋，只留下一個模糊的印象！

二〇一七年，我們在七月七日星期六拂曉抵達倫敦機場，然後轉搭大巴士三小時到劍橋；下車穿過中央公園，下榻晶華酒店（Regent Hotel），櫃檯幫助我們順利入住。房間很小，但五臟俱全。牆上畫滿微積分，我盯著看了半天，沒弄懂是在計算什麼。

隔天七月八日星期日，我們很早起床，趕快梳洗，然後請櫃檯幫我們雇計程車。微涼的街上只有我們兩人和一輛計程車在奔跑，等我們到了史庫得末（Scudamore）碼頭坐撐竿船嫌太早，九點半才開業哩！船夫正清理繩索和坐墊，預備給等在岸上的乘客們使用。這些船夫和導遊大都是劍橋學生課餘兼職賺生活費，一路仔細講解岸邊的書院，希望遊客多賞錢給小費。我們穿過了無數個康橋，看了許多古建築書院，牛頓、達爾文，甚至中國的徐志摩等都曾在這裡就讀，也在這條河裡划過船。兩岸的風景宜人，青草地上偶爾見到太陽下看書的年輕姑娘，給劍橋添了三分秀麗。我想起「春風得意馬蹄疾，一日看盡長安花」（孟郊〈登科後〉）的詩句。據說徐志摩和林徽因交換情書的小雜貨鋪就在康河（或叫劍河）的盡頭。

遊河約五十分鐘，下船後，我們徒步觀賞岸邊的書院。先到了林徽因當年就讀的卡萊爾書院（Clare College），就在國王書院的兩個路口之外。我們進去走了一圈，十分恬靜的四合院。到了國王書院，特別買了門票，每人八英鎊（等於美金十一元），進入參觀校園，追尋當年在此就讀的徐志摩的足跡。湊巧院內的教堂正舉行一場大婚禮，聽到了舉世聞名的男聲唱詩班祝聖婚禮。禮畢，一對新人及親友排隊陸續走出教堂時，好像大遊行一樣地引人注目。我們駐足觀禮，想像徐志摩以前是否也在這裡聆聽歌聲？

離開教堂，走進校園，四周是深色的哥德式高聳建築物，中間是一塊四方形的大草坪。建築物與草坪間是走道，約十米寬，供行人走路。我們沿著走道尋找徐志摩石頭，說明書上未提供地點。不知不覺來到連著書院的康橋，橋上行人摩肩接踵，都在詢問石頭在哪裡。還有遊客說他們來劍橋就是為了膜拜這塊石頭。我可以想像當年的徐志摩一定無數次地穿梭過這座橋。他最後一次到劍橋，漫步於國王書院校園和來回穿梭康橋是一九二八年的七月，因為那時他與陸小曼婚姻觸礁，他回到他的精神故鄉國王書院加油打氣尋找力量。三年後，他搭乘的飛機撞山墜

圖七：劍橋徐志摩石頭（江明健／攝影）。

毀遇難。

走完康橋，轉頭一看，就在橋盡頭左方地上，匍匐著一塊大白石頭，上面雕刻著徐志摩〈再別康橋〉的名句：「輕輕的我走了，正如我輕輕的來；我揮一揮衣袖，不帶走一片雲彩。」我們如獲至寶，立刻圍著這一塊石頭照相留念。石頭的旁邊還立了一個黑牌子，用英文說明是紀念一九二一年至一九二二年在此就讀的中國大詩人徐志摩。

據說這塊石頭是在二〇〇八年七月八日落成，由一個在劍橋叫江西蒙的中國人，在北京買了漢白玉，鐫刻上詩句，千里迢迢運來了劍橋（見圖七）。那天恰是週年紀念日，來膜拜石頭的中國遊客猶如過江之鯽，像看錢塘江漲潮奇景那樣，你推我擠地都來朗誦：「悄悄的我走了，正如我悄悄的來；我揮一揮衣袖，不帶走一片雲彩。」連撐竿船上的導遊都會操著英國腔的國語背誦這首詩以取悅遊客。

這是一塊聯繫東方與劍橋的徐志摩石頭，承載著中國和英國的文化沉澱與底蘊，意義特別深遠。徐大詩人真是中國人的驕傲，也是劍橋人的驕傲。

徐志摩的新詩純真、淺白、易懂。除了眾所皆知的〈再別康橋〉之外，我還欣賞他的另一首詩〈他眼裡有你〉：

我攀登了萬仞的高岡，荊棘扎爛了我的衣裳，我向縹緲的雲天外望——上帝，我望不見你！

我向堅厚的地殼裡掏，搗毀了龍蛇們的老巢，在無底的深潭裡我叫——上帝，我聽不到你！

我在道旁見一個小孩：活潑，秀麗，襤褸的衣衫，他叫聲媽，眼裡亮著愛——上帝，他眼裡有你！

晚上回到旅館，一天的興奮和疲憊，累得我們倒頭便睡。夢見我們穿著黑袍子成了劍橋生，在書院的校園裡讀書，和徐志摩做了同學，我高興得笑醒了過來，不情願地回到現實。

巨石陣的無聲獨白

今日上班途中，忽悟浮生一世，人心有夢，可能是一縷鄉愁，是一絲心繫，是一束獨白。在追夢的旅途上，謹記初心，長途跋涉，亦得正果。

從小在畫報上看英國的巨石陣，除了覺得它們愣頭愣腦地陰森森之外，太遙遠了，不心動。彼時，我心動於義大利詩人威廉・羅塞蒂（William Michael Rossetti，一八二九－一九一九）寫〈濟慈一生〉的詩句：「浮世三千，吾愛有三。日、月與卿。日為朝，月為暮，卿為朝朝暮暮。」愛其浪漫情懷也！

時光如白駒過隙，如今我已是空巢族，可以隨時拎起皮箱就走。去夏巧逢結婚週年紀念日，先生大眼睛因為從未踏上英倫三島，故要飛去倫敦探個究竟。我先以為六天的旅行都留在倫敦看大英博物館、探白金漢宮、走花園、登倫敦塔、尋舊書店、喝下午茶、聽歌劇、瞎拚時裝百貨店。不過大眼睛很有個性，旅遊時，喜歡將當地景點一網打盡，雖是走馬看花，但鍾意咔擦咔嚓拍下很多相片，然後返家再細看回憶。倫敦近郊的巨石陣當然排在旅程計畫中。

巨石陣在倫敦城外南邊約一百二十公里的索爾茲伯里平原（Salisbury Plain），若是搭乘旅遊大巴士費時二小時多。夏天的倫敦，氣溫雖在攝氏十五度（等於華氏五十九度），但颳風下大雨，十分寒冷。我們先從旅館搭地鐵去維多利亞站，再沿路徒步過了皇家禮品店及白金漢宮才到旅行社，共約十五分鐘，雙手抱胸，全身哆嗦，瑟縮一團。等車的旅客有像我們穿夾克的，也有只穿無袖單衣的美女帥哥，無奇不有。下午一點鐘登上了旅遊大巴士，欣然終於擺脫了寒冷。一路上天晴，藍天白雲，悠閒自在，都是綠油油的小丘陵，屋舍全無。偶爾見到黃黃的油菜花田，點綴著空曠的大地，活潑了綠草藍天的身影。只要看到窗外遠遠地有幾塊大石頭倒在小丘上，所有旅客會驚呼不已，摁相機的聲音此起彼落。

兩小時後到了目的地，停車場停了很多大巴士，我們的司機千叮嚀萬叮嚀要認得這個巴士，記住兩小時後準時開車回倫敦。其實沒人聽他的，一窩蜂趕去搭小巴士到巨石陣中間站，然後再徒步二十分鐘才抵達巨石陣。此時天氣晴朗，溫度適中，大家不以為意。巨石陣真是名副其實，它的最外圈有土崗，第二層圍有一圈五十六個等距離坑溝，沿著溝邊圍了一個鐵圈，鐵圈內矗立了許多長巨石，中間由三十根巨石圍成一個半圓圈，彼此之間的頂上橫躺著一塊巨石，建成一個像祭壇般的中心所在處。半圓形的缺口正對著仲夏日出的方向。巨石陣的東北有一塊孤立的巨石，被命名為「腳跟石」，每年的夏至和冬至，日出剛好就在腳跟石的後面。每一塊巨石約五十噸重的矽石，高四點九公尺（約等於三個男人直立疊起的高度）。三個同心圓全暴露在藍天下，沒有任何遮攔。有幾隻烏鴉棲息於巨石頂上。整個面積有十一公頃，工作人員忙著給四周的草地澆水。我看見蒲公英夾在中間，「呀」了一聲驚呼道。旁邊的旅人甲說：「這裡也有啊，它們在呼喚我們嗎？」乙說：「我這裡更多，都好像在訴說故事。」而我想的是蒲公英可以清熱降火，使我們沉澱到生命的本質，透視心靈的平和潔淨。

這個巨石陣約建於西元前二五〇〇年，正是我們的新石器時代。據說是貴族們的墳場和祭祀所，也可能是最早期的天文臺。但是，也有外星人來此建造留下的古老神祕傳說。我心動，自問：這些石頭有何獨白？對我呼喚什麼？有何啟發？

面對這些巨石，旅客們自然而然地肅穆瞻仰，鴉雀無聲。也許空氣裡似有似無的凝重莊嚴，也許是墳坑裡挖出來的一百四十六具男女老少的遺骨，使得大家懷著一份對西元前人類和文明的尊敬，卻也有到了陰曹地府的錯覺。我們默默地走完一圈，又是照相，又是錄影，然後走回去搭小巴士，再趕上大巴士，兩小時好像瞬間就從指縫中溜掉了。

我回眸一瞥這個史前遺址，五點鐘的夕陽下，巨石陣兀自絕世孤立，像一個巨星仰天吐出獨白：

千載兮人間，
萬年兮天地，
汝等兮歸家，
夢縈兮魂牽。

這些巨石靜立千年，只有一個亙古的姿勢。我想起席慕容的詩：

〈**我**〉
我喜歡出發　　喜歡離開
喜歡一生中都能有新的夢想
千山萬水　　隨意行去
不管星辰指引的是什麼方向
……（中間刪略）
喜歡生命裡只有單純的盼望

只有一種安定和緩慢的成長

帶著巨石的千年獨白，傳承我的現在，奔向我的未來。

搭上回程的大巴士，旅客們十分安靜，彷彿被催眠了，沒有了來時的興奮激動。在行駛的搖晃裡，大家似乎漸漸地有了睡意，我們也不例外地打了個盹，等司機大聲叫喊：「到了！」又回到了冷颼颼的倫敦，夜幕已低垂，大眼睛帶著我連奔帶跑去中國城吃了一碗熱乎乎的叉燒湯麵，如此才恍若重回人間。

雨霧中的曼徹斯特

旅行除了體力和旅費之外，還得有接納各種新事物和擁抱新環境的心胸，遇到挑戰，具備處變不驚的勇氣。

英國的曼徹斯特有雨有霧，交織不分，透著冷落淒迷的氣氛，朦朦朧朧，若隱若現，特別具有浪漫的吸引力。據說笑匠卓別林每當覺得壓抑時，就要到這裡走一走，發思古之幽情。

二〇一九年八月底與三位女同事一起從美國去曼市出差，在曼市機場處處見到蜜蜂標識，心裡很納悶。走出門口坐計程車去旅館，上車之後，以為有計程表計價，司機卻隨口報價四十英鎊，此時已經在行駛中，又不知到達旅館路程到底有多遠，雖然心有疑慮，還是答應了下來。到了約旅館有一百公尺處，碰到道路封鎖，司機叫我們下車，自己拖行李走路過去，我們乖乖就範，並趕快要了收據存檔。走進預訂的米德蘭（Midland）旅館，即為其古色古香的法式裝潢吸引。該旅館始建於一九〇三年，歷史悠久。牆上貼了公告：從機場到旅館車費三十英鎊，反之二十六英鎊。暗忖受騙的旅客一定很多，我們也變成了被宰的羔羊之一。轉念一想，算是幫助家貧的司機吧，心中少了悻悻然。

入住房間之後，問櫃檯為何門口道路被封鎖，被告知今午二點至五點同志遊行。我們即刻駐足觀賞一會兒，感嘆：英國同性戀同志公開化、合法化，享受一切婚姻的福利，是人類文明進化史的一大步。旅館旁邊就是同志村，到處高掛彩虹旗，自由自在隨風飄颺。

旅館諮詢櫃檯給我們一張地圖，標明出正門，若右拐穿過市立中央圖書館、曼市政府，到達中國城（全英第二大，全歐第三大）。我們到「川鍋香飯館」入座，點了酸菜魚片湯、紅燒豆腐煲、魚香茄子、左宗棠雞丁，吃了一頓齒頰留香的午餐，物美價廉，真不愧是前三名的中國城。我們步行回旅館途中繞彎去電器行買了英式插頭，只要四英鎊。

若從旅館正門左拐，步行十個街口，碰到紅綠燈，右彎看西元一四二一年興建的大教堂。這是於亨利五世（Henry V，一三八六－一四四二）時候蓋的哥德式建築，供老百姓的婚喪喜慶時舉行典禮。高聳的教堂成為曼市的地標，東南西北抬頭都看得見它。我們巧碰一對新人結婚，很年輕，親朋喜氣洋洋，向他們狂撒花瓣，我們駐足沾了喜氣。左彎呢，則看西元一九八三年建立的科學工業博物館。此城市原是工業城，以棉花業、鋼鐵業、鐵路運輸為主，有多年的歷史，因此處處夾雜工業污染的黝黑與現代建築的明亮。新舊相間，在雨霧中踉蹌追趕時代，腳步蹣跚。

圖八：曼徹斯特市立中央圖書館大廳的蜜蜂雕塑（龔則韞／攝影）。

曼市有許多第一，譬如第一個英國女性梅西維爾（Lily Maxwell，一八〇二－一八七六）於一八六七年被允許投票；第一個於一九一八年全體英國女性群眾可以投票；第一個於一九六六年使用泰莫西芬（Tamoxifen）為乳癌術後治療；第一個於一九七八年試管嬰兒出生的地方等等，曼市引以為傲，含蓄內斂，又禁不住聳聳眉梢和肩膀，為自己喝彩。

旅館後門正對著會議中心，我們後來的五天就在那裡開研討大會。趕上了雨天，雨水漫生霧氣，我忘了帶傘，淋了濕答答。中心旁邊是彼得盧（Peterloo）大屠殺紀念塔，紀念一八一九年來自農村為爭取自由民主犧牲的烈士。一位金髮美女在臺階上放一束紅玫瑰，在傘下沉默良久。我趨前致意，她說：「我的太高爺爺也是其中的烈士，太高奶奶守寡養大他們的孩子……。」低沉的聲音柔軟了這個硬梆梆、霧茫茫的工業城。

開會最後一天，中午結束，下午我們結伴步行去M&S百貨店採購。看到盆裡、杯裡、T恤衫、裙角都有蜜蜂，連我買來的小酒杯上也畫了小蜜蜂。我的好奇頻頻上升。後來順道進去市立中央圖書館參觀，一進大廳就是一隻超大型蜜蜂趴在蜂房上的擺設（見圖八）。志工說：

圖九：曼徹斯特市市立中央圖書館二樓「讀書的女孩」大理石雕像（龔則韞／攝影）。

「蜜蜂是曼市的代言人，紀念死去的英雄，彰顯勤奮的市井老百姓。」我方恍然大悟。

去二樓的樓梯轉角處，立著一個大理石雕像，是一個捧書的少女，頭上綁著長辮子，穿著長裙，翹著令人遐思的腳丫。標題是「讀書的女孩」（見圖九）。她喚醒曾經年輕的我，也是如此單純熱衷讀書——跟蜜蜂一樣，忙忙採集書中之蜜，書不離手。書之蜂房內，釀出一窩窩蜜糖，有一種甜美。品嘗了之後，推出去，再推出去，遼闊復遼闊的同心圓。

甜甜的心頭，驅逐憂恐的夢魘。二〇一七年五月二十二日在此某劇場演唱會有一個恐怖襲擊，一個胸前綁滿炸藥的年輕人引爆自殺，導致二十二人死亡和一百一十九人受傷。於是原來的城市代言人——蜜蜂——被賦予另一意義：代表團結（Unity）來鼓勵民眾，緩解悲情。就在這個期間，該演唱會的主唱者亞莉安娜•格蘭德（Ariana Grande）再回劇場，免費表演，哀悼逝者，鼓舞生者，空氣裡瀰漫天人兩隔的迷茫，但曼市的人不沮喪氣餒。

回到旅館，偶然發現牆上相框裡裱著各國紙幣，共有十三張，中間的一張竟是中國人民銀行發行的人民幣一角，右下角的則是港幣一分。

這種海外相逢太意外了，也算是另樣文化交流。以後口袋裡要備好臺幣，把握做國民外交的機會。

隔天清晨六點，搭乘經旅館預訂的計程車去機場，到聯合航班櫃檯報到，通過冗長時間的安檢，走去候機室的道上，再次見到蜜蜂標識，我頷首致意，揮別雨霧，揮別曼徹斯特！

輯五

慢讀

已無塵世憂懼

一九四九年，國共的命運驚天動地，許多人生也是天崩地裂。無人知道這一去臺灣是天人永訣，無人曉得那一留上海是生離死別。那一年，家父母相繼坐輪船來到基隆，家父晚年與繼母回鄉數次；家母則太早病逝，那時家在新店市，埋骨林口，只能魂飛故里魄訪故人。齊邦媛教授與家母同庚，閱畢她的《巨流河》，我才深感家母那一代的顛沛流離與無依無靠。

二〇〇〇年在海外華文女作家的年會上，齊老師語重心長地要女作家們廣闊視野。我謹記她的耳提面命，不管是在生活上還是事業上，都跳出黑盒子來思考。如今，她的《巨流河》又囑咐我活出一個廣、深、厚的人生。書中的齊老師，其人生態度，做女兒、妻子、母親、老師、行政官等等都是一樣的基調，也是這本書陳述的一個很重要的定格。

在好幾個無眠黑夜裡，家母說他們走幾十華里去到山西，路上屢見餓孚、病患、乞丐等可憐同胞，瘧疾瘟疫四處蔓延，彷彿但丁（Dante Alighieri，一二六五－一三二一）筆下的地獄。這一切都在《巨流河》中獲得印證。齊老師的尊翁是一位救國救民的革命志士，也是一位教育家，幫助地下工作者，收容流亡者，為黨國做事，不遺餘力。家母來自一個富裕之家，其父伯兄長在南洋經商。在那個窮困時期，她家賙濟鄰里無數。一九四九年後，她家被共黨沒收變成縣辦公大樓。

家母原是富家小姐，也是一名小學老師，隻身來臺，舉目無親；與家父結婚後，相夫教子，隨身攜來的首飾全部典當殆盡貼補家用；後來因緣際會成為新店市一帶成功的代書。齊老師一直是靈魂工程師，學生是她心靈的後裔，其中不乏各行各業的翹楚。她兩次到美留學進修，留下稚子給尊堂照料，母職或進修只能擇一，肯定有所掙扎；她幸而趕上了女性主義運動的時代，給予她勇氣與力量，擁抱進修機會，堅持圓了自己的夢想。

齊老師與胡適先生有段對話（《巨流河》第三六六頁），總結說文學上最重要的是格局、情趣與深度，若能配上史詩氣魄，則大哉美矣！這讓我回到她二〇〇〇年時的演講，前後呼應。她的文學態度頗有登泰山小天下的開朗亮灑，我提起腳跟緊緊追隨。她也提起錢穆先生要求讀《國史大綱》的讀者必須具備「溫情與敬意」（前書第四三〇頁）。我特別喜歡這五個字，因為人生若也遵行這五個字，那麼大災大難，大罣小礙，都成不了跘腳石頭。書中所引〈詠樹〉詩（第四四二頁）更是令人肅然起敬，幫助她渡過無數「難過苦關頭」。而我，也把阿爾弗雷德・喬伊斯・基爾默（Alfred Joyce Kilmer，一八八六－一九一八）

〈詠樹〉（一九一三年）詩中的這兩句背了下來——為我眼前碰到的困難打氣加油：

A tree that looks at God all day,（樹木一整天仰望著上帝，）
And lifts her leafy arms to pray.（為祈禱舉起它枝繁葉茂的手臂。）

其實不管雪萊（Percy Bysshe Shelley，一七九二－一八二二）、濟慈（John Keats，一七九五－一八二一）或李白、蘇東坡，讀對了詩，都可以讓讀者從苦難中昇華，擷取無窮無盡的勇氣力量，引導心靈追求沉思真善美聖。

書中強調追求「獨立思考的寂寞」，不必依賴一大夥人去扎堆，去人云亦云。這是一個難題，俗曰：融個人的生命於大眾的生命，藉大眾的生命完善個人的生命。所以許多小團體應運而生支持各行各業，甚至延伸至個人的健康與行為。然而，也因為害怕獨立思考的寂寞，人們喪失了獨立思考的能力。唉，夜深人靜時，獨立思考的寂寞，更是刻骨銘心哪！冷暖點滴數不盡，不知有多少人萌生自殺的念頭！

第十一章的印證今生，我流淚成河：一為家母無此福氣再回故里，二為齊老師的母喪與父喪，三為齊老師車禍中的幽默。她的成功部分來自於尊堂的無私，她自述她的文學情懷和待人態度得自尊堂（第五三七頁），母女的代溝靠著愛打通。她的理想深度來自尊翁，這位愛國知識分子為東北遺憾終身（第五四四頁）。更意外的是某天飛來橫禍，打中了路邊等車的她，滿身骨折，卻不忘等候她的山友與妹妹，還叫見義勇為的小轎車主人先沿路帶上這些人後才去三總醫院。一年的療養與復健，使她經歷了死亡幽谷與復活高峰，其中的自我解嘲與苦中作樂常有畫龍點睛之妙。一九九九年她踏上回鄉之旅，重續六十年前的情誼，啊……一群又哭又笑又歌的白髮老孩子！

我蓋上《巨流河》，輕輕撫摸封面，帶著「溫情與敬意」。齊老師，您「已無塵世憂懼」，我向您致敬！

嚮往美感

人世間一切美好的人事物都令人愉悅，美山美水，美花美草，美日美月，美人美食，美音美畫，美各其美，美美相得益彰。因此當我出差或旅遊，背包裡也一定有一本與美感相關的書陪著我。有一次帶的是《尋回失落的美感》。

該書的作者是韓秀（見圖十），她善於用文字記下藝術人生的點點滴滴，中外古今的大小眷顧凝眸都在她的筆下熠熠生輝。該書收集了五十三篇散文，內容廣泛，我則特為其中數篇共鳴而傾心。

第一篇引我注意的是美食，它的重要元素是高湯（《尋回失落的美感》第五七頁，後引書同）。朱莉雅說一鍋濃濃的湯汁是做菜的基礎，我家的高湯都是外子明健用黃毛雞加入洋蔥與胡蘿蔔和西紅柿熬出來的，味鮮色美，透明不渾，很引人入勝。我舌頭上的味蕾是最佳的裁判，會打出最誠實的分數，給他的高湯A＋＋＋。

作者也寫家庭樹（第六五頁），這是一樁美事。她的朋友凱瑟琳恭恭敬敬地寫下一代人的名字，血源的來龍去脈一清二楚，一目瞭然。美國人的家庭樹的年代還沒有中國人的家譜來得悠遠綿長，但二者的意義都具有頂天立地的正直坦然。我們龔家一定有家譜，但父親沒提起過，如今他已去了天鄉，我無從問起；倒是大眼睛明健奉化老家最近才修家譜，我們的名字都進了他家的家譜，頗感興奮。

古拉・孔法（Konfár Gyula，一九三三－二〇〇八）的巨幅油畫（第九三頁），代爾夫特（Delft）的維美爾（Johannes Vermeer，一六三二－一六七五）及當地的藍白瓷（第九九頁），蒙馬特區（Montmartre）中的紅磨坊曾讓羅特列克（Henri de Toulouse-Lautrec，一八六四－一九〇一）、梵谷（Vincent Willem van Gogh，一八五三－一八九〇）、高更（Paul Gauguin，一八四八－一九〇三）、貝納（Emile Bernard，一八六八－一九四一）、希涅克（Paul Signac，一八六三－一九三五）、畢卡索（Pablo Ruiz Picasso，一八八一－一九七三）、竇加（Edgar Degas，一八三四－一九一七）（第一一四頁）等人流連忘返，但也因此記錄了下層階級之女子之肢體語言而名垂畫史。於我，藝術世界雖是魔魅、迷離、詭異與美燦、神奇、難測，卻是藝術家們安置靈魂的空地，能快樂地激發創意與想像。部分藝評家甚至將維美爾的《牛奶女僕》與達文奇的《蒙娜麗莎》相提並論。牛奶女僕到底在想什麼呢？耐人尋味哪！數年前，我們在巴黎的羅浮宮徜徉，就見到這兩幅畫。我們也在紐約大都會藝術博物館看到立體派（Cubism）畫家鼻祖的展覽，展出了布拉克（Georges Braque，一八八二－一九六三）、畢卡索、基爾斯（Juan

Gris，一八八七－一九二七）等畫家的美畫，畫中的方塊碰撞了我的軟肋。藝術可以治病，尤其是心病，我有很深的體會。

希臘的忘憂珠（第一〇四頁）凝聚著幸福吉祥快樂與希望，可以溫暖人世間遭受不幸災難痛苦失望的人們。愛看電影的我們在《我的希臘婚禮》（*My Big Fat Greek Wedding*）中努力尋找忘憂珠，但遍尋無著，莫非我漏了這樣一個美物？巧的是這次去地中海旅遊，到處攤頭都出售忘憂珠，大大小小的圓珠子，讓我愛不釋手，都想買下來，最後橫下心，深深地記在心裡就心滿意足了！

《來自天堂的眷顧》（第一二九頁；或譯作《天堂的孩子》、《小鞋子》）寫的是一部一九九九年的伊朗電影，內容是表現一對兄妹的相親相愛及與父親的互動，十分感人。在我的生活裡，恰好就有這樣的一個伊朗家庭，阿里是大眼睛明健的公司合夥人，他每年回伊朗一次，竭盡全力照顧仍住家鄉的父母和弟弟妹妹。父母來美時，則早晚恭親侍奉，無怨無尤。後來母親和妹妹均為癌症困擾，他更是頻頻寄錢與電話問候，處處流露真情。如此的至情至性正是聖者的皈依，聖者對世界的研究詮釋引領譜出人類曙光（第一四二頁），人類順應自然，自然眷顧人類，花好月圓人長壽，這是人類的終極美情！

圖十：二〇〇〇年十月二十一日龔則韞與韓秀合影（江明健／攝影）。

作者對「小說」再度討論及下定義，對楚門・卡波提（Truman G. Capote，一九二四－一九八四）的nonfiction novel（非虛構小說）的發起與托爾斯泰（Lev Nikolayevich Tolstoy，一八二八－一九一〇）的《復活》（*Воскресение*）及托氏的晚年作品有一番評論，她認為托氏在書寫的整個過程裡獲得了真正的心靈自由，因此產生新的生命（第一五三頁）。好的小說，雖是虛構的故事，但其內容若是與歷史文化時代社會的融合，讀者可以讀出無盡的心領神會。文中引用余杰的話：「寫作不是消遣，不是娛樂。寫作是對記憶的捍衛；寫作是對善惡的命名。」（第一五四頁）更是引起我的共鳴。我喜歡寫作，從來不是為了消遣或娛樂，自始至終，它帶給我善良、崇高、勇敢，是高山仰止的境界，我藉寫作來完善自己的人格，安置自己卑微的靈魂。

許多時候「真話」是戳進人心的一把利刃，它是良藥苦口，卻也免不了心碎（第一七三頁），肯再重新用膠水黏合一番，則心與心之間會更貼近。可惜能如此做的朋友很少，我以前的一位猶太人好朋友受不了真言而絕交。經此慘痛經驗，使我日後對朋友們不敢過於直爽，免得重蹈覆轍。

書中也提到喬伊斯・尤利西斯（James Joyce，一八八二－一九四一）（第一九五頁）不肯用母語寫作，來自保加利亞的漢斯（第一九九頁）是作者在紐約認識的調咖啡師，則必用母語寫詩方能達意，來自香港的王泰瑛則是用英文寫作（第一九九頁）才能得心應手，張恨水（第二〇三頁）與沈君山（第二〇七頁）包括作者及於梨華全是母語作者，心到手到，酣暢淋漓矣。

作者在新疆居住九年，她對該處有高度瞭解，她說玉素甫大叔照顧外鄉人（第二二七頁），艾邁偍老人醫治被狼夾子夾傷的狼腿（第二三五頁），都是善良得令人尊敬。我實驗室的技術員中，曾經有一位是維吾爾人，她告訴我維吾爾人的天性是擅歌長舞，無拘無束，與眾生共存，與人為善，一般不與外族通婚。由於他們的善良天性，才能孕育如此的美歌美舞。

美感，一是來自善良的人性，二是來自人類的勤奮與對夢想的追求。這樣一分美感滋潤人類的靈魂，才誕生許多流芳百世的傳世之作。人類嚮往美感，一往情深，十分愛慕，你們啊……我們啊……他們啊，都是這樣的人，海枯石爛，終身不渝！

這本書詮釋的就是這種萬古流芳的美感，必然會代代相傳，千古傳頌。

童話王國

世界上只有兩種人，明白人和糊塗人。我就是糊塗裡的糊塗……我從小就糊里糊塗掉進一個童話王國……其實我何止童心依舊？簡直就是誤打誤撞上過刀山下過火海之後，居然好好地活到了今天。根本祕訣就在於從小生活在童話之中，遇到的九劫八十一難在《西遊記》裡都看過的。我媽早就告訴我：遇到劫難的時候，你要學會靈魂出竅，跳出來看自己的傻樣，你就不難受了。所以，我的童話底子伴我度過多少長夜漫漫……。自己以為就算不是魯賓遜至少也是禮拜五，瀟灑塵世，散漫人間……，所以至今還這樣也就照樣繼續活著，照樣繼續從糊里糊塗裡邊透出來一點明白……（見張郎郎《大雅寶舊事》第七五—七七頁）

先前，就聽說「朗朗書房」的主人張郎郎先生說書，在美國這塊土地上說什麼呢？說北京胡同。我很好奇，上海人叫「弄堂」，臺灣人叫「巷弄」，這樣的胡同會有什麼驚天動地的故事？所以去聽了。張郎郎在說說笑笑間，我聽到了沈從文先生和黃永玉先生的事蹟。那時正讀吳健雄傳記的我，記得書中提到吳教授的中學好同學張兆和女士嫁給了沈從文（江才健《物理科學第一夫人吳健雄》第三五頁），我興致勃勃地聽下去。這一回提到了林徽因設計共產黨國徽的事兒，這對我也很新鮮，林徽因傳記裡倒沒多提此事。看來，這北京胡同裡還真發生不少事兒，說書的會越說越精彩！

不過，沒多久，張郎郎生病了，一病就是好幾個月，不能繼續說書。韓秀勸郎郎寫下來，她說得好，說書說完了就像一陣風或煙，看見了，感覺到了，然後就過去了。留下的是摸不著邊際的模糊，說書不如寫書，留下一個紀錄。郎郎很聽話地定下一個寫作進度表。他天天寫一些，寫著寫著，五個月過去了，十萬字的稿子也完成了。他的病也寫好了。再過幾個月，他的《大雅寶舊事》也由臺北的「未來書城」出版，就在二〇〇三年九月六日，終於看到了這本書。

這位「北美華文作家協會華府分會」前會長張郎郎先生當日在每本購書的扉頁上親筆簽名，我也當然不例外地「搶購」一本，排在長長隊伍裡等著作者簽名，他帶來的書全被搶購一空。

郎郎說，他最先也想好好設計一下教育意識與風格，但是那真不好寫，寫起來也怪，後來乾脆讓筆帶著他的手走。寫到後來就像進入氣功狀態，心到手，水到渠成，沒有困難。從他出生開始寫，寫爸爸、媽媽、哥哥、姊姊、弟弟，還有他的一大群胡同裡的大小朋友，還有各家發生的大小事情。除了寫大雅寶胡同，偶爾，他也會跑去乾麵胡同、史家胡同。還有毛澤東、周恩來、徐悲鴻、林語堂、李可染、李苦禪、黃永玉、老舍、吳作人、蕭軍、朱丹、林徽因、梁思成、郭沫若、張恨水……，連畢卡索都出現在該書裡了。

這十萬字寫成的書記錄的是許許多多人的心路歷程，是透過一個小男孩的瞳孔拍出來的攝影展。活生生的，酸甜苦辣、名利是非、酒色財氣，一一拉開，鋪在讀者的眼前。

近日北京在改建，在進步，舊日的胡同會變大，也會變小，也可能會從此消失無蹤，郎郎趕緊記下一些，放在歷史的長河裡。舊事很多，他這個老北京呼籲所有的北京人都來寫，都來記錄老北京，讓北京能像溫柔的珍珠永遠安慰北京人的心靈。

我是從臺灣來美國的南方人，在沒踏上神州大陸徜徉錦繡山河前，只在書本裡讀過北京，夢想北京，只在周遭的北京朋友的談話裡跟北京接軌。北京人說話喜歡在話尾加「唄」字（譬如《大雅寶舊事》第七六頁），很有趣，我也喜歡聽；北京人說話更喜歡時不時加「兒」字（譬如前引書第一六八－一六九頁），我想學都學不來，學了都讓北京朋友笑彎了腰。

曾經讀過臺灣名作家小民女士的《故園舊夢》，講的全是北京的點點滴滴，溫馨又窩心，那是一個我很熟悉的主旋律。郎郎的書就像他說書一樣，個個字都含著笑，等我回到家一想，鼻子不僅一酸，淚也就上來了。環顧現在周遭的北京朋友，有的父親是右派，有的是自己下鄉插隊，有的是解放軍子弟，有的是高幹兒女或親戚，有的是中美混血兒，……中國的日子，像一匹五顏六色的粗棉布，……是說不清的「苦」還是「樂」，……是理不完的「悲」還是「憤」，……這是二胡拉出來的〈生與死〉，不是在臺灣長大的孩子們所熟悉理解的。

郎郎的童話王國裡的主人翁，下場不一。但是，郎郎因為有一位有智慧、有愛心的媽媽，他的世界是童話世界，對於自己聽到的聲音主觀自信，不知道自己是糊里糊塗。他以處理出土文物般地寫給我們看，沒有沉重，沒有火氣，沒有負擔，我這個讀者也就能不動聲色地一口氣讀完《大雅寶舊事》。事後，一不留神，心中升起了悲哀，久久不去，使得我想更親近北京朋友們，也想更體貼他們。

「北京胡同」像不像「臺灣巷弄」？我想，我們親自去看一看北京胡同，走一走北京胡同，體會一下《大雅寶舊事》透出來的一點明白……

話茶談心

每天清晨，我起床盥洗後，先來到廚房，泡一杯熱伯爵茶五分鐘，然後加入兩湯匙冰豆漿，就成了溫度適中可以喝得入口的茶，配一片塗著黑芝麻醬的吐司，恰像白水黑山，相得益彰。我虔誠對待這一份寧靜，就像靜坐冥想的信仰，為一天的繁忙工作儲精養銳，蓄勢待發。

談到喝茶，由來已久，從小見家父母喝鐵觀音，他們不讓孩童喝，怕我們太亢奮。但是，到了同學家，招待我們的是香片，才知道茶葉有不同的品牌，讓我對於茶葉開始萌生諸多好奇：首先是茶色，鐵觀音的丹楓色和香片的碧綠色大異其趣；然後是茶香，鐵觀音聞起來味濃，而香片的是淡淡的茉莉花香。

家父母一直就用自來水燒沸水泡茶，倒進玻璃杯裡，然後慢慢喝。直到讀了《紅樓夢》中的妙玉招待寶玉、黛玉、寶釵在攏翠庵裡喝茶，泡茶的水是五年前妙玉住在玄墓蟠香寺時，收藏了梅花上的積雪，存在缸裡，埋在土中保存不變質。她還用珍奇古玩的茶皿裝茶湯，使得聰慧伶俐的黛玉都不敢多問與久留。我大開眼界，沒想到世上還有人如此講究或矯情地喝茶。

二〇一五年九月一日晚上，波城讀書會正讀解致璋的《清香流動品茶的遊戲》（遠流出版，二〇〇九年），方知泡茶還有壺承、蓋置、茶杯、茶托、蓋杯、茶盅、茶則（取茶葉的匙）、潔方、水方（放茶渣及洗杯水的小器皿）、樹籃等等陳設。另旁最好擺一些花葉瓶插，以增加泡茶情趣。茶品分四等：品香、清、甘、活。綠茶是不發酵茶，紅茶則是發酵茶，二者都會帶給喝茶者無窮甘味。烏龍茶是半發酵茶，葉子捲得厲害，泡出來的茶湯特別怡人。

茶滋味是混合的，有苦味（咖啡鹼）、澀味（茶多酚）、鮮爽味（茶胺酸）、甜味（碳水化合物）、酸味（多種有機酸），就像人生，五味雜陳，卻又是耐人尋味！

圖十一：映梅帶來桌巾、茶花枝葉、成套的茶壺、茶杯、茶則、竹籃、竹桌（龔則韞／攝影）。

開讀書會的那天晚上，會長怡芳特別請來愛茶的映梅為大家示範泡茶。映梅帶來桌巾、茶花枝葉、成套的茶壺、茶杯、茶則、竹籃、竹桌（見圖十一）。還有多位書友帶來茶具與茶葉分享，真是目不暇接。映梅先布置桌子，等安置就緒之後，她告訴我們，泡茶的標準是三公克茶葉加一百五十毫升沸水，泡五分鐘即可。她先後泡了清茶、東方美人、崑崙白雪菊，請大家傳閱品茗。還有，每一次茶葉可以泡三泡，上等茶葉可以多泡幾次。空氣裡茶香瀰漫，好氛圍，好欣喜。

映梅說：「春天喝龍井綠茶，夏天喝烏龍茶，秋天喝東方美人茶，冬天喝普洱茶。喝茶配堅果最合適！」

映梅還說：「茶農有茶葉比賽。」我問她：「比賽的標準是什麼？」她不慌不忙地回答：「評分時，茶葉形狀三五％，茶香一〇％，滋味二〇％，泡開後的葉子三五％。」聽起來要拔得頭籌並不容易啊！

解致璋書中說一天中上午十點至下午二點採的茶葉最好，因為水分少。

擔心晚上失眠而不敢喝茶的人可以欣賞茶湯。茶湯的特質是細緻豐富多變的，一杯香氣四溢的茶，打開了我們的心扉，看湯色，聞香氣，想像滋味，細細品賞，韻味萌生，會讓我們回復柔軟與敏銳，自在平靜，不但瞭解自己，也瞭解他人，因此彼此產生真正的尊重與體貼。中國人是愛茶的民族，終身都淬鍊這一分尊重與體貼。

那天晚上，與妍美和淑鳶並肩走出讀書會，我內心溫潤如玉，靜如處子。朗朗高空掛著明月，月光像白紗籠罩我們的肩頭，緩緩走向停車場的我，懷裡抱著一鳳餽贈的一小鐵罐伯爵茶葉，那是我的最愛。腦海裡浮現家父母喝茶的影子，還有安弟在臺灣大學邊請我喝玫瑰花茶時的姊弟情。像一片綠葉，徜徉在大海上，輕鬆自由幸福！

我與茶，感覺像是「死生契闊，與子成說。執子之手，與子偕老」的生死相隨。

如今歷經五湖四海，除了隨身攜帶的中國茶葉，已喝過不少外國茶葉，波斯茶、阿拉伯茶、英國茶、日本茶，風味各異，令人難忘。淺嘗慢品之間，逐漸體會：茶，海納百川，到了今天，已是一個世界文化，正給世界文明畫濃重的一筆。

辣火醬的歲月

讀大學時，住在學校宿舍裡，食堂裡的飯菜花樣有限。好友嘉婉每次去看她的伯父，回來之後，會送我一瓶好吃的辣火醬，那是江浙人慣吃的酌醬，裡面有豬肉、豆腐乾、筍、冬菇、花生、玉米、萵苣、青瓜，全是切成小丁，用甜麵醬炒成的，然後裝進玻璃瓶裡保存。早餐時，夾著吐司吃。媽媽從沒做過這道菜，所以對我而言是陌生的，因此剛開始時帶給我很大的驚訝，吃了幾瓶之後，逐漸喜歡上了它。可能是友誼的加味，也可能學生時代的胃口奇佳，什麼都好吃，願意嘗試新菜餚。

結婚之後，浙江奉化籍的婆婆常做辣火醬，這是她的家鄉菜，她的孩子自幼食之，恰好我也吃了多年，自然完全接納，而且發現可以用它來拌麵條吃，特別方便。一家老小，逢生日時，用之製作壽麵。麵吃畢，接著吃蛋糕，贈予禮物，真是其樂融融，和和美美，舌尖十分滿足。

十多年前，婆婆回天家，先生大眼睛還是不放棄辣火醬——可能是懷念母親，也可能是童年的滋味。於是做這道菜的火炬傳到我手裡，食材容易買全，切洗也不難，問題是：能否做出婆婆的味道？做了這麼多年，仍然抓不準味道，不是太鹹就是太淡，就是不知道要放多少甜麵醬才對。我平常教課之餘，常在實驗室裡跟技術員與博士後生共同做實驗，一切步驟必須精準。到了廚房，好像就不是這樣操作了，都是大概就可以了，全憑經驗——婆婆說的。

在席慕蓉的散文集《寧靜的巨大》中有一段描述：「每個生命，都必須激烈地以悲或喜的方式，來釋放自身那豐沛的過剩的能量。」我在廚房裡煮菜時，翻炒烤煎，就是這種感覺，不管家人愛吃否，帶給我的是悲傷或喜悅否，都是一種生命能量的釋放，我這個廚師火炬手，就是必須讓火炬的熊熊火焰繼續下去，直到有人接棒為止。

席慕蓉還在那本書裡說：「……當我們行走時，身前身後，有許多細微的，眼不能見的波動和變化也如影隨形，宛如彩翼，宛如織錦的披風。」哇，那麼當我在廚房裡忙碌時，周圍的空氣也掄轉出彩翼與披風。終於理解為什麼熱鍋、熱飯、熱鬧廚房的景象傳達了窩心的波長，併發出一個家的頻率，衍生出的能量使大家下班就有迫不及待要回家的衝動，我就是如此。

每一個生命就是一個浩瀚深邃的宇宙，有瞭解與被瞭解的渴望，是生命本身最基本的呼喚。人類藉著飲食維持生命，而在這個過程中，有了生命與生命的對話。我對辣火醬中的花生說：「你脆不脆，不脆，我脆，比你脆香。」花生給了我一個白眼，好像說：「哈，妳好得意。」

生命需要傾訴，但在酷寒的冬月，最好不要傾訴，若一定要傾訴，最好的對象是白雪，白雪是壞蟲的剋星。於是我用辣火醬拌乾麵，坐在暖氣房裡，告訴被摒在窗外的酷寒白雪說：「雖然我喜歡你，可以凍死壞蟲，但你若先冷死我，我就做不了榮耀你的載體器皿。」透著自衛的語氣。

我挑著長長的花生吃，它又叫「長生果」，也是許多菜餚諸如苔條花生或小魚花生的材料之一，又脆又香，跟辣火醬一樣開胃，食之……愛之……念之……。於是我得了一個小總結，歲月有長生果這樣的新鮮元素加入，那麼歲月也就變得脆香脆香的，給酸甜苦辣五味雜陳的生活注入活潑，激勵生命，觸動生命，帶動積極的洪流，浩浩蕩蕩，推著你向前走。辣火醬般的歲月滋味，不容否認地，絕對是飽滿澎湃的！

鏟雪想起了巴克

二〇〇九年十二月中旬美國面臨一場大雪暴，從美中橫掃美東，預估三分之二的美國將受其害。本地天氣預報十二月十八日星期五晚上九點將開始下大雪，直到星期天清晨才會停止。果不其然，九點時開始大雪紛飛，正在「諾曼地飯館」參加聖誕晚宴的我們父母子三人不敢耽擱，攙著才剛出院不久的大眼睛，匆匆向主人謝別，急速冒雪上車。一路上，我為那些流浪者憂心忡忡，隆冬嚴寒，又是如此雪片鋪天蓋地，該怎麼辦？抵家後，打開溫暖的壁燈才鬆了一口氣，真是感謝天主，暗自決定在主日彌撒時多給捐獻，好讓教堂幫助遊民。一己之力，雖是綿薄，眾人之力，則必然可有一番作為矣。

此次大雪搓紗捻線白茫茫地下了一天兩夜，地上積雪二十七英寸，一切活動節目宣布取消，機關學校關閉。突然得此清閒，好不欣喜，揭開窗簾，天光與雪色一體渾成，絢眼迷茫。眺望遠山近水全覆蓋著皚皚白雪，枯枝套上白袖，屋頂頂著白帽，冷洌的空氣裡也透著白晳清新，一片純淨天地就像聖誕卡上的畫。老子說：「五色令人目盲，五音使人耳聾。」我心想這雪下得好極了，去了五色與五音，凍死害蟲、病菌，連流感Ｈ１Ｎ１也難倖免，有助減緩Ｈ１Ｎ１型流感的擴散，對咱們應該是好處多過壞處，是一場瑞雪啊！遠方隱隱傳來孩子的嬉戲喧鬧聲，想必是在滑坡上玩雪橇飛上飛下樂瘋了。

我與兒子望著車道上的沉厚積雪，一腳探下，埋到膝蓋。我們轉身進屋穿靴戴帽和手套，拿著鏟子，開始一鏟一鏟地鏟雪。車道約六十公尺長，雪又濕重，反覆地鏟，進度遲緩。兒子一邊鏟一邊喊累，我則告訴他，讓我們分三個短程來做，以道旁掛滿花苞的梅樹做地標。每到一個地標休息三十分鐘再繼續。母子還比賽誰先到設定的地標，誰就可以多休息五分鐘。兒子畢竟力氣大，鏟得快，迅速地鏟好他的部分，回過頭來幫助我這邊，以便我也能早得休息。前前後後鏟了近三小時方大功告成，兩張臉給寒風凍得紅咚咚的。我們倆渾身是汗地進屋裡，異口同聲認同鏟雪是一個很好的健身運動，相互擊掌恭喜雙方合作愉快，完成任務，並達成協議下次願意再繼續合作關係。

兒子嚷著去洗澡，我則回到車道上，獨自凝望白皚皚的天地，彷彿飛到北極圈，寧靜中有隱隱約約的萌動，那是大自然的脈搏。想起傑克・倫敦（Jack London，一八七六－一九一六）的《野性的呼喚》（*The Call of the Wild*），書中的主角是名叫「巴克」的狗，巴克的第一位主人是位法官，四歲前養尊處優，生就一身驕傲美好形象，後來不幸被法官的賭博輸了錢的園丁悄悄賣給動物販賺錢。巴克歷經幾次轉手，最終賣給了郵局，隨後被送到阿拉斯加去拉運郵件的雪橇。在那個冰天雪地的原始荒原中，狗隊屢受郵差們的鞭打與過多的勞動，許多狗同伴紛紛倒地命歸黃泉，巴克憑著牠的生命韌力與潛力，頑強地活下來。但最後巴克還是傷痕累累地瀕臨死亡邊緣，幸虧被有公義心的淘金客約翰·桑藤買下收留，過上了較好的日子。逐漸傷癒的巴克再度擁有健美的皮毛，但牠的心一直迴盪著原始的天籟，Nature呼喚牠去加入荒野的狼群。巴克開始在外與狼兒遊蕩，逗留數日後又一定回到桑藤家，那是牠心中的一大牽掛，但不幸還是不能避免。有一日逗留在外的巴克心感不祥，趕回家中發現桑藤不幸被搶身亡，屋內一片狼藉，積攢的黃金也不見蹤影。從此巴克卸下牽掛，進入森林，和狼群為伍，完全融入天籟的共鳴。

舍下車道的緊鄰就是一大片密密的樹林，我好像看見巴克的身影穿梭於其間，留在雪地的爪痕。

進屋內轉進廚房，從櫃子裡取出砂鍋，放進一塊雞胸肉，再放野生赤靈芝，天方與地圓各三片，加三杯水，以中火煮沸二十分鐘。我守著砂鍋與爐火，就怕煮焦糊了。二十分鐘捻指一彈即過，一鍋清水變成透明咖啡色，倒進白瓷碗，見底知底。上面的一縷白色輕煙，對照屋外的冰天雪地，煞是溫暖。我端去臥房給大眼睛喝，並告訴他雪已鏟完。大眼睛說：「能鏟雪的人好幸福！」我安慰他：「也許下次下雪時，你也可以鏟雪了。你現在就安心靜養吧！」

被桑藤買下的巴克，因為營養不良，皮毛脫落，又被郵差打得皮開肉綻。巴克在桑藤家裡經過靜養多月，吃住安定，逐漸恢復了牠原先豐滿的皮毛。

兒子洗完澡，香噴噴地找了來，聯袂出去再看一眼我們的成績。我趁機跟他說：「人生裡有長程目標與短程目標，完成多個短程目標就可以累積完成長程目標。所以許多事情表面上看起來似乎很難或不可能，但拆開來按部就班地分段做，而後再合起來，不就做成了嗎？今次鏟雪就是一個印證，你說是不是？」兒子點點頭：「媽咪，我知道了。」

巴克拉郵件雪橇時也是用這樣的方法。

次晨起床，腰酸背疼，兩手臂又沉又重。我沒有懊惱，因為這些是努力的記號，幸福的代價，有用之人的象徵，神聖莊嚴得很。兒子倒是沒有任何肌肉痠痛。我們又出去檢視車道，看見上面附著一層薄冰，踏上去滑溜溜的像溜冰場，若是滑倒準會跌出人命來。我們又拿出鏟子鏟除黑冰。我趁機又跟小可愛說：「生活裡有時候也會有黑冰，遇到這種時候，必須耐心地剔除或繞道而行，絕不能硬碰硬，以免其禍害。」

羸弱不堪的巴克就是嗅到前面的河面積冰不夠厚的危機，裹足不前，被郵差打得遍體鱗傷，死去活來，巴克卻不妥協，一旁的桑藤買下了這隻倔狗。當車隊繼續前進踏上河面，河面哐啷裂開，整個車隊落水淹斃。岸上的巴克被嚇得後退了好遠。

剔冰的喀嚓聲，伴著我的說話聲，迴盪在寧靜的時空裡，隨著巴克的腳痕，漸行漸遠。孔子曰：「如履薄冰；如臨深淵。」工作態度亦如斯也！然而，生活態度卻要瀟灑才能拿得起放得下，與狼為伍的巴克終於與天地合奏生命的旋律，奏出圓滿安詳的吟唱。這場大雪暴，來時悄無聲息，去時也是了無痕，如此的Nature，啊……亦透圓滿安詳……

黃河說話了

——記楊先讓教授的中國民間藝術

「老祖宗的藝術是屬於大家，屬於國際，屬於人類的，看見這樣的寶貝在不斷地流失，真是心疼……」楊教授沉痛地說著，下面的聽眾都為之動容，心砰砰地跳，也跟著焦急起來。

二〇〇四年一月二十四日，《黃河十四走》（楊先讓與楊陽著，作家出版社，二〇〇三年五月）的作者楊先讓教授來到美國首都華盛頓特區，告訴「北美華文作家協會華府分會」的會員文友嘉賓們中國民間藝術的豐富多彩及背後涵蓋的意義與重要性。當年楊教授申請到喬治・索羅斯（George Soros）基金會的研究基金，十四次離開舒適的校園去探訪黃河邊的青海、甘肅、寧夏、陝西、山西、河南、河北、山東等八個省，做田野采風的收集，希望中國民間藝術能得到大家的重視。

黃河是中國文化的搖籃，當地共有漢、滿、蒙、回、藏等多個族裔，形成的藝術，既古老又原始又相互間交集，老百姓做的東西都是既質樸又虔誠地表達內心善良的願望，願望達成後又滿心歡喜地還願，在色彩斑斕之間忘記自己生活的貧困窮迫，甚至無意間在圖騰文化、彩陶藝術造型、捏麵人、泥娃娃中，以魚、花、草、樹木、青蛙、蛇、蜥蜴等去祈求多子多孫，去追求幸福。古老的黃河及兩岸孕育的生息展示先民對宇宙的解釋與對生生不息的承傳。逢年過節，老百姓祭祖祭天；辦理人生三大事——生、婚、死，全村百姓共同吹打拉唱、吃喝玩樂，我們看到的是「生於憂患，死於安樂」的樂天知命人生觀。

這位先後曾任北京中央美術學院連環畫及民間藝術系主任的楊教授帶來一九八九年六月製作的錄影帶，放映《大河行》（*Folk Art along Yellow River*）給大家看，直接感受黃河流域的中國民間藝術。裡面有泥娃娃、捏麵、剪紙、刺繡、求雨舞蹈、面具、皮影戲、民瓷繪畫、木板畫、石雕等。這些東西都是非營利、非審美但有實用價值的日用品，濃濃地表達著對親人朋友的祝福與愛情。

泥娃娃與捏麵藝術呈現的是立體造型，用泥巴或麵團捏剪掐出各種動物，唯妙唯肖，再用彩筆塗上顏色。這是小孩最喜歡的玩具。

剪紙藝術是一種平面藝術，少女、媳婦、老太太們用她們的巧手將戲曲中的故事人物用彩紙剪成紙人，將生活中的多子多孫的象徵剪成紙花，貼在牆上、窗上、桌上、椅上。

刺繡藝術也是無所不在，在虎頭鞋帽、被枕、衣服上都有刺繡，反映多子多孫、避邪驅災、平安健康的追求。

求雨儀式中的鑼鼓喧天與腳步蹬踏，只有老漢或老農還會做，人死藝絕的可能性令人憂心忡忡。

面具的顏色鮮豔多變，五彩斑斕；石獅子一類的石雕最投中國人民的喜好，全國各處都有；皮影戲仍然吸引民眾，木板畫藝術的門神、灶馬、紙牌等用來鎮邪避邪；民瓷繪畫之不同於官窯成品，另具樸實無華的風格。小農經濟的存在衍生了此般最基層文化，有粗獷，有秀麗，有陽剛，有陰柔。需要知識文化來理解她的古樸風格，否則會因為表面上的迷信意識而忽略她的知識性與藝術性及感性的底蘊。

現已退休而旅居德州休士頓的楊教授說，做田野采風是很辛苦的事，《黃河十四走》充滿各種情緒，有希望，也有失望，錯綜複雜。然而，走完十四趟黃河行，心眼乍亮，他突然瞭解了官民、貧富、上下的關係。中國是一個農業國，農民經濟產生婦女文化，她代表陰柔文化，浪漫的、樂觀的、非功利的許願和追逐夢想，只求多子多孫的幸福。因為這樣的民俗民藝發出人與人之間的凝聚力，使得身居四大古文明的中國文化至今沒有斷層。

楊教授當年完全受到來自民間藝術的民族文化精神和文化傳統的感召與呼喚，他丟下他的版畫與油畫專業，毅然投入中國民間藝術的調查與保存，從一九八六年春節至一九八九年九月間，率領考察隊十四次出入黃河流域考察民間藝術，累積了近千張圖片與二十餘萬字的文字紀錄，凝聚成《黃河十四走》這本厚厚的大部頭書，書中有故事、紀實、評論、心得、照片特寫、腳程路線圖，構成了一部最寫實的農耕生活的社會紀錄，透過民間藝術的形式，勾勒出農耕精神面貌的方方面面，發出震撼人心的黃河聲與黃河話！

「國家在變化，社會在變化，經濟在變化，當一切急速轉型變成現代化時，民間藝術的迷失與死亡變成是必然趨勢！怎麼辦？」楊教授憂心問道。這是我們要思考的問題。在外來文化的衝擊下，今日黃河兩岸的少女與媳婦搶著進入現代職場，男人穿起西服，女人也摩登了起來，還在剪紙繡花的是老太太們，還穿著質樸的傳統衣服的也是老太太們。

誠然，今日現代化的前面是光明大道，但後面老祖宗的資產就快消失無蹤了。翻開歷史，民間藝術從無記載，民俗民藝的命運猶如風火中的殘燭，搖搖欲墜，我們該怎麼點亮她？我們該怎麼保存她？值得我們深思！《黃河十四走》的記載撰述就是其中的第一步來記下黃河的話。

玫瑰花雨

臺北新莊的輔仁大學理學院女生宿舍有一個聖堂，每天清晨六點四十分有一臺彌撒，重大節日時也在該堂舉行大彌撒。當時我住在這個宿舍裡，早上會去望彌撒，復活節與聖誕夜也會去，晚上熄燈後更愛摸黑進堂獨坐祈禱，特別喜歡那份寧靜、安詳、孤獨。有一晚，還清楚聽到上主跟我說：「孩子，我愛妳！」

在跟輔仁大學神學院的陳宗舜神父（Father Elis Cerelo，西班牙裔）聽道理兩年後，決定於聖誕夜就在這個聖堂裡領洗，由梵諦岡駐中華民國大使神長為我們施洗。那年正值雙十年華，非常美麗的少女年齡，穿著雪白的長禮服，頭上披著縷空白紗巾，第一次看見聖體、聖血的臨在，從神父手中領了聖體、聖血。爸爸媽媽還特別從高雄北上來參加這個典禮。陳神父還跟我說，受洗中的我頭臉都發光，小小的身軀變成一團光。我聽後，特別感動這洗禮的轉化。從此以後，在獨處的書房裡或客廳中偶爾會聞到濃烈的芳香，神父說，那是聖者降臨的記號。

巧的是恩師張秀亞老師也是在輔仁大學女生宿舍聖堂領洗，不過那是北平的老輔仁，時間是一九四二年五月十三日。那時她的追求是天主的存在，她說：

耶穌的聖體是單一也是萬有，是萬有也是單一。我便在其中生活著，直到永遠。

她像春天的燕子，把快樂的消息散布在人間。她初次領聖體時，耶穌使她的心靈像神櫃般神聖，摸到耶穌伸過來的橄欖枝，晤面相親，同氣連枝，連到她的心底，成為永恆的生命。

恩師在聽道理的時候，就出版了《皈依》，男女主角是青梅竹馬，後來因為各自的生活經歷，促成各自分別成為神父和修女，守著貞節、貧窮、服從。老師說：

在公教的精神裡，我發現了真善美，以及堅定的信德，不萎的望德和溫暖的愛德。那是我靈魂渴望已久的神糧。當我在聖堂中祈禱時，望著搖搖的燭光裊裊上升的馨香，如依慈母，如返故鄉，心靈激動，每每流下甜蜜的眼淚。而自聖堂走出時，耳邊猶繚繞著聖詩的聲音，新露在陽光中的微笑，又感到使我沉酣的甘美。內心感到充實，生命如獲新生。感謝那啟發我靈魂的偉大的，我願永獻心靈之花於天上。

《皈依》之後，老師出版了《幸福的源泉》，主題是耶穌的寶血是幸福的源泉。文中表兄與表妹的同學戀愛了，這位同學本來不信上主，後來因緣際會領悟了基督的愛和永生，並與表兄喜結連理；愛慕表兄的表妹痛不欲生，最終受到上主的感召，求聖母給她常愛耶穌基督。他們三人「都得到了幸福，內心的平靜或和悅的甜美」。

恩師的婚姻並不完滿，她含淚地看著自己生命裡的苦難，煎熬著一顆柔弱的心和兩個無辜可愛的小生命。但是，她的心慈善，把離家的先生看作離開羊圈的羊，迷失在人群裡了。她給予他「愛的寬恕」，一輩子隨時接納他回家。因為上主要她化傷心為力量，繼續以她心靈的華筆發揚上主的信望愛，流淌出許許多多彩虹般的睿語。她藉著翻譯《聖勃娜黛之歌》、《聖女之歌》、《上帝的蘆笛》等，透過默想，治癒昇華她內心的傷痛。她說：

……掀開書頁，我們好似看到一片朦朧的微光，心頭充滿了喜樂與希冀。在試譯這本書的時候，我時而似乎聽到一陣婉轉的笛韻，時而似乎聞到了一股飄忽的芳馨。時而似乎看到淡藍的天宇，煙盡雲收，彩虹斜掛，而沉醉在那高度的精神之美裡。

我特別推崇老師翻譯的《聖女小德蘭自傳》，聖女的聖潔敏思，躍然於紙上，就像一朵在微風中輕盈搖手的小花，有著雪白純真的微笑，毫無瑕疵，如詩如畫，令我們愛不釋手，更藉此洞悟人世宇宙的真理，上主的大能大德，祂會抹乾我們悲傷的眼淚、酸澀的苦楚、痛不欲生的困枯，給我們活下去的力量。

老師帶著春天優雅的筆觸重新出現在她的散文和詩文裡，做上主的天使，灑落玫瑰花雨，滋潤讀者的心，散發上主的正義與慈愛！使傷痛的讀者獲得上主的撫愛安慰。老師說：

當快樂、悲哀的感情波浪翻騰時，我什麼也不寫，須待它們平靜，在心靈的「河床」上留下痕跡，我再靜坐在「河邊」，喚回當時的感情，寫出我的心語。我寫作，是基於愛——對世界，我懷有溫愛；對人，我有一份愛心；對文學，我更有不可遏止的愛好。愛，如同一陣和風，撩撥著我內心的弦索，發出了聲響……這心靈的微語就是我的文藝創作。

無庸置疑，她的文藝使命是上主的眼神，目之所繫，心之所盼，是上主給我們的腳前的光，地上的鹽。

帶著這個光和鹽，老師寫出許多默觀美文，出版了二十四本散文集和七本詩集。每一篇文章都是上主的叮嚀：「以一隻美麗的白鴿，銜著橄欖葉自藍空飛來，羽翼上繫著響鈴，在世界上的每一個角落傳達福樂的消息。」祂的聖言在心田悠揚，在眼前悠揚，在腦海悠揚，在天邊悠揚！

老師的作品創作風格新穎清麗，意境深遠，都有一個基調，那就是文藝氣氛（即文藝觀）、克制的愛情（即愛情觀）、忠實於自己的認知（即寫作觀）。她說：「從細微的人間事物出發，表現一種深邃的哲學觀念，而使讀者建立起健康的人生觀，對世界，對生命，都有一種美的解釋。」她在給王怡之（我的國文老師，又名王志忱，是畫家、作家王藍的大姊）老師的信裡說：「……美與愛是我一生所追求的，所歌頌的……。」這樣的追求恰好就是我最尊敬的校長于斌樞機（也是在同一個聖堂，我從他的手中領了堅振）所認定的好的也是健康的文學。我徜徉於這份美好健康。多少個月明星稀的夜晚，蜷伏在沙發裡，仔細讀著老師的作品，那清亮的、典雅的、撫慰的、激勵的、美妙的文字，像一陣玫瑰花雨，掃除心中的憂鬱不安焦急恐懼畏縮不自信，帶我從幽谷裡走到陽光下，聽悠揚的天使歌聲，看茵茵草坪，看野地的花，看空中的飛鳥，給我一片光明和希望。

老師的一篇散文〈草〉，文中說：

在大地上，在陽光下，它是最懂得「謙德」的生物了，不像樹般的昂揚，花般的炫弄，它向我們解釋的是一種清寂的美。……多少人在小草的影子裡看到自己，樸素、無華、謙遜、忍耐。一陣風雨過去後，多少樹木摧折了，多少花朵搖落了，唯有默默無言的小草，變得更為美麗了，那麼綠，綠得有點使人想笑，使人發愁。我的書桌上的盆缽裡，就種著青草，它裝飾了我的案頭，也裝飾了我的心靈，那一株鮮碧使我聯想到大海，使我聯想到草原……

她傳遞一個樸素、無華、謙遜、忍耐的信息，只有這樣，我們做人做事才能較少阻力，上主的奧妙再一次由老師的筆端流出彰顯。懷抱著「勝者不驕，敗者不餒」的心態，老老實實地做一棵本分的小草。

老師的另一篇散文〈黃昏〉，文中說：

每一個日子，皆有如生命的縮影，清晨，我們喜悅的開始，黃昏，光榮的結束。迎著向晚的天空，在敞開的窗子前，我靜靜的佇立，時光的河流裡，似有晚雲輕緩的擣衣聲。太陽，這驅逐了一天的獵人，將滿袋的金箭拋入海中，似也準備和大地作別了。……夜來了，幽悄如一直未唱出的歌，我想，我心中的那支歌明天也許會唱得比較好一些。

她傳遞了另一個信息，假如你今天做得不滿意，你明天還有機會做得比較好。不放棄、不氣餒是信仰的三種美德中的望德。

二〇〇五年二月十八日當我躺在病房裡手術前，不斷唸玫瑰經，消除心中的畏懼，眼前突然金光燦爛，基督、聖母面對著我站在一個小臺階上，父親母親背對著我，站在臺階下，他們都是身著白長袍。父親仰著頭正對著基督說話，基督、聖母、母親都專注地注視著父親。那時母親早已去天國十六年，父親仍然健在，住在加州聖荷西。看見這個情景，一股暖流注入我的心裡，不再害怕，這四位生命裡最重要的長者陪著我呢！病癒後，審視以前的生活心態，做了一個大轉彎，現在我真地努力活出生命的真諦！

恩師有一首小詩《叮嚀》：

也請在你的心上
複印出迎春枝頭的顏色
留下一個永恆的花季

對著窗外黑幽幽的樹影，上主的教導從老師的字裡行間潺潺流出，一道一道春華秋實的風景嵌在心裡，帶著天父的大智和聖母的牽引，謹記這個叮嚀。老師的女公子德蘭轉告老師的遺言是：她為一生的恩寵感謝天主，她已經準備隨時回到天父那兒去，她寬恕一切。

思念像一張摸不著的網，揪著我的心，綑綁我的手腳，讓我窒息癱瘓。我很思念老師，但我知道老師安然地去了天國，這個體會使我得到些許慰藉。

二〇一五年十月八日與數位教友和朋友一起搭遊輪去地中海諸島旅遊，其中的一個景點是參觀聖母馬利亞生前最後的住處（位於夜鶯（Bülbül）的山坡上）。那是一個十分狹窄逼仄的兩房石屋，我坐在跪凳上，彷彿兩千年前聖母在這房裡的身影就在我的左右，我的心臟撲通撲通跳，好激動，竟有匍匐在地的衝動，眼淚婆娑而下。因為許多老神父一輩子都沒能來此朝聖，而我們平凡小輩誤打誤撞卻來了古城，走進聖母的古屋，撫摸聖母的古物，這是何種恩寵啊！我怎能不泫然欲泣呢！到了屋外，水龍頭流著聖水，我趕忙裝滿了瓶子，和先生都趕快喝了又喝，祈求聖母代轉求耶穌給予健康平安。老師，您面見聖母了嗎？我以後也要去天國拜訪您！

恩師八十二年的風華（一九一九年－二〇〇一年），有六十年的神修薰陶，領受神修的內涵，也過了六十年的平信徒歲月，寫了七十年的文藝作品，有八十二本著作。衷心景仰她天使般的純潔高雅和對上主的堅定！

我在她降臨的玫瑰花雨中跌跌撞撞，搖搖晃晃，就這樣一路走了過來，交替著沉醉與沉思，誠惶誠恐接受上主給我的每一分憐憫、慈悲、恩寵，堅信信仰的結局是完美的。

（原載於《張秀亞信仰文集》）

下午茶與頭版書

都說詩歌讀濟慈，小說讀毛姆（William Somerset Maugham，一八七四－一九六五），散文讀藍姆（Charles Lamb，一七七五－一八三四），圖的是培養心中的一分清氣。所以常常喝完下午茶，信步到附近的舊書店，尋找《藍姆全集》的初版。這點經典嗜好就是喝下午茶喝出來的。

那一年，第一次踏上英國的土地，內心無限激動，因為這是我母親的原鄉，她曾經多次提起憶往。那次是去劍橋開學術會議，然後轉到肯特郡，又到倫敦和格林威治，共停留了兩週。尤其在倫敦時，同事的朋友蘇珊帶著我參觀該地的小劇場、肖像博物館、白金漢宮……，但給我深刻印象並影響我日後生活的是絕色下午茶和逛舊書店買頭版書。

那天，因為連日奔波於倫敦的不同景點，覺得有些疲倦，決定留在小旅館裡補一個午覺。正睡得香甜時，聽到敲門聲，應聲開門，門口站著蘇珊。她說：「我們雖然沒有約好今天出去玩，但我覺得妳不應該浪費時間，所以我就過來了。趕快換衣服，我帶妳去一個地方，就在附近。」

蘇珊是一個美麗斯文且細心體貼的金髮女孩，她就站在房間裡催我，我抱著外出服跑到浴室裡去更換。我們出了旅館大門，蘇珊就拉著我的手穿過兩條大馬路，走進了一家「絕色餐館」。嘿……門口排著隊，裡面人聲鼎沸，那時是午後四時，還不到晚餐時間啊！她看見我眼裡的狐疑，跟我說：「這是Afternoon Tea（下午茶），我帶妳吃好茶、好點心。」

約候三十分鐘，黑領結領班帶我們入座。蘇珊先跟女招待點了東西，方回頭跟我說：「我幫我們都點了伯爵茶，可以加奶加糖，隨妳。另外我也點了小點心，妳一定愛吃。」她看著我期待的眼神，抿著的嘴角彎彎的，眼底裝滿笑意。不消一會兒，女招待端來了兩杯伯爵茶，我和蘇珊都喝著紅茶。不久，女招待在桌上放了一個銀光閃閃的點心架，共三層，最上面一層是黃瓜三明治，中間是乳黃色司康餅，最下層是奶油小蛋糕、碎堅果奶油脆餅乾、水果塔。空氣裡飄散著香草奶味，未吃午餐的我眼見這些點心，垂涎三尺，但還是矜持地請她先拿，我緩緩地舉起杯子，喝了一口紅茶，讓暖暖的茶水流過我的喉嚨和食道，深呼吸，方拿起第一塊黃瓜三明治，輕輕地咬了一口，慢慢地嚼，細細地品嘗這個英國文化。

蘇珊抬著亮亮的碧眼問我：「吃過這個嗎？」我搖搖頭，說：「沒有，太豐盛了，吃了這個以後，還能吃晚餐嗎？這怎麼開始的啊？」她說：「晚餐要到八點才有得吃，所以放心吃吧！這個下午茶是在一八四〇年開始的，由英國女爵安納貝佛七世（7th Duchess of Bedford，一七八三－一八五七）邀請一些知心好友同享輕鬆的午後，後來慢慢變成貴族社交風尚。如今已經平民化，人人都可以享受這個悠閒時光，聆賞鋼琴彈奏，喝著奶茶，品著點心，讓舌頭跳芭蕾舞。」廳內的鋼琴師正彈著愛爾蘭民歌〈夏日最後一朵玫瑰〉（*The Last Rose of Summer*）。

我再拿了一個司康餅，切開上下兩半，塗上果醬和牛油，撕下一小口塞進嘴裡，味蕾獲得安慰滿足。猜想在天堂的媽媽一定也會喜歡這個氛圍。我一恍惚，媽媽好像就在門口，深凹的眼睛正定定地望著我，差一點我就撲了過去。

喝完下午茶，蘇珊帶我去逛舊書店，找經典「孤本」或「頭版」，但售價太高，我們阮囊羞澀買不起，只是看一看，沾一點古書氣，也就心滿意足了。結果我們各買了一套珍・奧斯汀的小說，一九八一年出版的。並且買了一九七八年馬克琳・馬克樓夫（Colleen McCullough，一九三七－二〇一五）的頭版《刺鳥》（*The Thorn Birds*）。我特別喜歡她們文字中的親切與熟稔，就像日月潭光華島的清澈明亮幽深。可惜啊，四十一歲的珍・奧斯汀，還是女人一枝花就魂歸西天了。當年作品發表時，只敢署名「一位淑女」（A Lady），死後才透露真名。

圖十二：《牛虻》頭版書，由紐約亨利·侯而特出版公司在一八九七年印了第一版（龔則韞／攝影）。

帶著這個「絕色經典」回到美國異鄉，尋找機會帶著女兒囡囡喝「下午茶」。也許母女連心，她立刻愛上這個愜意文化，數次用這個文化給我過生日，還送我一九八九年出版的《王爾德全集》。婚後的她再把這個文化介紹給她的先生Roger。當Roger給囡囡舉辦Baby Shower時，我依約前往，赫然是位於好萊塢的「維多利亞下午茶」。我心中暗喜囡囡還愛著這個文化，再一次印證「母女連心」的紐帶不假！

後來在美國，我曾經迂迴取得一本《牛虻》（*The Gadfly*）頭版書，由紐約亨利·侯而特出版公司（Henry Holt & Company）在一八九七年印了第一版（見圖十二）。深紅的精裝硬面已破損，上面的燙金書名已斑駁，裡頭的三百七十三書頁已泛黃，握在手中卻是千斤重，承載一八九七年以來的跌宕弔詭風雲。商務印書館於一八九七年在上海成立，開啟中國出版業。一九二二年艾略特（T. S. Eliot，一八八八－一九五六）的《荒原》（*The Waste Land*）出版，公認是英美近代詩作的里程碑，一九三六年葉公超的學生趙夢蕤的中譯本在上海出版，邢光祖評述：「艾略特這首長詩是近代詩的《荒原》中的靈芝，而趙女士的這冊譯本是我國翻譯界的《荒原》上的奇葩。」就為了這兩句話，我也在尋尋覓覓它的經典頭版，在原鄉……在故鄉……在異鄉……

輯六

後園

烏鴉，昏鴉

圖十三：英國巨石陣巨石頂上的烏鴉（江明健／攝影）。

二〇一七年七月十二日，我們前往倫敦城外南邊約一百二十公里的索爾茲伯里平原的巨石陣尋幽訪勝，看到巨石群頂天立地，石頂上棲息數隻烏鴉，如老僧入定，無聲，無動。面向著巨石陣中心的祭臺（見圖十三）。我當時為這個夕陽景觀所感動，想起元朝馬致遠所寫一首小令〈天淨沙・秋思〉：

> 枯藤老樹昏鴉，小橋流水人家，古道西風瘦馬。
> 夕陽西下，斷腸人在天涯。

今天早上起床，往窗外一看，後院茵碧草地上和蓊鬱樹林裡都是烏鴉。等我盥洗完畢，經過客廳走去廚房弄早餐吃的時候，不經意往窗外一瞧前院，草地上竟然也全是烏鴉。我開前門出去趕走烏鴉，牠們拍拍翅膀，一群啪啪全飛去了對門鄰居的前院，我好像趕走了瘟疫似的，鬆了一口氣。中國人的迷信，說烏鴉是厄運的象徵。若是喜鵲光顧，那是好預兆，中國人歡迎都來不及，別說趕走了。

記得小學的課本裡描述小烏鴉很孝順，會反哺烏鴉媽媽；烏鴉很聰明，想喝瓶子裡的水，但水位太低搆不著，會啣石丟入水瓶提高水位而喝到水；烏鴉怕被獵人發現，會鑽進雪裡粉飾成白鳥，混淆對方的視覺而保全自己的生命。也會用同樣的手段混進白鴿群裡，討食物吃。如此高智商的烏鴉，不知何時在人們的心裡竟變成了不祥與厄運的化身。

聽說烏鴉很受日本人的歡迎，因為日本風俗中，烏鴉代表喜事臨頭。烏鴉在英國也備受皇室重視，認為烏鴉象徵國家不倒。現在倫敦塔養了七隻，名字分別是哈迪（Hardey）、陀爾（Thor）、歐鼎（Odin）、貴魯（Gwyllum）、瑟德里克（Cedric）、胡根（Hugin）、木您（Munin）。他們養尊處優，是皇室和觀光客的寵物。

美國有很多烏鴉，牠們晚上都會棲息在特定的樹林裡，叫做「鴉窟」。黃昏時，成群烏鴉紛紛飛回家，在天上一邊盤旋，一邊呱呱叫，形成一種奇觀，然後成千上百的烏鴉站滿樹枝。天色全黑後，牠們立即鴉雀無聲，安然就寢。第二天晨曦初上，牠們就又紛紛飛離樹林，出外覓食去了。如此日復一日，直到後來樹林不見了，代之而起的是高樓大廈，這些烏鴉群只好另覓他處，安身立命。從生態學的理解，烏鴉喜歡群體活動，一家人男女老少都是血緣關係血脈相連的共進退。

雖然中國人不喜烏鴉，但烏鴉也還被寫進詩裡，因此名留千古。胡適於一九一七年十二月創作的一首現代詩，自比烏鴉。

我大清早起，站在人家屋角上啞啞的啼
人家討嫌我，說我不吉利；
我不能呢呢喃喃討人家的歡喜！
天寒風緊，無枝可棲。
我整日裡飛去飛回，整日裡又寒又飢。
我不能帶著鞘兒，嗡嗡央央的替人家飛；
不能叫人家繫在竹竿頭，賺一把小米！

剛駕道仙歸的詩魔洛夫也於二〇一〇年十一月十九日寫了一首詩〈我說老鴉〉，描述令他受不了的烏鴉聒噪的啼聲。他寫道（其中二段）：

要嘛你就下來
別老像一堆黑的殘雪
蹲在屋頂

那個除了上帝什麼也沒有的地方
在這個虛構的城市裡
我因你的聒噪而失語

因你的沉默而起戚心
你在高處，睥睨的眼神亂轉
樹林跟著轉
天空跟著轉
我滿屋子的寂靜跟著轉
你請下來吧
白楊伸出和善的手
承接你
和你的黑
……（中間刪略）
那你就飛走吧
別讓你的聒噪
掩蓋了我心中
很久才響那麼一下的鐘聲
我也要跟你走
讓我們
如一根不斷後退的地平線

向遠方逸去
像雪
緩緩地化去

梵谷於一八九〇年七月畫了舉世聞名的《麥田和烏鴉》，曾在法國巴黎盧浮宮看過真蹟，黃昏時，金色麥田上飛滿數不盡的烏鴉，似乎歸心似箭。

我一邊吃早餐，一邊回想那些巨石頂上的烏鴉，不像胡適的自比烏鴉，也不像洛夫的老鴉，更不像梵谷的烏鴉，倒是與馬致遠的昏鴉有幾分神似，同是孤絕，同是寂極，是啊，「夕陽西下，斷腸人在天涯」，難怪會觸摸我的心，會被激動了起來。

多看了妳一眼

圖十四：箱龜（龔則韞／攝影）。

毛姆一本名叫《西班牙主題變奏》（*Don Fernando*）的遊記，書中言：「在西班牙，人就是詩歌，是繪畫，是建築，人就是這個國家的哲學。」

二〇一六年六月一日玉敏遠從洛杉磯來訪，久別重逢，盡吐心聲，好不舒暢。黃昏時，開車出外用餐，卻在車道上巧遇慌慌張張的妳（箱龜英文名Box Turtle，見圖十四），這是美國東岸土產，卻是稀罕得很。眾人興奮地下車拍照，特別是妳殼背上藍綠紅相間的美麗花紋留念！我看著妳滿臉的惶惑，我擔心妳是否迷路了？

飯後回家，我看見妳還在，嘴巴一張一合，側耳傾聽，妳好像在唱德國作曲家馬勒（Gustav Mahler，一八六〇－一九一一）的《大地之歌》（*Das Lied von der Erde*），好像是第三樂章〈青春〉（*Von der Jugend*），長笛、雙簧管、木管、小號、小提琴輪番上陣，表現出活潑音色，流暢跳躍，注滿踏實幸福的氣息。看來妳是「既來之，則安之」了。

第二天黃昏下班，發現妳靜趴前院，就在大門口邊上，滿臉安詳地睜著藍眼看著我，彷彿告訴我「行到水窮處，坐看雲起時」。我的心被大大地觸動，人生不也是亦行亦停，不走不停，詩意深情，當時只道是尋常，寄愁心於明月，無限風光，卻是今朝有酒今朝醉，明日愁來明日愁。雖然天天追求氣象渾厚、體面宏大、血脈貫通、韻度飄逸的境界。情懷最終還是崇尚一片冰心在玉壺！

第三天夜裡，天上月明星亮，月光給大地撒了一抹輕紗。來到後院，正巧遇見妳挖了一個坑下了蛋，我有誤闖他人隱私的羞赧，趕快逃離現場。讓妳的紅塵阡陌，冷暖仲夏，一分情感，二分思念，變成百年傳承，化成千年守望。

第四天早上，再探望，妳仍在原處，已將坑填平，我暗想約七十天後，一群「小不點兒」爬出土面的景象——那真是青春洋溢的號角吹響大地的時候。不管風風雨雨，淅淅瀝瀝，決心照看土裡的生命延續！

第五天，恰是週六，天微亮，披衣起床，到院子裡拔野草，享受「木訥近仁」的寧靜。妳陪著，回眸定定看著我。綠樹水邊立，茵草伸天際，引詩情到碧霄。遠處兩隻黃鸝鳥，身如翠柳，悄悄私語有如詩人。詩人外儒內道或內佛，都是熱血沉穩，尋找意韻意境，千絲萬縷，執意青山白雲、古道瘦馬。自是詩意的救贖！

妳，像個入定的禪者，眼觀鼻，鼻觀心，我變成多餘的人，獨自默想自己的清愁與落寞，和生命裡的迭變和委屈。

第六天，是週日，前院後院巡迴多次，不見妳的芳蹤，我想：妳

圖十五：齊白石《龜壽圖》（龔則韞／攝影）。

迷路來到寒舍，小憩一週，想通了來時路，不貪眼前的恬靜舒適，不畏夏雷暴雨，不畏河水氾濫，再度出發，繼續妳的天涯浪跡。另外，也可能妳就是童話裡的那隻烏龜正在與兔子做賽跑，急起直追，跑向那個千年終點！《龜兔賽跑》是家喻戶曉的故事，這個寓言說明，天公疼惜憨仔，持續努力就會成功。很勵志的童話！我特別喜歡。

日復一日，一個多月了，至今未見妳的倩影芳蹤，我對著那填平的坑發愣。質疑自己，妳真來過嗎？坑裡真的有蛋嗎？妳會不斷地迷路嗎？難道這一切都是南柯一夢。突然想起了齊白石《龜壽圖》裡的壽龜（見圖十五），無巧不成書，我相片裡的妳，不就是齊大師筆下的主角，擺著同一個姿勢！

我看著手中妳的玉照，心裡咯蹬一聲，一驚，自己竟然惦記起妳來了，心中浮出一首王菲唱紅的歌〈傳奇〉（作詞：左右；作曲：李健），歌詞真很纏綿。

只是因為在人群中，多看了你一眼，
再也沒能忘掉你容顏。
夢想著偶然能有一天再相見，

從此我開始孤單思念。
想你時，你在天邊；
想你時，你在眼前；
想你時，你在腦海；
想你時，你在心田。
寧願相信我們前世有約，
今生的愛情故事，不會再改變。
寧願用這一生等你發現，
我一直在你身旁，從未走遠，
只是因為在人群中，多看了你一眼。

這首歌如涓涓細流，正道盡我對妳的思念心田。
深信所有生靈都需要為自己尋找一方寧靜天地，一片塵囂不到風景無限智慧如海的土壤，可以滋養自己的靈魂，悠遊徜徉昇華！妳也是一樣！
引申毛姆的話：妳就是詩歌、繪畫、建築，就是這個大自然的哲學。
衷心期待有一天還會再與美麗淡定的妳相逢！

橡樹的童話

我家的後院，近屋處是一片綠油油的草坪，接著是一條潺潺小溪，然後是一大片原始橡樹林，裡面有黑橡、紅橡、綠橡、白橡，高達二十多米，春天與夏天時蓊蓊鬱鬱，站在樹下，舉頭不見藍殷殷的天，十分陰涼。因此，林中住了數代同堂的松鼠之外，有成群的麋鹿、獨來獨往的紅狐狸、唧唧喳喳的雀鳥，還有野兔及偶爾覓食的鄰家狗兒。因為有小溪，因此還有不知名的客人來拜訪橡樹。橡樹結的果實是松鼠的上等食品。整個樹林充滿妙手回春絕處逢生如沐春風的生機，十分熱鬧，這全是橡樹結林成蔭開花結果的成績。天上盤旋的鷹都羨慕著。

到了秋天，樹葉先變紅再轉黃後變棕，落在地上，落葉滿地，秋色鋪天蓋地，濃得如彩色盤裡的混彩，如癡似夢，如火如荼，如實似虛，如醉如迷，如金似銀，如錦如繡，如華似詩，如景如晶，簡直是神話世界。

冬天時，落盡鉛華的橡樹頂著裸枝向天參拜祈禱，樹林裡一眼望盡，全是亮晃晃的陽光。有一天，大眼睛發現側院與鄰居相接處有一棵高二十英尺的橡樹，樹幹上有一隻紅冠黑面的啄木鳥趴在幹上啄個不停。因為樹高根淺，大風過處，極易倒下，有可能擊到鄰居的住屋。故大眼睛請專業工人來砍樹，整棵砍倒在地上不清除，也要付費九百美元，令大眼睛肉痛不已。幾個月飛逝而過，橫臥側院地上的樹幹漸成礙眼的眼中釘，但若請專家來鋸段搬走，得另付六百美元。大眼睛覺得價非所值，不肯做這個冤大頭。我靈機一動想到老德威，去電致意並請援手。

先細說老德威：他是我的同事，從我第一天正式上班就認識了他。這位生命科學家的業餘愛好是攀爬冰山與岩壁。他在五年前從崗位上退休，我以為他會專攻高山峻嶺，意外地是他去維州雪蘭兜（Shenandoah）山區做棧道維修義工。他很大方，立刻答應一顯身手。幾天之後，他來了，帶了一車工具。我看著他戴上保護鏡，披上護身圍巾，轉眼間，所熟悉的科學家搖身一變，成為有模有樣的伐木工人。只見他拿起電鋸，呼呼嘎嘎響，將長長的樹幹截成許多小段，然後搬至角落整齊疊成一落。那日天寒地凍，張口呼出即成白氣，德威是一號手，大眼睛是二號手，我是閒號人物，陪在一旁，凍成一團。

事畢之後，邀請老德威進屋喝咖啡，暖一暖身體。可以看見他的身體漸漸鬆緩，慢慢展開，手腳顯得更長，平常略顯的駝背也伸直了。他開口說話，淡定優雅。他說：「樹有個性脾氣，形成一定的氣場，待之要溫和誠懇，才不會與自然和屋主產生對立之感，如此屋主才能繼續和天地諧和美好。」

這份哲理日夜不斷在我心裡迴盪……。心中感觸頗多，謹記人與環境的合一多麼重要。美好的生活奠立在天地人一家親的基礎上，在這個大樹倒了的小事上也凝聚了這份莊嚴。

其實，很多人不知道橡樹是美國的國樹，常被用來做酒瓶口橡木塞及地板與壁櫥的原料。它是「長壽、強壯、驕傲」的象徵。它的偉岸身軀及冠狀葉為自己博得「森林之王」的美稱，

歌德（Johann Wolfgang von Goethe，一七四九－一八三二）在〈歡迎和告別〉（*Willkommen und Abschied*）的詩中就有「高山掛殘夜，橡樹立雲衣」的詩句。海涅（Christian Johann Heinrich Heine，一七九七－一八五六）稱呼歌德是文學浪漫主義的百年老橡樹。

也有人說屠格涅夫（Ivan Sergeyevich Turgenev，一八一八－一八八三）是俄國文學的大橡樹，他的名著《父與子》（*Отцы и дети*）說了兩代人的精神差異。

其實我更欣賞普希金（Aleksandr Sergeyevich Pushkin，一七九九－一八三七）的詩句：「再見了，忠實的橡樹林，再見了，田野無憂的平靜，還有輕展翅翼的歡愉，這麼快就隨著往日飛去！」多麼活潑輕快，沒有一絲苦澀。

世界上最老的活橡樹是一萬五千年，它的精神標誌則是萬年如一日，印證了它的花語是「永恆」的內涵，所以永遠被歌頌。

坐擁一英畝的橡樹林，猶如一座童話王國，帶給我綿遠流長的精神財富，是「永恆、長壽、強壯、驕傲」，覺得我的生命非常飽滿幸福。

鷹落後花園

春天來了，後院樹林裡的眾鳥開始載歌載舞！

我們屋後陽臺是L型，直的一邊是上下兩層樓高的大玻璃窗，橫的一邊則是接著廚房早餐間。在屋裡透過大窗，可以看到藍天白雲，還有天上盤旋的鷹，三三兩兩地遨遊。

星期天的早上，窗外的陽光正好射在我的眼睛上，抹去我週末愛賴床的睡意。一躍起身盥洗，然後悠閒地到廚房烤吐司，抹花生醬和草莓醬。

邊吃吐司，邊看電視上的早間新聞，跟坐在旁邊的大眼睛也隨意閒聊幾句。突然身後傳來一聲撞擊巨響，我們本能地轉頭一看，落地窗外的大陽臺上躺著一隻大鳥和一隻小鳥。

這天屋外正巧是大藍天，蹲在窗邊抬頭仔細一瞧，二樓的玻璃窗上黏著一撮灰羽毛，大鳥身上羽毛也是灰白相間，腹部朝天，雙翅傘開著，尖臉對著大玻璃窗，兩爪緊縮，黃色鳥喙勾到頸子，眼睛黃黃亮亮的，對著我眨眼。大眼睛趕快穿上大衣走到陽臺上替牠翻身，牠用右腳立了起來，伸一伸左腳，立刻轉身朝著樹林子方向蹲下來。大眼睛進屋裡端一小碟清水，剎那，另一隻淡棕白相間的鳥俯衝靠近傷鷹。大眼睛一出屋，棕鷹嚇得飛上鄰近枝頭，他在灰鷹嘴前放下小碟。我也穿上大衣蹲到鳥前趁機零距離研究鷹的模樣。灰鷹約有三十公分長，臉面英武，眼神嚴肅，雖然身負重傷，仍是一副警戒防備神態，眼觀樹林及天空。牠眼前的小鳥，約十公分長，棕紅色的羽毛，彎彎的黑鳥喙，黑色的眼睛，軟軟的脖子，早已氣絕。

我倆圍著灰鷹，變成義務警衛，守了約十五分鐘。這期間，牠一口水也沒喝，一動不動，沒有啼叫，只是眨著黃眼珠子。似乎籌畫，似乎深思，突然，拔地一起，飛上枝頭。那隻棕鷹立刻飛近加入，然後雙雙飛入樹林，從我們眼前消失，留下孤寂的獵物。

事後，我們將觀察所得綜合總結一下，猜想，灰鷹追補小鳥，左腳抓到小鳥，卻一時失察，沒看到眼前的大玻璃，一頭撞上，仰跌而下。因是背部落地，可能沒有發生腦震盪，只是頭昏眼花而已。當我們將牠翻身腹下背上之後，雙翼攏住體熱，逐漸恢復體力，才安然離去。

出於好奇心，上網Google一番，找出了牠們的大名。

小鳥是鷦鷯（英文名Wren，學名*Troglodytes troglodytes*），總愛翹著長長的尾羽。鷦鷯是隻愛唱歌的快樂鳥，歌聲清脆嘹亮，還不時變換旋律。雖然愛藏身於灌木中，但循著美麗的歌聲，很快就能找到牠的藏身之處哩！不幸做了大鳥的獵物。

大鳥是條紋鷹（英文名Hawk，學名*Accipiter striatus*），分布於北美東岸，動物學上稱牠是猛禽類，是肉食性動物，會捕捉老鼠、蛇、野兔或小鳥。此鷹多數在白天活動，即使牠在千米以上的高空翱翔，也能把地面上的獵物看得一清二楚，是名副其實的千里眼。牠有一副強壯的腳和銳利的爪，便於捕捉動物和撕破動物的皮肉。牠的喙大，胃腸消化能力強，體態雄偉，性情兇猛。這個「禽中之王」是詩人、畫家、作家筆下的主角。唐朝白居易〈放鷹〉云：「鷹翅疾如風，鷹爪利如錐。」即是一例。徐悲鴻畫雄鷹的神韻，又是一例。

鷹是勇猛、權力、自由和獨立的象徵，中國古代龍的形象也是採用了鷹的腳爪。條紋鷹的親戚禿鷹是美國的郵政信號，也是軍隊上校的肩章。許多國家也以鷹圖案作為國徽。

我們思索著，今年的春天，我們在玻璃窗下與條紋鷹相遇，開啟我們的春天日子，這意味著什麼？可能要迎來一場事業大勝利，也可能是一場虛無，要到年底才能揭曉，但鷹的雄偉卻深烙在我們腦海中。

伊莉莎白來訪

圖十六：屋簷下的知更鳥（江明健／攝影）。

我家的後院，因為沒有籬笆圍著，草坪邊上又有一條潺潺小水流，瀅瀅一線，跳過去是一片茂密的樹林，又遮蔭又擋雨，故是許多飛禽走獸的樂園，連小紅狐也常來光顧玩耍。

兩週前，每天早上都有一隻北美知更鳥站在陽臺上的欄杆做日光浴，烏黑的頭，黃色的嘴喙，紅色的胸脯，好像帶著一條紅圍巾，後背與尾巴是深灰色，牠邊走邊跳，隨意哼唱，非常逍遙自在。

有一天，突然發現陽臺上的角落散漫著一堆長枯細枝細草，循勢仰頭一看，赫然發現屋簷下緊靠著水管的空隙裡，坐著一個正進行中的鳥巢。於是一天天變大堅固，透過望遠鏡，看見一隻知更鳥的頭與嘴喙露在外面（見圖十六），居高臨下，靜靜的，悄悄的，眼看四方，耳聽八方。

早晨起來，到浴室盥洗，我站在鏡子前，身後的大窗戶透了進來外面的晨光。我正琢磨著是先梳頭或是刷牙，突然聽到一聲不大不小的砰，然後從鏡子裡見到一個東西急速下墜，忘了梳洗，即刻跑到小陽臺上查看後院草地上，沒看到什麼異物，等我梳洗完畢，來到廚房進早膳，在後院視察的明健進來報告一隻知更鳥躺在草地上，翅膀攤開，眼睛圓睜，還呼吸著。問他這鳥是不是住在巢裡的那隻，他說可能是吧。

等吃完花生醬吐司，開門去大陽臺查看，那知更鳥還躺在那裡。於是躡手躡腳地走近牠，牠卻突然振翅飛上了鄰近的樹上。這一飛，嚇了我一跳，但也放了心，知道牠沒事了！

北美知更鳥是「畫眉」的一種，分布於各大洲，擅吃害蟲，是農民的好朋友。天冷時南飛去墨西哥避冬，春天時又飛回北方來。眼裡有隱花色素，能感受地球磁場而能南遷北徙。英國有一個古老傳說，知更鳥的羽毛原是咖啡色，當耶穌被釘十字架時，牠飛去耶穌耳邊唱歌安慰陪伴，染了耶穌身上的血，從此牠胸脯上的羽毛變成了血染的風采，因此博得「上帝之鳥」的美號。此鳥常出現在聖誕卡和聖誕紀念郵票上。在英國被民眾於一九六〇年票選為國鳥。

知更鳥常出現在文學作品裡，最出名的是哈伯・李（Nelle Harper Lee，一九二六－二〇一六）一九六〇年的《梅岡城故事》（*To Kill a Mockingbird*），內有一段故事說芬奇律師給孩子買了鳥槍，但告誡他們不可殺死知更鳥，因為知更鳥吃害蟲，是益鳥，還用心唱歌給人類聽。冰心在一九二〇年於《晨報》發表了散文〈一隻小鳥〉，說的是一隻幼鳥，天天在樹上唱歌，歌聲婉轉動聽，連「自然」都含笑傾聽，卻被一群頑皮小孩用弓彈射了下來。這隻鳥應該是知更鳥。我是「張迷」，想知道張愛玲也寫知更鳥嗎？在她的短篇小說《茉莉香片》中將女人比做「繡在屏風上的鳥」，這個描述是最接近了。不過做野外知更鳥非常幸福，五湖四海都是家。善良的知更鳥，多麼像尋常老百姓，牠們用心地唱，我們用心地活，頗能彼此惺惺相惜！

因為知更鳥只有母鳥才孵蛋育嬰，我們給這位自動住下的美麗女訪客取名「伊莉莎白」。這幾天，她沒做日光浴，歌聲也少了。牠在巢裡一坐就是幾個小時，大概是正孵蛋中，不打擾牠了。但願我們家的恬適環境，給她的兒女美麗健康的生長。

世界之花

在前院的小花圃裡種了幾棵玫瑰，夏天時便開了漂亮的花兒。兒子剛學會走路時，卻一不小心，倒栽蔥栽進了花圃，額頭上被玫瑰的刺劃了一橫，淺淺的疤痕存了很久，我也心疼了很久。

幾年後，少年兒子送我一打絲質紅色玫瑰花，插在一個直筒銀色花瓶裡，我放在書架上，每天進出書房，一定會看到。多年過去，至今花色鮮紅欲滴，仍然令人驚豔不已。

兒子是誤打誤撞買了玫瑰花給我，並不知我愛玫瑰花。我因為從小就陪著媽媽聽〈玫瑰玫瑰我愛你〉這首歌，特別喜歡吉魯巴舞曲的節奏，飽含陽光的能量。這首歌是吳村作詞，陳歌辛作曲，是一九四〇年電影《天涯歌女》的插曲之一，其原唱者是上海灘歌星姚莉。據說在一九五一年四月六日，美國歌手弗蘭基・來恩（Frankie Laine，一九一三－二〇〇七）翻唱這首知名的國語歌曲，英文歌名是〈*Rose, Rose, I Love You*〉，因其特具風格，在美國迅速走紅，風靡一時。除了媽媽的原因之外，另一個原因是玫瑰原產於中國，後來走出國門，與世界接軌，傳播到世界各個角落，變成了世界之花，美國就以玫瑰花作為國花，我頗有與有榮焉之感！

文藝的世界裡，大家耳熟能詳的是俄羅斯大詩人普希金的〈夜鶯與玫瑰〉（*The Nightingale and the Rose*），夜鶯的歌聲娓娓道來，玫瑰卻漫不經心。法國的世界名曲〈玫瑰人生〉（*La Vie en rose*），更是膾炙人口，其中的「只用一些平凡的字眼，卻讓我感觸良多，有一種幸福，進入了我的心房」不知感動了多少戀愛中的男男女女。恩師張秀亞教授在她的散文〈瓶花〉有一段敘述：「白色的小室中，一支古瓶內有一根孔雀翎羽，伴著一朵猩紅的玫瑰，雀翎的絢麗，正好陪襯出玫瑰的靦腆。」啊，秀亞恩師遞給我這朵靦腆的玫瑰，傳授我一生文學的念想與芬芳。這個「世界之花」豐富我的文字，優雅我的靈魂，發出玲瓏的歌聲。

情人節送玫瑰花絕不會錯，生日送玫瑰花也錯不了。紅色玫瑰花代表愛情，黃色玫瑰花代表友情，白色玫瑰花代表聖潔，教堂裡的玫瑰花大都是白的。先生大眼睛送花給我時，很省事的不分顏色，有時候是一枝，有時候是一打，我想大概是花店有啥就買啥吧。兒女送我的也是不分顏色，都是網購，郵寄到門口。他們情義千分，我高興萬分。

我有一位女友，每次見我就送我一盒玫瑰巧克力糖，每一顆糖都黏著一片粉紅玫瑰花瓣，吃完一顆糖，手上的香氣繚繞三日。我問她為何獨獨鍾情玫瑰香，她只給我一個微笑。我看出了端倪，雖說「給人玫瑰，手有餘香」，我看見她就是一朵玫瑰幻影，在人間款款行走，愛她的最愛！張愛玲的《白玫瑰與紅玫瑰》都紅顏已老，退避三舍，遜色十分。

如今我見玫瑰花，就很想念已上天堂三十年的媽媽，想她想得很揪心。我亦喜玫瑰花茶，常擁抱安弟曾請我在臺大旁邊茶館喝玫瑰花茶的溫暖記憶。愛開跑車的安弟小我七歲半，性格穩健成熟，能給我工作上多個好建議，是一個有擔當的男子漢。那天，我們坐在店裡喝茶的情境，玻璃壺裡漂著花瓣，繞有興致地編織氛圍，這是在美國的生活所沒有的親密溫馨，勾起許多兒時的回憶，連他還是嬰兒的模樣都分外清晰。

玫瑰花，將愛情、親情、友情，全攬進片片花瓣，朦朧、詩意，濕了我的雙眼。作家吳鈞堯夢裡見到他的媽媽，不斷追著媽媽照相，醒來，心裡獲得思母的安慰。我說他很幸福，家母就很少來夢裡，我想送她玫瑰花的願望一直是幻想。他說：「啊……那真是太遺憾了。」

母親節在即，媽媽，我很想您，來看我，夢裡，好嗎？

空中芭蕾

家得寶（The Home Depot）有一個賣寵物必需品的部門，陳列了許許多多的商品供客人挑選，大眼睛很喜歡逛該處。有一天，下班回家，正好他也回來了，買回來一樣寶貝。那是一個一英尺高的透明玻璃瓶，猶如女人的三圍，上下寬，中間窄。瓶頂套了一個紅塑膠蓋，蓋子中間綁了一條紅鐵絲。瓶底套了一個紅塑膠盆，盆緣圍著六朵塑膠紅花，每朵花的中心是一根細長的黃管子，代表花蕊。

很好奇，但不敢多問，怕打擾大眼睛的注意力。他聚精會神地清洗瓶子，又拿出一罐紅水，叫我從櫃子裡取出量杯。倒入四分之一杯紅水，再加四分之三杯自來水，然後注入玻璃瓶，重複了三次，才裝滿了瓶子。

他提著瓶子到後院，在離廚房落地窗五米處打下一根二米長的鐵柱子，然後掛上紅水瓶。不管從廚房或從早餐間望出去都可以看見紅瓶子的動靜。後院近處有一片草坪，遠處則是樹林，這個紅水瓶在綠油油背景的襯托下，顯得特別紅豔豔、水靈靈的。他還放了一個望遠鏡在桌上。這時候一切就緒，他才氣定神閒地告訴我，蜂鳥特喜歡紅色及糖水，我們就等著看美妙的空中芭蕾。

癡癡地等了一天，不見蜂鳥芳蹤，亦無蝴蝶翩翩。有些失望，他則說蜂鳥還不知道此地有好花好水好地方，得給牠們學習的時間。第二天一早醒來，立刻奔往廚房張望後院，正好一隻翠玉蜂鳥一邊飛舞一邊用細長的嘴喙插進花蕊吸水，雙翅翻動如風扇，猶如擔心受到襲擊，立刻可以飛走逃離。

成熟蜂鳥體積只有一個食指長寬，雙翅飛舞極快，若不停下來，看到的是一個模糊影子，就是有望遠鏡的幫助，也是只看到綠色的身影。我滿意地去上班，鳥兒的美麗倩影卻縈繞腦海，揮之不去。

鳥兒天亮即來吸水，共有兩隻，除了原來那隻玉色的，又來了一隻銀灰色的，牠們彼此倆不能同時共享，只肯輪流，否則互相驅趕。

這樣一瓶糖水，約夠五天的供應量，當糖水告罄時，因為當天太熱，不想走出冷氣房，故未及時加水，意外發現的是鳥兒吸不到水，竟然直立於空中，盯著空瓶猛扇雙翅約一分鐘，似乎慌張抗議、發怒、迷惑。雖然如此，牠們直立飛舞的模樣，就像芭蕾舞者飛躍時的優雅，美得令人目瞪口呆！我們及時走去取下空瓶，回房注入紅糖水，然後快速掛回鐵柱子。原本怕人的鳥兒也不離去，一看到糖水瓶子，就迫不及待地趨前吸水，竟然撞到大眼睛的手臂也在所不惜，真是有趣得令人發噱。

如此來回數次，鳥兒建立了信心，明白我們的後院是安全的，終於肯停在花瓣上，安心地吸水。因此，可以近距離觀察牠們的可愛模樣。

全球約有三百二十種蜂鳥，分布於美洲，生命約三至五年。美東僅有數種。牠們可以前飛後飛、上飛下飛，真是無所不能，是全能舞者。與臺北的朋友分享蜂鳥的空中芭蕾時，其中一位朋友是賞鳥會的資深會員兼領隊，他說僅在數年前於奧克拉奧馬州見過。另一位美國朋友則說，他也住在我家附近，但蜂鳥並不蒞臨他的院子吸他提供的糖水。聽完，才知道多麼幸運，天天可以近距離欣賞牠們的美姿。

相遇是緣分，相遇是美麗，相遇是機遇，相遇是醇酒，相遇是契機，相遇是命運，相遇是莊嚴，相遇是使命。我天天都在思考蜂鳥給我的啟發，如此的小生命卻具備如此大能耐，我尊敬地感恩及欽佩，願以蜂鳥鼓勵自己。

輯七

人物

永懷于斌樞機

無意中，在《野聲》月刊（洛杉磯出版）上看到該處華人天主教教友今年將為于斌樞機舉行逝世二十週年紀念會。猛然一驚，時光荏苒，已是二十年了，當年寫〈于斌校長〉紀念文的年輕女孩已步入中年，但于斌校長的點點滴滴卻在女孩心中歷久彌新。

三月二十一日晚上我們去參加華府輔仁大學校友會舉辦的聚餐，望著擠滿一堂的校友們，向在天家的于斌校長默禱：「您看！這一群海外的中堅分子，都是您輔仁的弟子，在各個領域闖出一片天，為我們輔仁增光。請您繼續看顧我們，使我們不懈怠。」我隨意走動，隨口問問：「懷念于樞機嗎？」「你還記得于斌校長對我們說的話嗎？」「你知道今年是于斌校長逝世二十週年嗎？」有人高唱校歌，竟連似曾相識的感覺都沒有，但牢牢記住的是于斌樞機校長的點點滴滴，許多學弟妹們都未親潤其澤。

于斌樞機面貌堂正，身材魁偉，膚色白皙，聲若洪鐘。于樞機平日穿白色或黑色會袍，待學生態度十分和藹，只要求我們學生與他在校園相遇時不要忘了說聲「嗨」。我除了在彌撒時聆聽他的道理很多次以外，也在中美堂聽過他多次的演講。他的口才極佳，尤其是即興演講，常有神來之筆，令人回味或莞爾不已。他最喜歡講天人合一的道理，幾個鐘頭過去，講者侃侃而談，毫無倦態，聽者仍然聚精會神，越聽越帶勁儿，真是百聽不厭。

以前聽爸爸說，對日抗戰勝利後，于斌樞機當時是南京總主教，從南京到北平訪問，田耕莘樞機時任北平總主教。北平輔仁大學在大禮堂舉辦了一次慶祝會，邀請他們二位發表談話。田樞機拙於演說，聲音又小，只簡短地說了幾句話，就鄭重其事地介紹于樞機：「我不會講話，這個場合需要于總主教演講，他口才好，見識廣，讓我們歡迎于總主教！」大家熱烈鼓掌。于樞機身材高大，站在講臺上，連擠在後面的年輕學生都看得見他。他講了抗日勝利的前因後果，還有大後方的點點滴滴，說中國已是世界四大強國之一。他的演說振奮人心，鼓舞士氣，加強了熱血滔滔的學生們對自己的國家前途的信心。

于樞機早年當選為國大代表，政府遷臺後又兼任光復大陸設計委員會的副主任委員，由政府提供一輛自用黑色大型轎車及一位專任司機。每年聖誕節前，全體國大代表在中山堂舉行三天大會，在會議上若遇有各代表之間不能化解的或突發問題時，于樞機就出面排解糾紛。當我考上輔仁大學時，爸爸帶我去學校註冊，他戲稱于樞機是「政治和尚」，然後嚴肅地告訴我于樞機是入世的偉大宗教家，他救國救民的心懷永不止息。他在八年抗戰期間救過無數我方地下特工，他在國民大會提議訂定十二月二十五日為行憲紀念日，全國放假一日，那日也是聖誕節，恰好教友們也可以為耶穌的誕生冥思默想。因為于樞機為國盡忠效力，以及其宗教領袖的超然地位，于樞機與先總統蔣中正先生與宋美齡夫人二位關係密切良好，自是不在話下。當蔣公駕崩後，于樞機是八位扶靈柩者之一。

今日許多堂區鼓勵教友以保祿做榜樣出去傳教，其實于樞機早在做南京主教時，就大力推展「公教進行會」，開教友協助傳教之先鋒。後來教宗允許華人天主教友為慎終追遠的傳統而祭祖也是于樞機去爭取來的，因為他深曉傳福音也要入鄉隨俗的道理。他如此開放的胸襟、睿然的智慧、遠大的眼光乃非常人所及。

于樞機除了是宗教家和政治家以外，他也是一位出色的教育家。一九四六年，于樞機在南京成立了「于斌獎學金」，從該地高中應屆畢業生中選拔了五十位特優生（不分宗教信仰），給予四年大學獎學金，保送到美國各地天主教大學進修。這些得獎者的照片與簡歷都編印成一本小書，分發給每位得獎者。此項獎學金在中華民國政府遷臺後停辦。但受惠的學生已是不計其數。那時第一屆留美保送生，今日都已是年逾古稀的老先生或老太太了。

初抵臺灣後，于樞機一直為輔仁大學在臺復校一事奔走，事成後，位於臺北新莊泰山腳下的輔仁大學設有理學院、文學院、法商學院，由不同的會派主理，成立三院分治的制度，他「無為而治」的開放政策使得三個學院得以各自發揮潛力，將各學院辦得響噹噹。後來興建體育館，將近完工時，由于樞機命名為「中美堂」，是各取先總統蔣中正先生與宋美齡夫人的姓名中間一字合命而成。蔣夫人出任輔仁大學的名譽董事長，也是于樞機大力促成的，因此蔣夫人曾數次出席輔仁大學在中美堂舉行的畢業典禮，發表演說。我大一或大二時曾向來校開董事會議的蔣夫人獻花致敬，于樞機亦在場。蔣夫人因為陽明山車禍的腳傷還未痊癒，行路蹣跚踉蹌，須人攙扶。在于樞機主持輔仁大學校務的那些年裡，「十年樹木，百年樹人」的教育理念在師長學生的心中不斷地生根萌牙，而奠定了輔仁大學獨樹一格的優良教育風範。

我是在復活節時領堅振禮的，在輔仁大學理學院女生宿舍三樓的教堂裡由于樞機主理。當時我二十歲，站在七十多歲的于樞機前，我的高度只到他的肩膀，我瘦削的身體大概只有他身體寬度的三分之一，我乖順地由他用大拇指在我寬亮的前額敷油畫十字，我像是母雞腋下的小雞，覺得滿心溫暖安全。當時我想：

「這大概就是天父愛我的感覺啊！」

我望著牆上十字架上的耶穌，我默禱：

「天父啊！這多麼神奇，相差半個多世紀歲月的于樞機與我竟同時站在祢的臺前，無知的我竟有幸接受充滿聖神智慧的于樞機的祝佑，這是多麼大的聖寵。」

我轉頭看我的神師西班牙籍的陳宗舜神父，他像看懂我的心思似地對我藹然微笑。

三年後，教宗保祿六世（Sanctus Paulus PP. VI，一八九七－一九七八）崩逝，世界各地的樞機們均齊集於梵諦岡祈禱選新教宗，于樞機就在該地撒手人寰，去到天父的懷抱，那天是一九七八年八月十七日。當我在報上看到這一則消息時，我正在美國柏克萊加州大學讀博士班，我懷著一顆懸在空中的心在校園裡茫然亂走，走著走著就進了路邊的天主堂，我虛軟地跪在神臺前，哭著問：

「天父啊！祢為什麼那麼早就召他去呢？我們需要他做我們的精神支柱，做我們的生活導師，做我們的心靈明燈啊！」天主默默無言。

我的眼淚在臉上成了兩條小河。于樞機的音容就在眼前耳邊繚繞。我簡直不敢想像他的親人在噩耗傳抵臺北時心中的無邊悲慟。他們親眼歡送含笑說話揮手的于樞機上飛機去梵諦岡，十天後將迎接的是無聲無息的棕色棺木回家（見張秀亞《湖水秋燈》第一五四頁的〈有淚如傾〉一文），多麼令人難以相信與接受呢！

隔了幾天後，我安慰自己：「于樞機在人世間已太累了，天父要他休息。」我從此釋然嗎？沒有。

值此復活節，我心中慘然。于樞機健在時，復活節只是單純的復活節，于樞機百年後，復活節對我則多了另一層意義。每年復活節時，我一面拜苦路，一面非常懷念于樞機。轉眼間，我已懷念于樞機二十年，于樞機也在我心中復活了二十次。真是懷念他，懷念他啊！

（原載於《典型長在》）

我的牧羊人杜崇實神父

你們不要使天主的聖愛憂鬱，因為祂是天主擁有你們的印記，保證你們必有得救的一天。要從你們中間根除一切毒辣、怨恨、憤怒、爭吵、譭謗以及一切邪惡，要彼此以良善、以仁慈相待，且要互相寬恕，如同天主在基督內寬恕了你們一樣。（《厄弗所書》四：三十）

所以，你們要效法天主，如同蒙寵愛的兒女一樣。要實踐愛德，就像基督愛了我們一樣，祂為我們而犧牲自己，作為馨香的供物和祭品，獻給天主。（《厄弗所書》五：二）

二〇〇六年十二月二十二日，是杜崇實神父晉鐸五十週年，在馬里蘭州輝頓城（Wheaton）的新世界餐館開慶祝會。屋外下著傾盆大雨，漆黑冷冽，屋內乾暖適中，滿室輝煌。席開十六桌，有許多神父、修女、教友出席，杜神父笑容可掬，十分開心。席間，放映他一生的亮點，從年輕小伙子的俊灑照片放到現在聖潔光照的他，也是我第一次看到他以前的黑頭髮，強烈對比著現在的滿頭銀絲，觸動了我的心靈！半世紀，一萬八千三百六十五天奉獻給天主，從來沒有放棄學習上進的機會，並且不間斷地四處做牧靈服務，過的是「貞節、神貧、服從」的清儉生活，無怨無悔無尤，我真是衷心敬佩他這種溫良恭儉讓的品格與生活化的信仰實踐！我遠遠地看見杜神父的臉上頭上都發出了聖光，不由自主地前去請求與他合影留念，以數字相機框住了過去十八年來杜神父照顧我們的點點滴滴！

當年在臺北輔仁天主教大學讀書時，周遭都是修女神父，我特別喜歡與他們交往。每天早上六點四十分準時進聖堂望彌撒，去感染那種神聖平和的氛圍，體驗旭日東升朝霞滿堂的盎然生機，然後才開始一天的課業生活。下課了之後，只要一做完功課，就又去找神父修女談神修的心得。儘管我十分羨慕神修生活，可是一畢業就飛越太平洋負笈異鄉，皮箱裡忘了帶聖經，只隨身攜帶了幾串玫瑰珠鍊。初來美國留學的那些年，由於許多外在的原因，很少進堂；因為沒有聖經，所以也不翻閱聖經，心裡的荒蕪乾旱，就像植物沒了土壤、陽光、空氣、水分，但內心渴望見到天主、崇揚天主的心願卻是與日俱增。到了後來，生命就只剩下了一根線吊著，幾乎隨時會隨風飄去。

一九八八年隻身從加州來到馬州，當生活與工作漸漸就緒之後，就開始不斷尋找中文天主堂。尋尋覓覓了兩個月，終於讓我尋到了中華聖母堂。第一次來到該堂，帶著惶惑激動的心情，見到了主持彌撒的杜崇實神父。杜神父身材高大，神采奕奕，說著一口標準的北方國語。他穿著一身白袍，襯著頭上密實的蒼蒼白髮，給他增添了飄逸與儒雅的書香。彌撒中的一段讀經就是以上的經文，然後神父朗讀福音書經文：「你們不要彼此議論紛紛，要不是派遣我的父所吸引的人，就沒有人能到我這裡來。」這話像一片深不見底的海洋，我像一塊乾裂的海棉，迅速吸飽了水分，徜徉在海洋的溫柔胸脯上；也像一望無際的藍天，我像一隻迷失方向的海鷗，突然找到了航向，翱翔在藍天的堅實懷抱中。我情不自禁地淚流滿面，泣不成聲，這個遊子終於又回到當初揀選了我的天主的家，停止了漂泊。

我是一張陌生面孔，當然引起了杜神父的注意。彌撒後，杜神父趨前問我：「妳從哪兒來的？在哪裡讀書？在哪兒工作？結婚了沒有？先生做什麼的？有幾個孩子？他們多大了？適應這裡了嗎？需要幫忙嗎？」他的噓寒問暖，如春風化雨，我的心得了炭火的燃燒，熱烘烘的，使我充滿感激！

杜神父每一個主日在洛城與中國城之間輪流做彌撒，所以我們不是每一個主日都能見到他，但他來的那一天，彌撒後他會留下來主動與教友交流，所以從來不覺得有隔閡。就在每一個主日對天主的期待交會祝福話別聲中，聖愛的灌注，聖神的寬恕，弟兄姊妹的良善仁慈，我的生命再次獲得滋養生息，取得了力量堅強信心希望。

後來，杜神父來洛城聖母堂的次數漸漸減少，但我惦記他。恰好我與他的外甥德欣欣也熟，就跟他打聽杜神父的近況。但是，若是杜神父來主持彌撒，每次見了面他都會問：「孩子們現在多大了？讀幾年級了？在哪個學校讀書？下了課後做什麼？」時光荏苒，我的孩子們都從當年的小不點長成大人了，當時只有五十八歲的杜神父，也不再是五十八歲，但他的樣子依舊，跟我第一天見到他時毫無二致，歲月沒有在他的臉上刻下記號。

杜神父是誰呢？他祖籍河北，家族裡已是五代篤信天主，共培育出四位神父、四位修女、一位主教。他生於一九三〇年，十一歲進小修院，二十六歲晉鐸神父，獲有美國華府天主教大學心理輔導博士學位。足跡遍及澳門、西班牙、羅馬、臺灣、美國。精通國語、臺語、粵語、英語、拉丁文、義大利語、西班牙語。於一九八二年成立「中華聖母傳教中心」，出任第一任本堂，涵蓋馬里蘭州、維吉尼亞州、大華盛頓特區等地。於一九九二年創辦「光啟中文學校」，並出任馬里蘭州銀泉市（Silver Spring）「聖十字醫院」的住院神師與心理學咨詢輔導專家。

雖然杜神父現已退休，但仍繼續支援許多天主堂的牧靈需求，而且更要為「中華聖母傳教中心」多盡一份心力，希望更多的華人能領受天主基督的聖愛。他說：「在未來的世代，中國語文會更形重要。我滿心歡喜地重拾荒廢了多年的中文，再開始翻閱中文古書，希望溫故而知新。」

我是天主寵愛的女兒，多次領受聖寵的美好，多次嘗到信望愛的馨香，多次感受被憐憫的扶持。能認識杜神父是天主給我的一個聖寵，他五十年來，全心全意跟隨天主基督，不怨不悔一生默默侍奉天主基督，如此堅持不渝，我滿心感動、羨慕崇敬！他對天主聖愛的身體力行，鼓勵啟發我對天主的仰望，我渴望能多用我的嗓音來為天主歌詠讚美詩，也渴望能多用我的經歷來為天主做見證，能做一個徹底成熟的天主跟隨人，福傳鄉里四鄰。

杜神父比家父小八歲，家父剛謝世時，我十分沮喪，有些厭世之感。他曾數次給我電話，像父親般與我話家常，鼓勵我，非常溫馨，撫平我的傷懷，幫助我振作起來。我一向很聽父親的話，所以杜神父的話自然也是很有力量。

最後一次見到杜神父是二〇一五年十月八日，我們正在杜拉斯國際機場等飛機去羅馬，隔著大玻璃窗的外面是一條走道，看見一群人下飛機走去海關，突然見到教友曾家兒推著輪椅上的杜神父從我眼前走過。我拚命敲玻璃，卻沒能引起他們的注意，如此驚鴻一瞥，很神奇又好失落！等我們十天後從羅馬回來，過了很長的時間才偶遇教友曾家兒，她說，神父生病，不大見客了。

杜神父，誠心謝謝您！

如今您已被召回天家（二〇二〇年二月三日，享年八十九歲），常伴天主，期待他日在天家與您相逢！

無一語答秋光

——懷念琦君

在網路上看到琦君在臺北過世的消息，她的音容笑貌全都在眼前浮動，與她認識的種種記憶也不期然地湧現於腦海。我情不自禁地翻開相簿看與她合影的照片，記憶拉回到一九九五年十月七日，那天是我與這位令人敬愛的前輩作家見面的幸運日！

那天，華府華文作協舉辦活動，由會長張天心先生請來當時旅居新澤西州的名作家琦君女士演講她寫作的心路歷程。當時我才加入該作協，對於其所主辦的任何活動都是非常積極參與。因為我是從小讀琦君的書長大的，因此對琦君的光臨更是熱烈期盼，就想聽她的聲音、見她的人！

演講會是在馬里蘭州洛克維爾市（Rockville）的遠東飯店舉行，出席的讀者聽眾坐滿一個大廳，大約有十五桌。我坐在最後一桌，在角落裡，左邊是正旅居馬州的名作家歸人先生，右邊是好友陳漢嬰女士。大家先在十二點吃了午餐，然後於一點時張會長請琦君開始演講。我得極盡目力才能看到另一頭站立發言的琦君，因此低下頭來仔細聽她透過麥克風傳過來的聲音。

琦君的聲音很柔和，細聲細氣地說起她小時候的生活，她的母親日日禮佛，非常慈祥，非常愛她，也十分照顧鄰里鄉親；她家的長工阿榮

圖十七：攝於一九九五年十月七日美國維吉尼亞洲馬可林城嘉賓樓。左起：江明健（作者夫婿），龔則韞（作者），琦君。

伯也很照顧她，阿榮伯說的話她也記得清清楚楚；她的恩師夏承燾是位詩詞名家教授，教她習詩詞，唸詩詞，寫詩詞，並以「皺瘦透」為寫詩詞的基準。一九四九年，她從大陸來到臺灣，晚上下了班，一人無事，就寫作投稿，其中一篇〈錦盒子的祕密〉的散文，引起讀者李唐基先生的共鳴，為日後共結連理掀起了序幕！

琦君溫婉地說完，大家報以熱烈的掌聲。琦君也帶來了十本書贈予作協，張會長決定以抽籤方式送給與會的聽眾。我很榮幸地被張會長點名做抽獎員，更榮幸的是我也中獎抽到一本，書名是《青燈有味似兒時》。我樂得笑不攏嘴，趕快跟著大家排隊等作家親筆簽名。

那天晚上，張會長在維吉尼亞州馬可林城（McLean）的嘉賓樓宴請琦君夫婦，我與明健是陪客之一。桌上菜式花樣豐富，而賓主交談的內容更是精彩萬分，深深感受到琦君對人的洋溢熱情。她的性情坦率真誠，說明了為什麼她的文情那麼真切動人，她的文字那麼感人肺腑。聽她說話就像在讀她的文章，讀她的文章就像她在你的眼前，是確確實實的人如其文、文如其人！

席間，每一個人說一個笑話，輪到琦君，她說：

從前，有一家人，岳母過生日，岳父請三個女兒和三個女婿回家吃飯。席間，岳父要三個女婿講故事，得含有「好、大小、多少」的字眼。大女婿是詩人，他說：「這扇真正好，開起來大，收起來小，夏天用得多，冬天用得少。」二女婿是生意人，他說：「這傘真正好，開起來大，收起來小，雨天用得多，旱天用得少。」三女婿是個傻瓜，他急了，看著滿桌的佳淆隨便胡謅：「東坡肉真正好，白肉大，瘦肉小，我吃得多，你吃得少。」岳父聽完，直搖頭，嘆道：「真是一個好吃鬼喲！」

說完後，大家笑彎了腰。她也要大家模仿做打油詩，我文才窘迫，搜遍枯腸，毫無所得，只好羞澀地抱歉！琦君笑咪咪地說：「沒關係！沒關係！」她的和藹可親真令我喜歡她！與她合影多張留念，留下了很開心的回憶！

飯後，張會長請大家到他府上去坐訪。在他的大廳裡，客人坐定後，張會長拿出胡琴伴奏。那晚，有許多人唱歌表演，但我全不記得了，就只記得琦君唱〈珍珠塔〉的情景。她先唱一遍紹興話，再一遍溫州話，又一遍國語。我聽不懂戲詞，但光是一邊看她輕聲唱戲，一邊用手指頭捲著衣角的模樣，臉兒紅紅的，眼神透著羞怯，真是可愛極了。那年她已是七十九歲，但那會兒我真以為她只有十九歲呢！由此可見，琦君一生在愛心世界裡，一直保持一顆澄淨無私、聖潔如同新生嬰兒的心靈，靜靜地付出，默默地奉獻，透過她的眼睛，我們看到人性的光輝。

那晚回家後，記下了琦君說的笑話，這時夜闌人靜，靈感來了，寫下了一首配合她的要求的打油詩，該年聖誕節時跟卡片一起寄給她。她回信鼓勵了我一番。那晚，囫圇吞地讀完《青燈有味似兒時》，才意猶未盡地入睡！

因為家庭與工作兩頭忙，因此與琦君沒有很多互動，但那一日的相處給了我無盡的體會與認知及深思，日後讀她的書，就覺得特別親切，也特別能共鳴。特別愛讀她回憶童年的文章，溫馨而趣味盎然，篇篇有真情意，雋永而引人深思。她常以童心體察萬物，在最細微處體現生命的愉悅與痛苦，以俏皮的生花妙筆寫童年時的可喜可憎之人事物，栩栩如生，情感真摯，為繁瑣的人間塑造出一片祥和，濾盡塵囂，注入信仰與希望的信念，令讀者面對未來更有信心。

琦君有超強的記憶力，能背很多詩詞，遠至《詩經》，近至現代新詩，隨手拈來，運用自如！在她的作品中，處處可見這樣的得心應手。我特別敬佩她的記憶力，問她：「怎麼背的？有捷徑嗎？」她說：「就是要用心記住，就是捷徑！」

琦君的母親是個典型的舊式婦女，她潛心禮佛，用小楷抄寫《金剛經》，用心地描下丈夫為她取的名字「夢蘭」；她總是退居二線，敲著木魚清石，朗聲唸《心經》、〈大悲咒〉、〈白衣咒〉……。我彷彿看見她們母女並排兒跪在佛堂裡的蒲團上，沒有誇耀，沒有怨言，只把淡淡的芬芳散布在家庭之中。當琦君的父親帶著二媽外出吃「大菜」（即是西餐）時，小琦君沒肯跟著去，她寫道：「母親一聲不響，只慢條斯理地端出一碗香噴噴的乾菜燜肉，一盤綠油油的蝦米炒芥菜。加上老劉的冬筍炒魚片。我們三個人，享受了一頓最最好吃的『小菜』。」琦君受母親影響，也篤信佛教！

然而，琦君心寬胸大，她說：「在古老農村社會的婦女心中，都有一尊慈祥的觀世音菩薩。她披著飄飄然的白披風，手持淨水瓶，瓶中插著柔柔的柳枝，將祝福灑向人間。祂，是位美麗的女兒身，就像天主教的聖母，懷抱著對全人類的愛。」於是她不僅不排斥「白姑娘」（即是天主教的修女），而且有一份好感，她說：「……她（指白姑娘）摸著念珠說：『我在聖母面前許下心願，要把一生奉獻給祂，為祂傳播廣大無邊的愛，世上沒有一件事比這更重要了。』我聽不懂，母親卻顯得很敬佩的神情……。她常教我們許多遊戲，有幾樣魔術，我至今還記得……。白姑娘教我的，不只是有趣的遊戲，而是她臨別時的幾句話：『要做個好孩子，好好孝順父母……。我要回報這份愛，我有著滿心的感激。』」琦君的心跟這位白姑娘一樣，充滿了大愛，德雷莎修女（Sancta Teresia de Calcutta，一九一〇－一九九七）說：「我們無法成就許多大事，卻能以大愛成就許多小事。」琦君這一點做得可圈可點！

琦君是一位快樂讀書人，由於閱讀經驗的累積，有一雙秋水洗過的慧眼，可以抓住好書，吸取真正名著的真知卓見，拓展胸襟，培養氣質。她引用清代名士張心齋的話：「少年讀書，如隙中窺月；中年讀書，如庭中賞月；老年讀書，如臺上望月。」讀書無論是好奇迫切，或是莫逆於心，或是客觀透視，在琦君看來，都是一份安詳的享受！

琦君的瞿禪老師（即夏承燾先生）有〈鷓鴣天〉詞說：「不愁盡折平生福，但願虔修來世閒。」琦君希望來生有一顆玲瓏剔透的心，領悟什麼是真正的閒，從而閒適地領受世間一切莊嚴的美。琦君，篤信佛教的您，我相信慈悲的觀音佛母，一定來牽引您高潔的靈魂，往生西方極樂世界去了。喜的是從此隔世的母女可以團聚，悲的是您的夫婿李唐基先生餘生孤獨，想必是「無一語，答秋光」！

一片綠葉

我認識呂新躍很多年，歐・亨利最出名的作品是《最後的一片葉子》，他就是那一片綠葉，啟動光合作用，除了該作品顯示的希望以外，還有放心、能量、快樂、遮蔭！

第一次見到新躍，是他到我辦公室來面試工作，那是二〇〇三年。那時他是位只有四十出頭的北方漢子，白臉上五官端正，兩邊下巴剃得青青的，個子不高不胖不瘦，腰桿挺拔，行路步子跨得很大，讓人覺得格外精神。目光透著善良，沒有一絲讓人不舒服的挑戰性，毫不做作，給人光明磊落的感覺。隱隱約約覺得有一絲絲親切。

問了他幾個業務上的技術問題，他都回答得頭頭是道，給我一把好手的印象。就這樣，他來到我的實驗室工作，參加我的科研團隊，斷斷續續地做了十多年，還跟著我轉到不同的研究機構。

那些年裡，我們做了幾個重要的實驗項目，陸軍研究院的時候，研究主題是出血性休克的反應與輸液後的效應。新躍的分子生物技術駕輕就熟，做事又勤奮，從不遲到早退，做出許多好結果，發表好幾篇科研文章；後來到了大學，經費是另外科目的課題，也是靠著他的分子生物技術來完成任務，同樣地發表了幾篇好文章。他是一片綠葉，帶給我們希望！

在我的實驗室裡，他是我最信賴的人。他做人誠實坦白，從不會在人們的背後說三道四，議論人家，或陷害人家。他具備了這樣高尚的道德感，讓我相信他，信賴他，就像我信賴自己的弟弟那樣地信賴他。當我需要幫助時，他一定鼎力相助，毫無怨言；當我的工作陷入低谷時，他在旁邊不斷地支持我，鼓勵我，給我加油打氣。在這個處處見利忘義的世道裡，我衷心激賞他具有耿耿忠心的品格。他是一片綠葉，帶給我們放心！

我們從陌生到熟稔，然後就像一家親人那樣地親近。他告訴我，他生在內蒙古，母親死得早，他上面有三個姊姊，他在沒有媽媽的環境裡長大。

新羅說：「我從小看不得人家有媽媽的一家團圓，心酸得很！」我的眼前浮出一個小男孩，眼巴巴地望著鄰家的媽媽，羡慕坐在她懷裡的孩子。

新羅的父親是萬里長征的十八軍，鐵錚錚的軍人，一生戎馬，沒再婚，活到了八十五歲，坐在椅子上，一邊聽著收音機，一邊悄悄地往生了。

新羅和他太太曉梅很好客，也很大方。新羅習慣過年過節要「走親戚」，所以每逢中國人的端午節，曉梅就做粽子，他一定會給我幾個鹹粽和甜粽過節；到了中秋節，曉梅就做月餅，我也一定會分到幾個月餅；我家收剪韭菜，我會分給他家好幾把，過了幾天，他就帶來曉梅做的韭菜餃子或韭菜盒子，送給我大飽口福。新躍，他是一片綠葉，帶給我們能量。

新躍每年新年時都在他們的家裡請客，把我們實驗室裡的人員都請了來聚餐。曉梅手藝好，做滿滿一桌菜，大家有吃有玩，非常熱鬧。新躍自己沒怎麼吃，但一直勸大家吃菜喝酒。我們每次都是盡興而歸，然後又立刻盼望著下一次的歡聚一堂！他是一片綠葉，帶給我們快樂！

二〇一五年十一月十六日，新躍來電話讓我們在感恩節時到他家吃飯，我們已經被約了，去不了，很遺憾！

我說：「那就聖誕節吧，我們在家。」

他說：「不行，兒子請我們去坎坤（Cancun）度假。」

我說：「好福氣啊！那麼等新年囉！」

他沒有吱聲，但我可以感覺到他的失望。

十二月三十日半夜，我接到孫衛連來的兩封電子信，通知我新躍昨日在坎坤過世的消息。我簡直無法相信我的眼睛，以為我的眼睛花了，看錯了。再看，連看了幾十遍，還是不相信……。打電話給在西雅圖度假的女同事芒，芒說：「不應該是同一個人，我們上個星期還提到他呢！他是一個大好人！善有善報的。」

抱著最後一絲「新躍還活著」的希望，忐忑不安地度過新年元旦的長週末，還往他的家裡打電話，線路不通。又在他的手機裡留言，希望他會回電。然而，這一線希望終於在與回了家的曉梅聯繫上以後完全破滅。我只能說著蒼白的話，支支吾吾地，無力地說：「曉梅，妳一定很心痛，但一定要堅強，要節哀順變，多多保重自己！」

新躍，謝謝你這些年跟我打拚天下，發表了多篇好文章，又給了我許多美食，支持我，關心我，還有許多談論天下大事時的激動時刻。你是一片綠葉，帶給我們遮蔭。

新躍，希望在天堂的你保佑曉梅和你們的兒子！

新躍，不捨得你離我們而去，想念你！懷念你！會永遠記住你這一片綠葉。

路迢天遠，請慢行

——憶林英明醫生

「鈴！……鈴！……鈴！……」電話鈴響時，我的博士後研究員正在跟我彙報實驗結果。我一看是明健來電，趕快接聽。他告訴我，林英明走了。他的聲音哽咽，我的腦門「轟」一聲！……。等我回過神來，又接著聽實驗彙報，此時耳朵千斤重，似有萬重山，已聽不見隻言片語。從與英明夫婦相識以來的交集，猶歷歷在目，卻斯人已逝，眼淚倏然而下……

第一次見到林英明夫婦是在二〇〇三年十二月，香港皇仁書院一百四十週年，皇仁書院老男孩（簡稱QCOB）同學會的晚宴上。英明上臺表演四重唱以及吹口琴，他身著黑色西裝皮鞋，裡面是白色襯衫，顯得特別伶俐清爽、神采奕奕。該場表演給我留下深刻印象。明健告訴我，英明非常聰穎，在校成績優異，又很有音樂天賦。散會後，在門口又見到英明與他身邊的年輕夫人Sharon。當晚我拿了QCOB同學會出版的第一本專書（每個同學寫一篇畢業後的經歷際遇），一口氣讀完英明的那一篇長文（也是書中最長的一篇），文中載事巨細靡遺，撰述他一生的心路歷程；全家福照片中的他神情肅穆，旁邊是他笑意盈盈的夫人與三個可愛的公子與千金。

二〇〇五年十二月，我們再度回香港。事前英明與我數次電郵聯繫，希望我在QCOB讀書會上給一個發言。他是主辦人，做事周到，思緒縝密，所以發言進行順利。那天與Sharon鄰座，她說她也喜歡寫作，但靜不下心來。我說：「那就慢慢來，等妳滿腹詩情或滿懷心思，如鯁在喉、不吐不快時，就會如行雲流水下筆千行了。」英明仍然是安靜地忙著錄影。我跟Sharon說：「你們是一對璧人，郎才女貌，多幸福！」

最後一次見到林英明夫婦是二〇〇七年十二月四日的晚上，該晚由多位夫婦為我聚餐慶生，英明與Sharon是其中一對。在品嘗美味上海菜餚及瓊汁玉漿、觥籌交錯之間，由於我的粵語能力有限，沒有太多我能插嘴的餘地。我靜靜地聆聽桌上的粵語交談，錯落有致，歡欣滿堂，雖不甚理解，但能感受到濃濃的友誼帶來的溫馨與快樂。Sharon談鋒甚健，英明卻沉默寡言，在黑色西裝白襯衫的襯托下，蒼白的臉龐更加白皙，鏡片後的眼神更加凝重。飯後，大家合影留念，才徐徐散去。回到下榻的城市旅館，重看合影，我問明健：「他為什麼如此沉重？」明健沉默無語。

臨回美國的前一日，照例受邀去樂汝亨夫婦的辦公室挑選時尚的美麗時裝。Erling看著我兩頰上的大大小小雀斑與黑斑，立刻熱心地給英明去電，他的祕書說他不在，Erling又追加一個電郵。回到美國後，看到英明的回郵，說：「對不起，沒能即刻給妳治斑，下一回來香港時一定安排時間處理。」於是我天天懷著一個美夢，等著二〇〇八年十二月的皇仁一百四十五週年同學會，將從醜小鴨變成美麗的天鵝。

後來從明健處得知英明行醫救人之外，還出錢出力在大陸內地捐資建校，廣做社會工作，積累很多善行義舉。我衷心佩服他的仁心仁德，社會上能有更多的林英明的話，很快就會達到和諧社會的目標了。

英明一向熱心參與QCOB的電郵討論，明健偶爾會轉寄一些有趣的內容給我。其中一個電郵是他買了一把大提琴，預備開始學拉琴，我佩服他上進的動力。二〇〇八年的四、五月間，突然發現完全沒有了他的電郵，這太反常了，一個不祥的念頭在我腦海裡閃過，心中終日不安，懇請明健去問明緣由，卻始終問不出一個所以然，一直是一個謎團。因此，尚懷一線希望，盼望不是健康危機信號。

二〇〇八年十二月，我們回去參加皇仁QCOB一百四十五週年同學會，從其他同學處確認了英明生病的消息，心中油然升起無限哀傷。晚宴中，英明來電致意，聲音仍然中氣十足，我心想他應該會康復有望。這一次，QCOB同學會出版第二本專書（每個同學一篇五年來的經歷），但書中沒有他的文章與照片，他完全缺席了，很可惜。

從此我們的心情跟著他的病情起落，聽說他狀況良好，為他鼓掌；聽說他又要住院，趕快為他祈禱。天天祈禱英明不管是在香港或去杭州或去天津，都能痊癒回家。我跟天主說，願意不等英明來幫我變成天鵝了，願意只做快樂的醜小鴨，只求天主痊癒英明。盼望、祈望、奢望，端賴老天爺的心意。

有一天，明健轉來英明的電郵，詢問幹細胞的臨床用途，因為忙著一大堆事情搞得焦頭爛額，陳偉儀（香港中文大學學院院長）又謙稱外行，於是就讓幹細胞專家Rocky（段崇智，香港中文大學校長）一個人代表回答。不過，我很高興他重入QCOB的網路熱線。後來，他與明健數度通電郵討論教育與財政問題，表示他的健康大有進步了。

二〇〇九年七月十八日早上去望彌撒之前，我突發奇想，讓明健幫我剪下一頭長髮，捐給癌症慈善機構做假髮給貧困的癌症病童戴，天主也許會憐憫英明，慈悲地治癒英明。九月中，明健經我的要求，還打了一通電話給班長李樹榮（香港政府運輸司主管），盼能更明確地知道英明的情形，幫助我禱告時，能更清楚地告訴天主問題之所在，祈求天主的幫助！

但是，祈求的奇蹟沒有發生，黎慶寧（前香港保安司司長）來電郵告知英明於九月三十日回到天家，臨終前領洗為天主教徒，永遠安息主懷。塵歸塵，土歸土，天主帶著他，不必再忍受世上的病痛。可是，往後，Sharon及三個稚子怎麼辦？哀、痛，時而平行，時而交集，為他的未亡人不安。幸福、意外，竟是一門之隔。

祈求天主抹乾他們的眼淚，堅強他們，帶領他們，做他們的牧者，他們必不至缺乏，使他們躺臥在青草地上，領他們在可安歇的水邊……（《詩篇》二三：1-2）。

英明，安息……。山一程，水一程，明健與我淚眼為你送行……。真是不捨啊！

天神的雅麗

打開伊媚兒，跳入眼簾裡的是湯姆的電子信，我的心一揪，迅速地讀一遍，我的頭皮發麻，手心出汗。每次收到湯姆的電子信時，就是表示他的太太——我的同學雅麗又進醫院了，要不然，她總是自己跟我寫的。

立刻仔細再讀一遍，我的心沉到谷底，呼吸急促，幾乎要窒息。

當機立斷決定去探望她，於是緊急聯絡了與她住鄰城的另一個同學月霞，月霞又與湯姆約好。我又約了雅麗的前同事蘭芳一起去，訂不到當天的機票，但有隔天的。

一夜輾轉難眠，直至天已破曉，才闔眼小寐一會兒——不久醒來，趕忙起床盥洗，收拾停當，然後開車去機場。

在機場，又是領取登機證，又是安檢，又是候機，東折騰，西折騰，我的一顆心也給折磨得像豆腐一般，一碰就會破碎。總算熬到登上幾，飛出去了，時間又好像跟我對峙一樣，望不到盡頭。熬來熬去，好不容易飛到了C城。

一下飛機，月霞接了我們就直奔在D城的醫院。開了一個多鐘頭的車，終於看到被化療折磨得瘦骨嶙峋、禿頭無眉、肚大如鼓、腿粗如柱、臉色皮膚熬得焦黃的雅麗，我幾乎衝口叫出來——我的天，美麗的

圖十八：大學時代的四朵花，與雅麗（右一）合影。

雅麗被毀了！

月霞捧著一盆夏日香百合花，放在雅麗的床頭，做雅麗的守護神，叫那些竊奪靈魂的盜賊滾得遠遠的！

我坐在她的床沿，她遞給我們病情報告表，除了湯姆以外，我們都是學這行的，一讀就懂，我心裡直淌淚、直滴血——雅麗啊！……雅麗啊！……

窗外是一片如茵大草坪，雨後的陽光明媚地照亮整個病房金光燦爛，烘得熱乎乎的，她卻穿了厚毛衣躺在白色的被單下。穿了短袖短衣的我握著她焦乾的手，給她看我帶去的當年讀書時的合照。

照片中的我們不識愁滋味，在那個天主教大學裡，女孩子純情得像天使，總是肩並肩，腕勾腕，手挽手。除了一起上課之外，還集體去溪頭、墾丁公園、鵝鑾鼻、澎湖等地旅遊學習，年輕的激情不斷地釋放，永遠的青春不斷地撞擊，無限的幸福不斷地凝聚，喀嚓一聲，都被收到那豆腐干大的照片裡（圖十八）。

雅麗一看，無力的眼神立刻閃亮起來，又是充滿了當年的青春、期許、希望、憧憬。

閒談當年事，談兒女與丈夫，談工作，雅麗還很樂觀地談著未來。

我們撒野似地大笑，為當年的糗事笑痛了肚皮。

湯姆默默看著我們，他發白的臉肌垮著深深的溝，滿頭白髮東倒西歪，那一雙彈莫札特小步舞曲的大手橫抱在胸前，五十多歲的人像七十歲。

死亡之神披著黑衣，踏著廢墟，巧無聲息地候在旁邊，上帝的〈彌撒亞〉嚇不走黑神的鐐銬，莫札特（Wolfgang Amadeus Mozart，一七五六－一七九一）的〈安魂曲〉（*Requiem*）竟也大膽地響了。

誰在音符中朗誦？側耳傾聽，啊！是瘋子詩人吟詠但丁的《神曲》（*La Divina Commedia*），一個字接一個詞，胡亂地從嘴裡吐出來，一串又一串，像吃葡萄似的，狂風般滑上滑下，滴溜溜地滾來滾去。

還有牧師也來說話了：「塵歸塵，土歸土……」

摀住耳朵，我不肯參加牧師的告別式，必須討價還價：雅麗，別忙著走，妳在世上的任務與使命還沒完。妳的小女兒還要你這個媽咪每晚就寢時的親吻呢！《費加洛的婚禮》（*Le Nozze di Figaro*）趕快來，讓牧師變成婚禮的見證人，讓雅麗和湯姆再對彼此說一遍「我願意」。

我們再度緊握雅麗冰冷的手，一面給她加溫加熱，一面給她加油加勇氣。

滯留到訪客時間最後一分鐘，我們不得不走了，把瘦弱的雅麗留在病房裡，留她單獨面對黑夜裡的未知。

害怕看她孤獨的身影與淒涼的眼神的我，卻又不捨，還是頻頻回首，只是希望多看一眼就是一眼，好把她生命的細紋彰理都莊嚴地雕刻在我的腦葉上。

在停車場，湯姆低聲說，他會繼續跟我們寫伊媚兒，然後坐進車裡走了。我跟月霞、蘭芳也上車，投入黑漆漆的濃夜中，我們仨心澀、嘴澀、眼澀，唏噓又唏噓。雅麗啊！……雅麗啊！……這個乳癌怎麼這麼緊扣著妳不放？連憂鬱的星星也惶惶。俄國大詩人普希金沉沉地說：

就像一片殘存的樹葉，
聽到嚴冬風暴的呼嘯，
又驚於晚來寒潮的襲擊，
在枯枝上孤零零地顫抖。

隔天，我們上了早班飛機歸去，不敢多留在雅麗身邊，怕她負荷不起情感的波動，怕她累，怕她苦，怕她沒了信心。

生命的意義、尊嚴、理想、使命、目標、過程……，此時似乎都是多餘的。

只要維繫生命的那一口氣在，腦子就能思想，肺也就能自由自在地呼吸，心臟就能撲通撲通地跳，五臟六腑就能各得其所，五官就能各盡其能，兩腳就能任意地走動，一句妙語就能不期然地蹦出來。我關切地深思：

「一口氣，是造化的功德！一口氣，是靈魂的載體！一口氣，是肉身不壞的關鍵！」

飛機窗外仍像昨日，是一片纖塵不染的藍天。飛機下是溫柔的白雲，就像厚厚的棉絮，吸引著人躺上去，深深地陷入，緊緊地裹住身體，彷彿母親軟軟的雙臂，透著深愛與安全感。覺得天神就住在雲層裡，與我特別近，輕呼：「天神啊！……天神！……您別走！……您開天闢地造人時，就是吁一口氣！不要抽走維繫雅麗生命的那一口氣，雖然羸弱，但留著，就仍能接受天地萬物的明媚滋養。」

憂鬱的我心裡千頭萬緒，忠實的飛機又把我們帶回這個詭譎的國際都市。望著熟悉的周遭，蘭芳說：「不要擔心！」瞬間，勇氣及能量從頭頂百會穴灌了下來，直入丹田。心頭一鬆，對雅麗的那一口氣生出了奇蹟般的信心！

七天後，湯姆來伊媚兒，雅麗出院了！又七天，雅麗郵寄來了親筆謝卡！

天神果然憐憫慈愛雅麗！

後記：

雅麗於二〇〇五年底安息主懷，生前她安排了追思禮儀的內容，兒子彈鋼琴，女兒拉小提琴，用音樂送她上天堂。

驚愕的星期日

——憶林太乙女士

二〇〇三年七月十一日，我睜開眼睛，習慣性地看床邊的鬧鐘，已經是六點了。我嚇一跳，趕快起床盥洗，又洗頭又洗澡，水聲嘩啦嘩啦地響。等一切都弄妥了，拿起皮包預備去上班。突然腦子一閃，今天是星期日，根本不必上班！……啞然失笑，抬頭一看牆上的鐘，才七點鐘。想回床上睡一個回籠覺，卻又覺得睡覺浪費時間，實在可惜，還是讀書吧！

坐在廚房裡的飯桌邊，很閒適地翻閱羅伯特・佛洛斯特的詩集。四周靜悄悄地，只有偶爾的翻書聲音震動我鼻下的空氣，渺渺地碰觸我的耳膜。正陶醉在詩中的恬靜，電話忽然間「滴鈴」地大叫了起來，像警鈴般地刺耳。趕忙撲過去，生怕吵醒睡夢中的家人，這時才七點半呢！

電話那頭是韓秀姊，語氣急切又哀傷地告訴我，林太乙女士在七月五日（二〇〇三年）過世了，七月十日下葬。我驚愕得心都快停跳了，這是怎麼一回事？怎麼會這樣突兀？今年因為是由我負責收集「美國華府華文作家協會」（以下簡稱「華府作協」）年刊文稿以便編輯年刊之用，這兩天正愁著還沒收到太乙大姊的文稿，還在電話裡跟韓秀姊和丁中德兄討教是該寫信去邀稿還是打電話合適。沒想到現在接到的是她已百年仙去的噩耗！韓秀姊接著說：「太乙大姊兩年前被診斷出胰臟癌，兩個月前舊疾復發。」我終於恍然大悟她年年給文稿，今年卻缺席的原因，而且永遠不能給了！

放下電話，心裡像壓了一塊鉛石，很沉重！對太乙大姊先是心儀而後有幸見面認識的點點滴滴，就在眼前一幕一幕地重播。我從小愛讀《讀者文摘》，其中記憶特別深刻的是有關一個積滿茶垢的寶貝茶壺的故事。當時我還暗下決心，也要如法炮製一個相同的寶壺，送給愛喝茶的爸爸。長大以後，沒有去做寶壺，反而寫了一篇〈茶情〉登載於《中央日報》副刊上，這是後話。當時爸爸告訴我該文摘的中文版總編輯是林太乙，是林語堂的二女兒。我覺得她的成就很了不起，所以開始心儀仰慕她！

來美留學以後，沒有中文版《讀者文摘》，只得改讀英文版。小妹還在臺北讀高中，寫信來告訴我，她寫的一則笑話給登載中文版《讀者文摘》，我高興極了，好像是我的一樣。後來小妹也來美國留學了。幾年後，她回臺北去看望爸媽，回來後跟我說，她把《讀者文摘》寄來的稿酬支票夾在一本書裡，結果給忘了，這一次無意中發現，才又想起這件事來。我問她稿酬是多少，她說是三十五美元。天哪！一則笑話就給這麼多，對作者是如此的禮遇尊重，對該文摘的好感又多了很多！

沒想到多年後的一天，在「華府作協」的活動上親眼見到太乙大姊的風采。那是一九九七年二月十七日，「華府作協」在馬里蘭州洛克維爾市的遠東飯店舉辦新春年會，請來嘉賓太乙大姊演講。當時主持年會的張天心會長和周邦貞副會長一請再請，太乙大姊不斷謙讓，好不容易才勉為其難地站到麥克風前談一談她的寫作和編輯經驗。她說得很簡短，但強調寫作要健康自然，帶給讀者光明與希望。

我買了《林家次女》一書，請太乙大姊在扉頁上簽字。趁她低頭在扉頁揮筆時，我仔細看她：大大的頭、圓圓的臉、圓圓的身材、圓圓的近視眼鏡；披肩秀髮捲得整整齊齊，額頭上的瀏海略微遮掩了稍顯凸出的前額。我微微一笑，想起小時候的事。我也是一個大頭娃，有一個這樣的額頭，同學叫我「擴頭仔」（臺語發音，指前額或後腦杓凸出）捉弄我。我每天努力用手壓前額，希望扁一些，可還是老樣子，還是動不動就被同學捉弄嘲笑。抱怨給爸爸聽，他安慰我說：「這樣更聰明、更漂亮！」還說文學家謝道韞和電影紅星伊莉莎白・泰勒也有大大的凸額。我不管他們是誰，只為一個「我不要擴頭」吵個不停，弄得爸爸無可奈何，只當秀才遇到兵了。我很想問太乙阿姨是否有小朋友因為她的凸額捉弄她，最後還是忍住了，不好意思問。後來讀《林家次女》，才發現她被封為「凸頭的」（第二三頁），與我的「擴頭仔」相去不遠！

謙虛謹慎的太乙大姊從總編輯的崗位上退休下來，就很努力地寫作，年年出版新書。我的《荷花夢》在一九九八年底出版，隔年四月份，周邦貞副會長請出版新書的會員們談一談他們的新作。那年大約有七、八位，我忝居其間。她的新書是《好度有度》，當大家一個接一個神采飛揚地談自己的新書甚至自我推銷時，她都是靜靜聽著。輪到她上臺時，一如既往，輕描淡寫地說、很簡短地講完就下臺了。會後，大家一起合照留念，我正好就站在她旁邊，她的皮膚白皙亮淨，眉宇間無爭無憂，出奇地優雅。再一次見到一位成名作家的虛懷若谷風範。我告訴自己，要學習這一份雍容大度！

太乙大姊小時候出版日記，十七歲時出版第一本英文小說《戰潮》，高克毅先生評該書是個「小妞兒的戰爭與和平」（《林家次女》第二一五頁），十八歲高中畢業去耶魯大學教中文（《林家次女》第二三六頁），十九歲出版了第二本英文小說（《林家次女》第二四七頁），此後又連續出版多本英文書籍，還譯成八種其他文字出版；其他，尚有原是英文版後來用中文改寫的《金盤街》及《春雷春雨》，另著有《林語堂傳》、《明月幾時有》、《蕭邦，你好》，編纂《語堂文選》、《語堂幽默文選》，翻譯《鏡花緣》成英文，以及與黎明先生合編《最新林語堂漢英字典》。一九八七年得臺灣國際傳播獎，一九八九年得國家文藝獎、中山文藝獎、臺北市文藝獎。她做《讀者文摘》二十三年（一九六五—一九八七）！無庸置疑，她的寫作能力很有天分，行政能力也是呱呱叫的好！

太乙大姊的作品其最大特色是實實在在地活著，譬如《金盤街》中的阿倫與《蕭邦，你好》中的雅琴，最後都學會不要好高騖遠，而是腳踏實地生活下去。另外，其字裡行間也充滿溫馨，譬如：

> 桐姊花了三天三夜的功夫，搭火車從廈門到江西鷹潭，換車到上海，再換車抵達北京。她去找舜姊，因為在北京還找得到肉。他們做了肉鬆讓桐姊帶回去廈門給三個兒子吃……。廖家的肉鬆，一代接一代，使用細心、耐心、愛心炒出來的。（《林家次女》第二五五—二五六頁）

她的書中也充滿了幽默式的誠實，譬如：

> 我沒有大學學位，拿到沒有妨礙我寫作，和後來擔任《讀者文摘》總編輯的職位，但是誰知道，假如我有一張大學文憑，我的一生經歷會有什麼不同？我的年齡越大，越覺得自己知識淺薄，而且胸懷不夠開闊，對極大的東西，如天文，和極小的東西，如原子，都沒有多大的興趣。我對數學也不好奇，超過一千萬的數字，我的頭腦拒絕瞭解。（《林家次女》第二五〇頁）

> 我一心想跟秀蘭說，我多麼喜歡看她的電影，想告訴她我收集了多少張她的照片，多麼常夢見她，多麼想見到她一面，如今見到了，我卻不會講英文，羞得連「哈囉」都說不出口。（《林家次女》第九七頁，這裡指的是好萊塢童星秀蘭・鄧波爾）

林家有三個女兒，太乙大姊排行第二，長得最像父親（《林家次女》第一六七頁），也繼承其父寫作的精神與熱情（廖玉蕙的《走訪捕蝶人》第七〇頁）及對待生活中事物的幽默。現在她仙去了（一九二六年－二〇〇三年），我心中由初聽到消息時的驚愕變成此刻的傷感，滿腦滿心都是一片灰色。但是，繼而一想，更重要的是讀她的書，從中學習她的樸實無華與謙遜誠實，做一個勤奮向上和腳踏實地的人（《林家次女》第二五七頁），這也是紀念她的一種最積極的方式，是不？

驚愕的星期日扯出了我對太乙大姊的記憶，我一字一字地寫進日記裡。寫完了，好像溫習了一遍一段美好人生，這是一個多麼好的懷念啊！雖然以後她已不會給「華府作協」年刊文稿，但她永遠活在我們每一位仰慕她的讀者的心中！

心水清美，溫潤如玉

——憶吾師張秀亞女士

我喜愛荷葉，這並無什麼稀奇，奇怪的是，我每次興沖沖地趕到荷池之畔，倒是為了欣賞荷葉的成分多些，而非為了荷花……。這是由於那水中大片的碧玻璃，……展出一片綠色的詩境，供我的心靈散步……

這是張秀亞老師的〈我愛那荷葉〉的起頭（《月依依》第一二五頁），我愛荷成癡，所以也十分欣賞這樣的詩境。

從下榻的旅館窗口望出去，射向天上的煙花爆出四面八方的光芒，點綴著漆黑的晚幔，煙火的劈哩啪啦聲就像鑼鼓聲，序曲般催促世界的舞臺拉開帷幕。該日（二〇〇一年七月一日）是加拿大建國一百三十四週年紀念日，我正好身在蒙特利爾市，看到舉國慶賀的好氣勢。我看完煙火，打電話回美國的家，電話那頭傳過來的第一句話是：「張秀亞老師去世了！」我愣了老半天才說：「誰告訴你的？」他說：「我在星島網路報紙上看到的。」我抱一線希望說：「可能是錯誤的報導，報上常有的。」

不幸的是，我回美國後跟德蘭通電話，得知消息果然是真的。我心情沉重，好捨不得張秀亞老師！

第一次接觸到張老師的作品是初中的國文課本，裡面就有她的散文，十分喜歡字裡行間的那一份氣質與靈雅。當時已經熱衷寫散文，於是拿著她的文章做範本，學習著其中的遣詞用字。家父是教我國文的啟蒙師，張老師則是我作文的導師。她說：

其實世間的一切，包括風花雪月在內，都是宇宙大化創作精神的表現，不只能予人美的感受，並且顯示給人一片蓬勃的生機與生命力。以為有文采有熱情感覺敏銳而又觀念正確的作者，能自宇宙萬彙，自然景象中，發現出一片欣欣向榮的生機與充沛的生命力量，以及愛與奉獻的精神，在作者的筆下，風之起，花之放，白雲之飄揚，與明月之吐輝，不但不會使我們消極頹靡，且會更激發起我們對生命的熱愛與奮發的精神。（《湖水・秋燈》第八五頁）

從那時起，我就認定秀亞老師的寫作精神是我的導引與方向，由自然中攝取無限的生機、力量、美、光、熱。

我的大一國文老師王志忱與張老師是莫逆之交。王老師告訴我們張老師在文學院授課，於是我忙乎乎去打聽教室地點，又忙乎乎地去旁聽了一學期。如今，我已忘記張老師的授課內容，但仍記得她的斯文嫻雅儀態和眼鏡後的智慧眼神，和她說的話：「從細微的人間事物出發，表現一種深邃的哲學觀念，而且給讀者建立起健康的人生觀，對世界，對生命，都有一種美的解釋。」張老師的散文小說是詩的延伸，都是如詩如畫，豐富的情感與悠然的哲思，襯托出一顆真善美的心靈。她有一首詩是這樣的：

是我窗外的梔子花
是我簷下的牆燈
一瞬間
時空化為澄明的飛動
我凝視著，佇立於簾下
呵，你分明是這清寂的園庭
輕快的炎夏之夢
我不知怎的忽然憶起
那年夏天的一架藤花
一片花，一個歡笑的日子

看著過路的一陣藍色微風
原是維金妮亞吳爾芙筆端的呵氣
脆薄的蝶翼遂跌跌閃閃
從大自然的手冊中飛出
使這濃夏更多一首小詩

好喜歡詩裡澄明的飛動、一架藤花、藍色微風、跌跌閃閃、以為可以化成蝴蝶，不經意地閃進老師的濃夏梔子花。

大學畢業後就留學美國，再也沒有見過張老師，只是在《世界日報》上時時讀到老師的新作。時間荏苒，匆匆一別，當年的年輕女孩已是成家立業，並步入中年。一日，無意中看到紀念于斌樞機徵文，立刻寄出當年寫的一篇文章（登在《世界日報》副刊）給徵稿人于德蘭。過了數日，于德蘭來信說該文時日已久，請我重寫加入現在的心得。我欣然應允，因為于樞機是我非常尊敬的校長。等我收到紀念文集《典型常在》時，翻閱中方知于德蘭是老師的千金，是于樞機的姪女。驚喜交加的我住在美國東岸，恨不得立刻插翅飛去西岸拜訪老師。

一九九八年十二月三十一日，明健和我終於有機會去洛杉磯拜訪住在橙縣的張老師。德蘭夫婦非常誠懇熱情，請我們吃西點、喝好茶。談了好一會兒，都不見老師身影，嘴裡不便問，心裡暗想老師可能去紐約和兒子住了，不免有些悵然。沒想，突然聽到房間開門聲，一位微胖長者扶著方形不鏽鋼助步器一步一步地走向客廳。我歡欣極了，幾乎高呼哈肋路亞。德蘭立刻起身去扶媽媽。

該年老師已經七十九歲，仍然耳聰目明，口齒清晰，一口京片子，非常悅耳；皮膚白淨無瑕、軟嫩有如嬰兒。我撲過去跟老師說：「老師，等我到您這個年齡，我盼望也有您的耳朵、眼睛、口齒、皮膚。」握著她軟綿綿的雙手，她笑得好開心……

我說：「現代許多作品內容多數異常醜陋，可似乎都很暢銷，這是不是很畸形？」

老師說：「不要管別人怎麼寫，妳照自己的心性寫很重要。」

我又問：「現在大家都要自我推銷書，又上報，又上電臺，又開簽名大會，才能熱賣，才能出名，我們寫作的人都要這樣嗎？」

她很肯定地說：「寫好文章最重要，有愛心的書自然會有讀者。作者不必促銷，出版社自有辦法。」

據德蘭說，她媽媽從來不推銷書，不做書秀，天主照顧她無微不

圖十九：由左至右：葉聖桄、于德蘭、張秀亞、龔則韞、江明健（江明健／攝影）。

至，每本書出版後都是銷路頗佳，讓出版社高興不已。

張老師關節不好，坐在沙發椅上，我就坐在她膝前地毯上與她閒聊。她是北平老輔仁畢業生，我是臺北小輔仁畢業生，所以她叫我小學妹；可是我有旁聽過她的課，所以我又是老師的女棣子。結果學妹與女棣交替兼呼，我都隨聲應著，逗得她好開心。她又特別喜歡明健，因他對我好。

德蘭夫婦叫了很多菜餚到家裡來，我看老師嘴裡的牙不多了，但還是吃得很高興。看她吃得開心，我也就跟著開懷大吃。吃完後又與她和德蘭合影留念（見圖十九）。我們說說笑笑六個鐘頭，她始終興致很高，精神甚佳，毫無倦容。臨走前，送她一本我新出版也是第一本散文集《荷花夢》，她則以《月依依》一書回贈。她的謙和令我泫然欲泣，讓我不捨得離去，心中一種依母情懷油然而生，洶湧澎湃。那時家母已去天家九年多了！

回家後，我發現書裡夾了一張發黃的小照片，有四個十五、六歲的女孩兒，照片背後寫：「我在同學家裡玩時照的像。穿方格大衣的是我。貼牆坐的是魏承，梳小辮的是××蘭，張清華是頭髮最長的。」我將照片寄回給老師，並好奇地問其他三個女孩的下落，老師說失去聯絡不清楚了。翌年的復活節，老師寄來一張卡片，上面寫著：

則韞賢女棣博士：

那天承你們雙雙到來，使我感到極大的快樂。你的美，你的慧，你的江先生的博學、才智，使我喜慰無限，而你們的儷影，時時縈繞於我的腦際。只是最近因此間微雨時時，我感受風寒，咳嗽不已，以致遲遲作函，盼諒。你的文學才華，更是我所欣愛的，最近寄來的大作《蝶戀花》情致秀婉，筆澤優美，且充滿了哲學意境，使我迴轉展閱，不能釋手。你真是上主的女兒，學術方面卓然有成，而文心彩筆又給人多少啟示。值此耶穌復活節前夕，盼你更向上主發致雙重的感恩之心，並請老校長在天庭代謝，祝你這福慧雙修的才女文章才情更形燦爛，謹此知音，遍布普世。

祝福你，親愛的孩子，問候你的江博士。

謝謝妳寄來我的老友崇蘭姊的大評，日內另向她致謝。又及

大感冒才好，恕我不多寫了，下次再多談。

秀亞師

耶穌復活節前夕・九九年

從此，跟老師通信和電話，老師給我許多勉勵之語，使我對寫作更努力不輟。老師在報上看到我的文章也一定剪下來寄給我，老師的細心體貼周全使我衷心感激，也教我要學習體會這一份獨特的細膩。

婆婆病重，於同年五月在洛杉磯去世。我們身帶重孝，不敢輕易拜訪親朋好友師長，所以去洛杉磯時只敢電話問候老師。二〇〇〇年四月二十八日又去洛杉磯為婆婆做週年紀念儀式之後，想去拜訪老師。可惜老師來電話說正感冒咳嗽，不宜待客，又問我何時再來洛杉磯。我說暑假會再來。老師說這樣妳不會讓我等太久，我等妳暑假來。結果，我們暑假卻去了懷俄明州的黃石公園遊玩。九月底接到老師寄來我的一篇文章剪報，十二月接到老師的聖誕卡，字跡仍娟秀，筆畫已不如以前清楚。我開始惦念老師的健康情形。

張老師生在五四運動的那一年，卻在今年（二〇〇一年）的五四那天緊急住院，住了近兩個月，仍記掛著要出院回家續寫兩篇短篇小說和一篇長篇小說，終因肺腎衰竭在六月二十九日中午榮歸主懷。

張老師始於五四，終於五四，從十四歲開始寫作，學貫中西，七十年不忮不求，不捨不停，出版文學、著譯、藝術、評論達八十二冊，總共八百餘萬字。老師對文學的熱情，散發出璀璨的光輝。讀她的詩與散文，會淨化心靈，激舞魂魄，油然生出雅潔善美。我一直獨愛五四時代的人物，老師從那個時代出生走過來，當然令我敬愛無比，終生相隨！

秀亞師曾說：「只有無條件地愛一個人獨特的靈魂時才可以說是真正的愛，而也只有這樣的愛才是永恆的愛，因為靈魂上的相知相契，非關資財之富，形貌之美。」（《湖水・秋燈》第八九頁）這份少女天使的純潔未因年齡的增長而稍減，而其愛國的情操卻又不輸鬚眉。我真正著迷，愛極這種永恆的愛，讓我奉為圭臬。

衷心仰慕張秀亞老師，從二〇〇〇年春，我在本地一慈濟團體義務教導寫作，後來又在華府作協轄下的寫作工坊任教，我就一直以張秀亞老師的文章做教材，不知老師感應否？我日後還會繼續用老師文章教下去，這也是上主讓我紀念張老師的好方式，在文章裡繼續感應老師的清靈雅致與人生教誨及綿綿不絕的智慧，也許也可以彌補我暑假食言未去拜訪老師的終身遺憾！

只是，秀亞師，我真不捨得再接不到您的手書，見不到您的慈顏，聽不到您的笑聲。只是，德蘭，妳得節哀，于斌樞機看媽媽在人世太辛苦，在大聖保祿瞻禮日，接她去了天堂……

（原載於《愛的叮嚀》）後記：

二〇一六年八月二十一日在華府華文作家協會給了一個講座，討論與分享張秀亞老師的文學作品對我的寫作的影響，盡吐我內心對張老師這些年的思念所帶來的鞭策，不間斷地寫，令我越來越像爸爸所期盼的女兒。

見張秀亞

二〇一六年八月底在洛杉磯開北美華文作協年會，一位文友悄聲告知喻麗清得了肝癌，正化療中，不見客。從此我心頭有了一塊鉛錘，沉甸甸的。當接到她在二〇一七年八月二日安息主懷，榮升天國的消息，心裡雖然萬般不捨，卻也為她能去與她的代母（天主教稱謂）張秀亞老師團聚而安慰！

喻麗清跟張秀亞一樣，成名甚早，十六歲就譽滿臺灣，我等於是看喻麗清的作品長大的。我的姥叔（廣東人對外叔公的稱謂）是陸軍軍官，喜歡文藝，每次來看我們，都帶來《新文藝》和《書畫春秋》。我就是在其中的一期裡，第一次和喻麗清的玉照相逢，那時我還在讀小學，不懂什麼是新詩、散文或小說。但是，卻給我留下很深的印象，也記住了她的名字。

由於父親喜歡文學，在他的帶領和鼓勵之下，幫助我領略了寫作的樂趣，使我寫寫塗塗，樂此不疲。我的寫作純粹是喜歡，看多了，漸漸地明白自己偏好什麼風格的文字。後來讀大學時，因為喜歡張秀亞的散文作品，發現喻麗清的散文竟然與張秀亞老師的文風近似，都喜歡草木花鳥、江河大海、高山峻嶺，提倡昇華靈魂，字裡行間充滿高尚品德，清淨神韻，有悟性，有靈動，是我崇尚的境界。我開始擁抱她的文字，與其神交。

然後，我來到柏克萊加州大學讀博士班，偶然在大樓裡會見到一位嬌小的東方女性從一個大房間走出來，一張白臉、一頭短髮、一條素裙、一雙平底鞋，我記憶裡的那個玉照跳了出來，是喻麗清！……一定是喻麗清……。我愣愣地看著她從我面前走過去，她也多看了我幾眼，大概暗想：這個學生怎麼回事啊？那時候的我太羞澀，不敢趨前相認，只能眼睜睜看一位我慕名已久的作家飄遠了，留下了她的氣質和靈氣，給我低迴不已。這樣的情境有好幾次。也許我認為自己在《世界日報》副刊上才發表了幾篇散文，還不夠資格跟她說話吧！

我畢業後，繼續留在柏克萊加州大學做博士後，當時我的好朋友金博士要訪問喻麗清寫一篇報導，受邀到喻麗清的家裡做這個訪談。我和先生明健開車帶金博士去，一起踏進了她家，她竟然記得我這個傻不愣登的學生。我們就坐在她家的客廳，坐在書堆裡談論她的文學寫作歷程和計畫。沒想到她的教育背景和我如此相似，都是理科出身，但如癡若狂地傾心文學，常常當感性思維萬馬奔騰時，理性的韁繩即時跳出，適時拴住野馬，走上中庸之道。她和我都是天主教徒，都受到張秀亞的影響。我旁聽過張老師的課；張老師則是她的代母，影響更加深遠。張老

圖二十：攝於二〇〇〇年十月二十一日在美國北卡州洛麗市第五屆海外華文女作家協會的雙年會中（江明健／攝影）。

師在二〇〇一年過世時，她哭成一個淚人兒，可以想像她們之間有多麼的親近（見于德蘭《甜蜜的星光》第二八四頁）！這是後話。

那天訪談後，她和夫婿唐先生留下我們吃晚飯。我悄悄看她粉粉的臉，長年的文學浸潤，使她周身煥發美麗的光環；緩緩的聲音、纖細的身材、素淨的眉宇、秀麗的文字，這是一位科學與文學的結合體，天主特別寵愛的靈魂，像一個修女，在天地間款款行走；是復活節時擺在聖堂裡的白百合花和玫瑰花，傳播聖言的芬芳和舉止。我告訴自己，我要活得跟她一樣，既獨特冷靜，又敏感抒情。

後來我來到美東就職，離開了北加州東灣，出版了一本散文集《荷花夢》，於二〇〇〇年時，被韓秀提名選入海外華文女作家協會。從此在海外華文女作家協會的雙年會中又多次與喻麗清相逢，又有多次的交流；她依然是溫文有禮，靜靜地，虛懷若谷，平易近人，就像張秀亞老師一樣地似乎不食人間煙火，卻又很接地氣。她筆耕勤快，著作很多，隨著流金歲月，她像一顆金子越來越亮——亮亮的臉龐，亮亮的心地，裡外都令人好生喜歡。最後讀到她在《世界日報》副刊上所發表的討論張愛玲《小團圓》的文章，她的仁心厚德表露得最徹底，我越發喜歡她善美真實寬厚的文字和情懷，發揚人性裡的純潔與誠實。這樣的文字、淵博的題材、悟性、知性、教誨、慧黠，都是文學精神之所在。
以下記錄她的一首詩〈拼圖〉：

圖像原本是完整的
為了某種不可抗拒的誘惑
切開了
分割後的碎片
各自離家出走
迷途的再也走不回來了
生命中從來沒有故意的空白
只有遺忘
撒落的撒落了
丟失的丟失了

特別喜歡其中的「生命中從來沒有故意的空白」，富含空靈的情懷。八月二日獲知她安詳去了天家，我立刻跟張秀亞老師的女公子于德蘭寫微信說喻麗清去天國跟張秀亞老師團聚做伴了，她們可以談文學，不會寂寞，德蘭可以放心了。

這兩位作家都是著作等身的人物，世上的我們會很懷念她們，但她們所給予我們的精神食糧如此豐厚，讀著她們留在世上的作品，等於永遠活在我們的心裡。

後記

由於從小得到父親的帶領與支持，培養了我對語言文字的詩意、節奏、時空、對比、張緊等的興趣，更對其中的情感意境頻頻心動，低迴不已。因此，我熱愛語言文字的組合表達所帶來的氛圍和情懷，豐富我的心靈，提高我的精神境界。我由衷感謝父親的提攜。

我的家人都知道我愛筆耕，孩子很小就知道媽媽爬格子的時候，就自己安靜地看電視看書，他們也學我爬格子和畫畫，所以我感謝他們的貼心。

我衷心感謝《世界日報》副刊（田新彬女士、吳婉茹女士）、《中華日報》副刊（羊憶玫女士）、《華府新聞日報》（李靜芳女士）、《環球彩虹》（蓬丹女士），由於她們的採納刊登，給予我很大的鼓勵，所以我堅持地給她們投稿，也才能將累積的篇章編輯成書。

寫作幫助我記錄、歸納、總結我的內心活動和腦力成果，更進一步分析理解文學的架構和精髓，所以我感激和享受寫作的過程。

謹以此書獻給我的父母兄弟姊妹、我的婆婆、大姑夫婦、小叔夫婦、我的先生和兒女。

二〇二〇年四月一日寫於馬里蘭州珀多瑪克

語言文學類　PG2432　北美華文作家系列35

芳華路上 Miles of Blessings

作　　者／龔則韞
責任編輯／尹懷君
圖文排版／楊家齊
封面設計／蔡瑋筠

發 行 人／宋政坤
法律顧問／毛國樑　律師
出版發行／秀威資訊科技股份有限公司
114台北市內湖區瑞光路76巷65號1樓
電話：+886-2-2796-3638　傳真：+886-2-2796-1377
http://www.showwe.com.tw
劃撥帳號／19563868　戶名：秀威資訊科技股份有限公司
讀者服務信箱：service@showwe.com.tw
展售門市／國家書店（松江門市）
104台北市中山區松江路209號1樓
電話：+886-2-2518-0207　傳真：+886-2-2518-0778
網路訂購／秀威網路書店：https://store.showwe.tw
國家網路書店：https://www.govbooks.com.tw

2020年8月　BOD一版
定價：440元

國家圖書館出版品預行編目

芳華路上 = Miles of blessings / 龔則韞著. --
一版. -- 臺北市 : 秀威資訊科技, 2020.08
面； 公分. -- (語言文學類 ; PG2432) (北美華文作家系列 ; 35)
BOD版
ISBN 978-986-326-825-3(平裝)

863.55 109008525

讀者回函卡

感謝您購買本書，為提升服務品質，請填妥以下資料，將讀者回函卡直接寄回或傳真本公司，收到您的寶貴意見後，我們會收藏記錄及檢討，謝謝！

如您需要了解本公司最新出版書目、購書優惠或企劃活動，歡迎您上網查詢或下載相關資料：http:// www.showwe.com.tw

您購買的書名：________________________________

出生日期：________年________月________日

學歷：□高中（含）以下　□大專　□研究所（含）以上

職業：□製造業　□金融業　□資訊業　□軍警　□傳播業　□自由業

□服務業　□公務員　□教職　□學生　□家管　□其它____

購書地點：□網路書店　□實體書店　□書展　□郵購　□贈閱　□其他

您從何得知本書的消息？

□網路書店　□實體書店　□網路搜尋　□電子報　□書訊　□雜誌

□傳播媒體　□親友推薦　□網站推薦　□部落格　□其他________

您對本書的評價：（請填代號　1.非常滿意　2.滿意　3.尚可　4.再改進）

封面設計____　版面編排____　內容____　文／譯筆____　價格____

讀完書後您覺得：

□很有收穫　□有收穫　□收穫不多　□沒收穫

對我們的建議：________________________________

____

____

____

請貼
郵票

11466
台北市內湖區瑞光路 76 巷 65 號 1 樓
秀威資訊科技股份有限公司 收
BOD 數位出版事業部

(請沿線對折寄回,謝謝!)

姓　　名:________________ 年齡:________ 性別:□女　□男

郵遞區號:□□□□□

地　　址:________________________________

聯絡電話:(日)________________ (夜)________________

E-mail:________________________________